명대사로 읽는
셰익스피어 주요 비극

김종환 편역

이담
Books

일러두기

- 이 책에서 인용하는 모든 셰익스피어 작품의 원문 대사는 RhymeZone(http://www.rhymezone.com)에 따른다. 그러나 행수 표시가 없어, 표제어의 행수 표시는 G. B. Evans가 편집한 The Riverside Shakespeare(Boston: Houghton Mifflin, 1974)에 따른다.

- 표제 항목 선정과 해설에 도움이 되었던 책은 Mary and Reginald Foakes의 Columbia Dictionary of Quotations from Shakespeare(1998)와 M. Macrone의 Brush Up Your Shakespeare(1990)이다.

- 원문 대사의 번역은 모두 필자의 것이다.

- 작품명과 등장인물명은 몇몇 경우를 제외하고는 『셰익스피어 연극 사전』(도서출판 동인, 2005)을 따른다.

- 원문의 1행 이상을 줄인 경우에는 (…)로 표시한다.

- 원문에서 동사의 과거형을 표시하는 "d"는 모두 "ed"로 바꾸어 표기한다.

- 이 책은 2012년 출판된 『명대사로 읽는 셰익스피어 4대 비극』에 『로미오와 줄리엣』과 『줄리어스 시저』를 추가하고 해설을 보완하여 재편성한 책이다.

시작하는 말

이 책은 셰익스피어의 주요 비극인 『햄릿』, 『오셀로』, 『리어 왕』, 『맥베스』, 『로미오와 줄리엣』, 『줄리어스 시저』에서 명대사를 선별하여 번역하고 간략하게 해설한 책이다. 수많은 작품을 통해 셰익스피어가 창조한 인물들은 마치 우리 곁에서 함께 숨 쉬는 실존 인물처럼 존재한다. 햄릿이 그러하고, 오셀로, 이아고, 데스데모나, 맥베스, 리어 왕, 코델리어, 로미오, 줄리엣, 브루터스가 그러하다. 햄릿은 생각이 너무 많아 행동하지 못하는 인물로, 오셀로는 질투심에 사로잡힌 연인의 표상으로, 맥베스는 야심에 사로잡혀 악을 자행하는 인물로, 리어 왕은 성급한 성격으로 인해 판단을 흐리는 인물로, 로미오는 사랑에 절대 가치를 부여하고 사랑을 위해 순교한 인물로, 브루터스는 공화정 수호라는 이상을 품은 인물로, 우리의 기억 속에 남아 있다. 그러나 셰익스피어를 우리 기억 속에 각인시키고 그를 불멸의 작가로 만들어주는 것은 그의 등장인물들이 토해내는 명구와 명대사들이다.

셰익스피어는 맥베스의 입을 통해 "인생은 걸어 다니는 그림자"라고 말하고, 리어 왕의 입을 통해 우리가 "거대한 바보들의 무대"에 울면서 태어난 존재라고 말한다. 그는 햄릿의 입을 통해 "인간이란 얼마나 멋진 걸작인가"를 노래하지만, 요정 퍽을 통해서는 "인간들은 어찌 그리 바보들인가" 하고 반문한다. 줄리엣의 입을 통해서는 "장미꽃을 다른 이름으로 불러도 그 향기는 그대로 남을 게 아니겠느냐"고 반문한다. "시저를 덜 사랑해서가 아니라, 로마를 더 사랑"하기에 시저를 죽였다는 브루터스의 입을 통해 셰익스피어는 "인간 만사엔 조수가 있는 법"이라고 충고한다.

이처럼 셰익스피어가 등장인물들을 통해 들려주는 명대사들은 서구인들의 일상생활에 깊이 파고들어 지금도 회자되고 있다. 그러므로 언어를 자유자재로 요리하여 우리에게 성찬을 제공하는 셰익스피어를 두고 언어의 마술사라고 칭하는 것도 무리는 아니다. 셰익스피어가 제공하는 언어의 성찬을 독자들과 함께 즐기기를 기대한다.

목 차

명대사로 읽는
셰익스피어 주요 비극

햄릿(Hamlet)

1막. 마음의 눈을 어지럽히는 티끌

1.1.112. A mote it is to trouble the mind's eye

A mote it is to trouble the mind's eye[1]
In the most high and palmy state of Rome,
A little ere[2] the mightiest Julius fell,
The graves stood tenantless and the sheeted dead
Did squeak and gibber in the Roman streets:
As stars with trains of fire and dews of blood,
Disasters in the sun; and the moist star
Upon whose influence Neptune's empire stands
Was sick almost to doomsday with eclipse:
And even the like precurse of fierce events,
As harbingers preceding still the fates
And prologue to the omen coming on,
Have heaven and earth together demonstrated
Unto our climatures and countrymen.
But soft, behold! lo, where it comes again!

---

1) 자연계의 이변(異變)이 인간계의 이변을 반영한다는 당대의 질서관이 드러나 있는 호레이쑈의 대사
이다. 그는 시저가 브루터스의 손에 살해되기 전 "수의를 감은 시신들"이 로마의 거릴 쏘다녔다는
것을 언급하면서, 유령의 등장을 "운명에 앞서 오는 전령"으로, 그리고 앞으로 다가올 "재앙의 서
곡"으로 생각한다. 그는 월식 또한 불길한 징조로 생각한다.

2) 다음의 단어는 셰익스피어 텍스트에 매우 자주 쓰였지만 지금은 시어로만 남아 있는 단어들이다.
Ere (before), sith (since), anon (at once), hail (welcome), thither (there), hither (here), whither (where),
withal (with it), haply (perhaps).

1.1.112. 유령은 마음의 눈을 어지럽히는 티끌

유령은 마음의 눈을 어지럽히는 티끌.
그 힘이 하늘을 치솟던 영광의 로마제국에서
영웅 줄리어스 시저가 쓰러지기 바로 전,
무덤들은 텅텅 비고, 수의 감은 시신들은
주절대면서 로마의 거릴 쏘다녔지.
별들은 불꼬리를 끌고, 피 이슬이 내리고,
태양에는 불길한 징조가 나타났지.
넵튠의 제국인 바다를 지배하는 달도
말세인 것처럼, 월식으로 일그러져 빛을 잃었지.
하늘과 땅이 손을 맞잡고, 우리 백성들 앞에,
무시무시한 흉사의 전조를 보여주곤 했어.
항상 운명에 앞서오는 전령으로,
앞으로 다가올 재앙의 서곡처럼….
자, 봐! 저길 봐! 그것이 다시 나타났어!

1.2.3. The memory be green

Though yet of Hamlet our dear brother's death[3]
The memory be green, and that it us befitted
To bear our hearts in grief and our whole kingdom
To be contracted in one brow of woe,
Yet so far hath[4] discretion fought with nature
That we with wisest sorrow think on him,
Together with remembrance of ourselves.
Therefore our sometime sister, now our queen,
The imperial jointress to this warlike state,
Have we, as 'twere with a defeated joy,—
With an auspicious and a dropping eye,
With mirth in funeral and with dirge in marriage,
In equal scale weighing delight and dole,—
Taken to wife: nor have we herein barred
Your better wisdoms, which have freely gone
With this affair along.

---

3) 형이 죽은 지 채 두 달도 지나지 않아 형수인 거트루드와 결혼한 클로디어스는 상반된 개념을 결합한 비유("슬픔으로 상처 난 가슴속의 기쁨처럼, 한 눈에는 기쁨을 다른 한 눈에는 눈물을 머금고, 장례식에서 축가를 결혼식에서는 만가를 부르듯")와 수사적 장치를 통해 그 결혼의 부정적 이미지를 완화시키려고 노력한다. 그러나 그의 근친상간적 결혼은 모든 이의 조소의 대상이 된다. 특히 햄릿은 너무나도 신속한 결혼을 받아들일 수 없고, 클로디어스를 아버지로 받아들일 수 없다. 그리하여 햄릿은 그의 첫 대사("친척보단 가깝지만 아버지와 아들 관계와는 거리가 멀다")에서 클로디어스에 대한 조소를 드러낸다.

4) "Hath"는 현대영어의 "has"에 해당한다. 셰익스피어는 3인칭 단수 주어를 받는 현재 동사의 형태로 '-s, -es' 대신 '-th'의 형태를 자주 사용했다(Hath he asked for me? He doth it). 클로디어스가 사용하고 있는 "our"는 "짐 혹은 과인"이라는 존칭의 소유격이다. 셰익스피어 텍스트에서 자주 반복되고 있는 "twere"는 "it were"의 축약형이다. 다음은 자주 등장하는 축약형이다. 'Tis (it is), 'twill (it will), 'gainst (against), o'th'earth (of the earth). "He" 대신 "a"의 형태도 자주 사용되었다.

1.2.3. 아직도 기억에 생생하고

친애하는 나의 형님 햄릿 왕께서
돌아가신 일이 아직도 기억에 생생하니,
우리들 가슴속에 슬픔이 사무쳐 있고
온 백성의 얼굴에 수심이 차 있음은 당연한 일.
하지만 난 지금까지 분별심으로 혈연의 정과 싸워,
마침내 슬픔을 지혜롭게 극복해 형님을 추모하고,
이와 함께 우리가 당면한 일도 잊지 않았소.
그래서 과인은 한때 짐의 형수요 지금은 아내인 왕비를
왕국을 함께 다스릴 반려자로 삼게 되었소.
마치 슬픔으로 상처 난 가슴속의 기쁨처럼
한 눈에는 기쁨을 다른 한 눈에는 눈물을 머금고,
장례식에서 축가를 결혼식에서는 만가를 부르듯,
꼭 같은 양의 환희와 슬픔을 저울질하면서 이 사람을
과인의 아내로 삼게 되었소. 또한 과인은
경들의 지혜로운 충고를 무시하지 않고
이 일에 그대들의 뜻을 기꺼이 반영했소.

1.2.72. All that lives must die

CLAUDIUS: My cousin Hamlet, and my son,

HAMLET: [Aside] A little more than kin, and less than kind.[5]

CLAUDIUS: How is it that the clouds still hang on you?

HAMLET: Not so, my lord; I am too much i'the sun.

QUEEN: Good Hamlet, cast thy nighted colour off,

And let thine eye look like a friend on Denmark.

Do not for ever with thy vailed lids

Seek for thy noble father in the dust:

Thou[6] know't 'tis common; all that lives must die,

Passing through nature to eternity.

HAMLET: Ay, madam, it is common.

QUEEN: If it be,

Why seems it so particular with thee?

---

5) 클로디어스는 "시간은 네 것"(time be thine)이니 선용하라고 하면서 레어티즈의 출국을 허락한다. 그리고 그는 아버지의 갑작스런 죽음으로 슬픔에 잠긴 햄릿 왕자의 비위를 맞추려고 애쓴다. 결혼으로 인해 클로디어스에게 조카이던 햄릿은 이제 그의 의붓아들이 되었다. 그러나 이를 도저히 받아들일 수 없는 햄릿은 "친척보단 가깝지만 아버지와 아들 관계와는 거리가 멀다"고 비아냥거린다. 햄릿의 첫 대사로, 짧지만 계부가 된 클로디어스에 대한 강한 경멸이 스며들어 있다. 여기서 햄릿이 사용하는 'kin'과 'kind'는 말장난(pun)이다. 'Son(태자)'와 'sun(태양빛)' 또한 말장난이다. 거트루드가 선왕의 죽음을 지나치게 애도하면서 클로디어스를 쌀쌀맞게 대하는 아들 햄릿에게 생자필멸이요 "죽음이란 흔한 일"(it is common)이라고 말하지만, 선왕이 죽은 후 너무나도 빨리 재혼한 어머니의 배신으로 분노하고 있는 햄릿에게 이 말이 받아들여질 리가 없다. 그리하여 햄릿은 "그건 흔한 일"(it is common)이라는 비꼬는 말로 대꾸한다. 여기서 햄릿이 말하는 '그것'이란 '죽음'이 아니라 '어머니의 결혼'이고 '흔한 일'이란 '천박한 일'이라는 뜻이다.

6) "Thou"는 현대영어의 "you"에 해당한다. 셰익스피어는 2인칭 대명사의 형태로 thou (you), thy (your), thee (you), thine (yours), ye (pl. you)를 자주 사용했다. 1, 2, 3인칭 주어를 받는 'have' 동사의 형식은 "I have, thou hast, he (she, it) hath"이다. 2인칭 주어로 'thou'를 사용한 경우 동사 뒤에 '-t, -st, -est'를 부가했다. Where hast thou been, sister?; Thou wilt come; thou shalt get king; thou art (you are), thou hast (you have), thou hadst (you had), thou didst (you did); thou canst; thou know'st; thou would'st (would).

1.2.72. 생자필멸(生者必滅)

클로디어스: 내 조카이자 이젠 내 아들인 햄릿….

햄릿: (방백) 친척보단 가깝지만 아버지와 아들 관계와는 거리가 멀어.

클로디어스: 어찌하여 네 얼굴엔 항상 구름이 서려 있느냐.

햄릿: 아닙니다, 폐하. 이 태자는 태양빛을 듬뿍 받고 있습니다.

왕비: 햄릿, 이제 그 어두운 상복을 벗어 버리고

친구를 대하는 다정한 눈길로 폐하를 대해라.

그렇게 눈꺼풀을 내리깔고, 언제까지

돌아가신 네 아버님을 찾아 헤맬 셈이냐.

이것이 흔한 일임을 잘 알지 않느냐? 생자필멸이니,

누구나 이승으로부터 영겁의 세계로 떠나는 것이거늘.

햄릿: 그건 흔한 일이죠, 왕비마마.

왕비: 그럼, 어찌하여 너만

죽음을 흔치 않은 일로 생각하는 사람처럼 보이느냐?

1.2.86. The trappings and the suits of woe

Seems, madam! nay it is; I know not 'seems.'

'Tis not alone my inky cloak, good mother,

Nor customary suits of solemn black,

Nor windy suspiration of forced breath,

No, nor the fruitful river in the eye,

Nor the dejected 'avior of the visage,

Together with all forms, moods, shapes of grief,

That can denote me truly: these indeed seem,

For they are actions that a man might play:

But I have that within which passeth show;

These but the trappings and the suits of woe.[7]

---

7) 왜 너만 "죽음을 흔치 않은 일로 생각하는 사람처럼 보이느냐"는 거트루드의 말을 받아 햄릿이 하는 말이다. 아버지의 죽음을 겉으로만 슬퍼하는 체하고 진정으로 애도하지 않는 어머니에 대한 햄릿의 경멸을 드러난 대사이다. 이 대사는 실재와는 거리가 먼 외양을 기술하는 단어들(seem, shape, play, show)을 망라하고 있다. 여기서 'seem'은 그 자리에 존재하는 'be'와는 대치되는 겉으로 보이는 외관이다. 햄릿은 자신이 걸친 검은 망토도, 의례적으로 입는 검은 상복도 상실감에 빠진 자신의 심경을 "진실로 드러낼 수 있는 것"은 아니라고 말한다. 햄릿에게는 "억지로 길게 내쉬는 한숨"도 "넘치는 강물 같은 눈물"도 "수심에 가득 찬 낙담의 표정"도, 그리고 "슬픔을 드러내는 온갖 격식이나 모습(shape)"도 모두 다 "그럴듯하게 꾸며낼 수 있는 것"(actions that a man might play)이고, 햄릿의 가슴속에는 연기로 "드러낼 수 없는 비애"가 담겨 있다. 햄릿의 말을 따르면 이런 "드러낼 수 있는 것들은 슬픔의 겉치레"에 불과할 뿐이다.

1.2.86. 슬픔의 겉치레

그리 보이다뇨? 아니, 사실이 그래요. 전 '체하는 건' 모릅니다.
어머니, 제 심중을 진실로 드러낼 수 있는 것은
이 검은 망토도, 의례적으로 입는 검은 상복도 아닙니다.
억지로 길게 내쉬는 한숨도 아니고
넘치는 강물 같은 눈물도 아니고,
수심에 가득 찬 낙담의 표정도 아닙니다.
슬픔을 드러내는 온갖 격식이나 모습도 아닙니다.
이런 것들이야말로 '체'하는 짓입니다.
누구나 그럴듯하게 꾸며낼 수 있는 행동이니까요.
하지만 제 가슴속엔 겉치레를 넘어서는 그 무엇이 있습니다.
드러낼 수 있는 것들은 슬픔의 겉치레에 불과하지요.

1.2.146. Frailty, thy name is woman!

O, that this too too solid flesh would melt
Thaw and resolve itself into a dew!
Or that the Everlasting had not fixed
His canon 'ainst self-slaughter! O God! God!
How weary, stale, flat and unprofitable,
Seem to me all the uses of this world!
Fie on't! ah fie! 'is an unweeded garden,
That grows to seed; things rank and gross in nature
Possess it merely. That it should come to this!
But two months dead: nay, not so much, not two:
So excellent a king; that was, to this,
Hyperion to a satyr; Heaven and earth!
Must I remember? why, she would hang on him,
As if increase of appetite had grown
By what it fed on: and yet, within a month —
Let me not think on' — | Frailty, thy name is woman! — 8)

---

8) 햄릿의 제1독백으로 인간과 세상에 대한 환멸이 강하게 드러나는 대사이다. 햄릿은 먼저 인간 육신의 견고성과 더러움에 대한 인식과 절망을 드러내고 더러운 육신의 소멸을 갈구한다. 햄릿은 역겨운 세상을 더럽고 막 자란 "잡초만이 가득한 정원"으로 비유한다. 햄릿이 세상만사가 부질없다고 느끼는 원인은 어머니의 타락이다. 햄릿은 아버지를 "태양신"으로 숙부를 "야수"로 비교하면서, 너무나도 빨리 야수의 잠자리로 들어간 어머니의 욕정과 약함을 비난한다.

1.2.146. 약한 자여, 그대 이름은 여자니라!

아, 너무나도 질기고 질긴 육신이여!
녹고 또 녹아 차라리 이슬이 되어버려라!
하느님은 왜 자살을 금하는 법을 만드셨던가!
오! 하느님, 하느님!
세상만사가 나에겐 왜 이렇게
지겹고, 맥 빠지고, 밋밋하고, 부질없어 보이는가!
아, 역겹구나! 역겨워! 세상은 잡초만 무성한 정원.
거기에는 무엇이든 마구 자라 열매 맺고, 거칠고
마구 자란 잡초만이 가득하구나. 어찌 이 지경이 되었지?
돌아가신 지 이제 겨우 두 달! 아니, 두 달도 되기 전에…
아버님은 참으로 훌륭한 왕이셨지. 그분과 숙부의 차이는
태양신과 야수 차이만큼 크다고 할 수 있어.
천지신명이시여! 제가 이런 걸 기억해야 하나요?
사랑을 받으면 받을수록 애욕이 더 커지듯, 어머니는
아버님께 찰싹 매달리곤 했지. 그런데 한 달도 채 되지 않아…
생각하지 말자. 약한 자여! 그대 이름은 여자니라!

1.2.156. O, most wicked speed, to post!

A little month, or ere those shoes were old
With which she followed my poor father's body,
Like Niobe, all tears:—why she, even she—
O, God! a beast, that wants discourse of reason,
Would have mourned longer—married with my uncle,
My father's brother, but no more like my father
Than I to Hercules: within a month:
Ere yet the salt of most unrighteous tears
Had left the flushing in her galled eyes,
She married. O, most wicked speed, to post
With such dexterity to incestuous sheets!
It is not nor it cannot come to good:
But break, my heart; for I must hold my tongue.[9]

---

[9] 제1독백의 후반부이다. 햄릿은 아버지와 숙부를 다시 한번 대조한 다음, 어머니의 거짓 애도를 비난하고, 너무나 재빨리 근친상간의 잠자리로 뛰어든 어머니의 추악한 욕정을 비난한다. 여기서 주시할 점은 햄릿의 분노가 표면적으로는 원인 모를 아버지의 죽음을 향하고 있지만, 심층적으로는 어머니의 근친상간을 향하고 있다는 점이다. 심리적으로는 부친의 죽음보다 어머니의 재혼이 햄릿을 더욱 괴롭히는 사항으로 작용하고 있다는 말이다. 심리적 관점에서 보자면 선왕은 도덕원리를 대변하는 초자아(super ego)이고, 계부가 된 숙부 클로디어스는 쾌락원리를 대변하는 이드(Id)이다. 햄릿은 이 둘 사이에서 갈등하는 자아(ego)이다. 햄릿이 어머니와 클로디어스의 욕정을 탄핵하고 있지만, 햄릿 자신도 어머니를 갈망한다. 햄릿 역시 근친상간적 욕망에서 자유롭지 않다는 말이다. 햄릿의 억압된 무의식적 욕망은 후에 극단적인 여성혐오로 표출된다.

1.2.156. 아, 너무나도 추악하고 재빠르구나!

이제 겨우 한 달, 니오베처럼 온통 눈물에 젖어
가엾은 아버님의 시신을 따라갈 때 신었던 그 신발이 닳기도 전에,
나의 어머니가, 내 어머니가, 시동생과 결혼하다니….
아, 하느님! 분별없는 짐승일지라도
이보다는 더 오래 슬퍼했을 것을…. 내 숙부와 결혼을?
아버님 동생이지만, 그자와 아버지의 차이는
나와 헤라클레스의 차이보다 더 크지. 한 달도 못 돼 결혼을?
거짓 눈물의 소금기로 인해 충혈이 된
눈의 핏발이 채 가시기도 전에 결혼을?
아! 너무나도 추악하고 재빠르구나!
그리도 빨리 근친상간의 잠자리로 뛰어들다니!
이럴 수는 없어, 아니 절대로 잘 될 리가 없지.
하지만 입을 다물어야 하니 가슴이 터질 수밖에.

1.2.185. In my mind's eye

HAMLET: Thrift, thrift, Horatio! the funeral baked meats
　　Did coldly furnish forth the marriage tables.
　　Would I had met my dearest foe in heaven
　　Or ever I had seen that day, Horatio!
　　My father!─methinks I see my father.
HORATIO: Where, my lord?
HAMLET: In my mind's eye, Horatio.
HORATIO: I saw him once; he was a goodly king.
HAMLET: He was a man, take him for all in all,
　　I shall not look upon his like again.
HORATIO: My lord, I think I saw him yesternight.
HAMLET: Saw? who?
HORATIO: My lord, the king your father.
HAMLET: The king my father![10]

---

10) 호레이쇼가 선왕의 장례식 때문에 덴마크에 왔다고 했을 때, 햄릿은 그게 아니라 어머니의 결혼식을 보러 왔을 것이라고 비꼬면서 대꾸한다. "그게 바로 절약이야, 절약"이라는 구절로 햄릿이 말하려는 것은 장례식에 쓰고 남은 음식을 결혼 연회 자리에도 쓸 수 있을 만큼 속도 빠르게 진행된 어머니의 재혼이다. 어머니의 성급한 결혼은 계속 햄릿의 마음을 괴롭히고, 이는 햄릿의 여성 혐오를 유발한다. 이어서 햄릿이 "마음의 눈"으로 선왕의 모습을 본 것 같다고 하자, 그의 절친한 친구인 호레이쇼는 "선왕의 모습 같아 보이는 유령"이 완전 무장을 하고 나타난 것을 보았다고 말한다. 햄릿이 호레이쇼에게 유령의 모습이 어떠했나를 묻자, 호레이쇼는 "성났다기보다는 슬픈" 표정을 하고 있었다고 답한다.

1.2.185. 내 마음의 눈으로

햄릿: 호레이쇼, 그게 바로 절약이야, 절약! 초상집 음식이
　　식기도 전에, 그걸 다시 혼인 잔칫상에 차려 놓지 않겠나?
　　그런 꼴을 보느니 천당에 미리 가서
　　철천지원수나 만나는 게 차라리 났겠어. 호레이쇼!
　　그런데 내 아버님! 아버님의 모습을 본 것 같아.
호레이쇼: 어디서 말입니까? 왕자님!
햄릿: 내 마음의 눈으로 말이네, 호레이쇼.
호레이쇼: 저도 뵌 적이 있사온데, 훌륭한 왕이셨죠.
햄릿: 훌륭하시지. 어느 모로 보나 완벽한 사내셨지.
　　내 평생, 그와 같은 분을 다시 뵐 수 없을 거야.
호레이쇼: 왕자님, 실은 지난 밤 그분을 뵌 듯합니다.
햄릿: 봤다고, 누굴 말인가?
호레이쇼: 왕자님, 선왕 폐하 말입니다.
햄릿: 선왕 폐하라고?

1.3.43. Best safety lies in fear

For Hamlet and the trifling of his favour,
Hold it a fashion and a toy in blood,
A violet in the youth of primy nature,
Forward, not permanent, sweet, not lasting,
The perfume and suppliance of a minute; No more. (…)
Fear it, Ophelia, fear it, my dear sister,
And keep you in the rear of your affection,
Out of the shot and danger of desire.
The chariest maid is prodigal enough,
If she unmask her beauty to the moon:
Virtue itself 'scapes not calumnious strokes:
The canker galls the infants of the spring,
Too oft before their buttons be disclosed,
And in the morn and liquid dew of youth
Contagious blastments are most imminent.
Be wary then; best safety lies in fear:
Youth to itself rebels, though none else near.[11]

---

11) 레어티즈는 오필리아에게 햄릿이 자신의 뜻대로만 할 수 없는 왕자의 신분이고, 그의 사랑이 "한 순간의 향기"일 뿐이니 조심하라고 경고한다. 여기서 "장미꽃 벌레"와 "초목을 말려 죽이는 독기" 는 젊은이의 욕정을, "봄철의 새싹"은 순진하고 어린 처녀를 말한다. "조심하는 것이 상책"이라고 하면서 햄릿을 경계하라는 레어티즈에게 오필리아도 "환락의 앵초꽃이 핀 길"(the primrose path of dalliance)을 누비지 말라고 당부한다.

1.3.43. 조심하는 것이 상책

왕자님의 하잘것없는 호의에 대해 하는 말인데,
그걸 한때의 기분으로, 젊은이의 장난기라고 생각해라.
청춘의 이른 봄에 피는 제비꽃이라고나 할까?
다른 꽃보다 앞서 피지만 곧 시들고, 달콤하나 오래가지 못해.
한순간 즐기는 향기일 뿐, 그 이상은 아니다. (…)
조심해라 조심해, 사랑하는 오필리어.
애정의 후방에 자리를 잡고
위험한 애욕의 화살이 닿지 않도록 조심해라.
정숙한 처녀는 미모를 달님 앞에 노출하는 것조차
부끄러워한다고들 하지 않더냐?
정조의 화신이라도 시끄러운 험담을 면키 어렵다.
장미꽃 벌레가, 꽃봉오리를 채 피우지도 못한
봄철의 새싹들을 갉아먹는 일들이 비일비재하고,
초목을 말려 죽이는 독기는
청춘의 이슬 서린 아침녘에 가장 심한 법이다.
그러니 조심해라. 조심하는 것이 상책이다.
젊은이는 가까이서 유혹하지 않아도 스스로를 배반하니까.

1.3.75. Neither a borrower nor a lender be

Give thy thoughts no tongue,

Nor any unproportioned thought his act.

Be thou familiar, but by no means vulgar.

Those friends thou hast, and their adoption tried,

Grapple them to thy soul with hoops of steel. (⋯)

Beware off entrance to a quarrel, but being in,

Bear't that the opposed may beware of thee.

Give every man thy ear, but few thy voice;

Take each man's censure, but reserve thy judgment.

Costly thy habit as thy purse can buy,

But not expressed in fancy; rich, not gaudy;

For the apparel oft proclaims the man. (⋯)

Neither a borrower nor a lender be;

For loan oft loses both itself and friend,

And borrowing dulls the edge of husbandry.

This above all: to thine ownself be true,

And it must follow, as the night the day,

Thou canst not then be false to any man.[12]

---

12) 폴로니어스가 파리로 떠나려는 아들 레어티즈에게 충고하는 말로, 처세술이 돋보이는 대단히 현실적인 충고이다. "자신에게 충실하라"(to thine ownself be true)는 표현은 자주 인용되는 유명한 문구다.

1.3.75. 돈을 빌리지도 빌려주지도 마라

생각한 바를 함부로 입 밖에 내지 말고,
엉뚱한 생각일랑 섣불리 행동으로 옮기지 마라.
누구하고나 사귀되, 아무나 함부로 접근토록 하지 마라.
일단 사귀어서 진정한 친구가 되면,
쇠사슬로 너의 영혼에 꽁꽁 묶어두어라. (…)
싸움판에 말려드는 것을 조심하되, 일단 말려들면,
상대가 다시는 너를 얕보지 못하도록 혼내줘라.
딴 사람 말에 귀를 기울이되 말은 적게 해라.
타인의 의견을 경청하되 함부로 판단하지 마라.
주머니 사정이 허락하는 한 비싼 옷을 사서 입되
요란을 떨진 마라. 부티 나게 입되 사치스럽게 보이진 마라.
옷이란 흔히, 입는 이의 인품을 드러내니까. (…)
그리고 돈을 빌리지도 빌려주지도 마라.
돈을 빌려주면 흔히 돈과 친구 모두를 잃어버리게 되고,
돈을 빌리면 절약하는 습성이 무뎌지기 마련이지.
무엇보다 자기 자신에게 충실해라.
그럼 밤이 낮을 따르듯 반드시 네 자신도
남을 거짓으로 대하지 않게 될 것이다.

1.4.42. Be thy intents wicked or charitable

Be thou a spirit of health or goblin damned,

Bring with thee airs from heaven or blasts from hell,

Be thy intents wicked or charitable,

Thou comest in such a questionable shape

That I will speak to thee: I'll call thee Hamlet,

King, father, royal Dane: O, answer me!

Let me not burst in ignorance; but tell

Why thy canonized bones, hearsed in death,

Have burst their cerements; why the sepulchre,

Wherein we saw thee quietly inurned,

Hath oped his ponderous and marble jaws,

To cast thee up again. What may this mean,

That thou, dead corse, again in complete steel

Revisit'st thus the glimpses of the moon,

Making night hideous.[13]

---

13) 술을 퍼마시는 국왕 클로디어스의 행동을 못마땅하게 생각하는 햄릿은 술을 퍼마시는 관습은 지키기보다는 "깨뜨리는 편이 훨씬 명예롭다"(More honored in the breach, 1.4.16)고 말한다. 햄릿은 우리 모두 날 때부터 타고난 "선천적인 결함"(vicious mole of nature)을 두고 크게 나무랄 생각이 없다고 하면서 다음과 같이 말한다. "하지만 어떤 사람은 타고난 어떤 기질이 너무 지나쳐/ 이성의 울타리를 부수고 뛰쳐나가기도 하고,/ 어떤 사람은 타고난 습성이 너무 지나쳐/ 미풍양속에 어긋나는 경우도 흔히 있는 법이지./ ⋯ 그런 사람들은 순수한 미덕을 아무리 많이 지니고 있어도,/ 그들이 짊어진 유별난 결점(particular fault) 때문에 세상 사람들에게 썩었다는 지탄을 받지"(1.4.28-35). 이성으로 다스려지지 않는 지나친 격정을 경계하는 말이다. 이 말에 이어 햄릿은 아버지의 형상으로 나타난 유령에 두고 위와 같이 언급하고 있다. 이 작품에서 유령이란 존재가 선한지 악한지는 중요한 문제로 남아 있다. 유령이 악마라면 복수 명령을 통해 햄릿을 저주로 몰아넣을 수 있기 때문이다. 마셀러스는 유령이 출몰하는 혼란스러운 상황을 덴마크 조정 "어딘가 푹 썩어"(something is rotten) 있기 때문이라고 생각하는데, 이는 자연계의 이변이 인간계의 이변을 반영한다는 당대의 질서관을 드러내는 사고이다.

1.4.42. 그 의도가 선한지 악한지 잘 알 수 없지만

그대는 천상의 영기(靈氣)를 몰고 오는 신령이냐?
아니면 지옥의 독기를 몰고 오는 저주받은 악령이냐?
그 의도가 선한지 악한지 잘 알 수 없지만,
말을 걸 수 있는 형상으로 나타났으니, 물어보겠다.
나 그대를 햄릿으로, 왕으로, 아버지로,
덴마크 왕으로 부르겠다. 자, 이제 대답하라!
가슴이 답답해서 터질 지경이니, 자, 말하라.
합당한 장례의식에 따라 대지에 묻힌 유해가
왜 수의를 찢고 지상에 나타났는가?
어찌하여 그대를 평안히 안치해둔 무덤이
육중한 대리석 아가리를 벌리고,
그대의 시체를 이 지상으로 토해내게 되었는가?
대체 무슨 연유로, 유명을 달리한 그대가
완전 무장을 하고 어스름한 달밤에 다시 나타나
이 밤을 공포의 도가니로 몰아넣고 있는가?

1.5.27. Murder most foul, as in the best it is

I am thy father's spirit,

Doomed for a certain term to walk the night,

And for the day confined to fast in fires,

Till the foul crimes done in my days of nature

Are burnt and purged away. (···)

Revenge his foul and most unnatural murder. (···)

Murder most foul, as in the best it is;

But this most foul, strange and unnatural. (···)

And duller shouldst thou be than the fat weed

That roots itself in ease on Lethe wharf,

Wouldst thou not stir in this. Now, Hamlet, hear:

'Tis given out that, sleeping in my orchard,

A serpent stung me; so the whole ear of Denmark

Is by a forged process of my death

Rankly abused: but know, thou noble youth,

The serpent that did sting thy father's life

Now wears his crown.[14]

---

14) 선왕의 갑작스러운 죽음과 어머니의 근친상간적인 결혼은 햄릿의 내적 갈등의 원인으로 작용하며, 유령의 복수 명령이 주어지기 전부터 이미 햄릿의 평정심은 깨어져 있다. 그러나 갈등의 보다 근본적인 원인은 이율배반적인 유령의 명령이다. 여기서 유령은 자신의 죽음에 관련된 비밀스러운 사연을 이야기하고, 아들인 햄릿에게 자신의 친동생 클로디어스가 저지른 비열하고 해괴한 암살에 대한 복수를 명령한다. 그러나 이어지는 대사에서 유령은 햄릿에게 "네 마음을 더럽히지 마라"고 명령한다.

1.5.27. 선한 동기에서도 암살이란 가장 비열한 것

나는 네 아비의 혼령이다.
밤이면 잠시 나와 지상에 돌아다니지만
낮이면 연옥의 불길 가운데 갇혀,
살아생전에 지은 여러 가지 죄들을 태워
몸을 깨끗이 해야 하는 게 내 운명이다. (…)
놈의 더럽고 너무나 부자연스러운 암살을 복수해다오. (…)
가장 선한 동기에서도 암살이란 가장 비열한 것이지만, 이는
그 어떤 살인보다 비열하고 해괴하고 부자연스러운 암살이다.
(…)
내 이야길 듣고도 분기탱천하지 않는다면,
넌 저승에 흐르는 망각의 강, 레테의 강변에 자란
무성한 잡초보다 쓸모없고 둔한 인간이다. 햄릿, 들어봐라.
사람들은 내가 정원에서 낮잠을 자던 중,
독사에게 물려 죽었다고 알고 있다. 덴마크 백성들 모두
이 조작된 사인(死因)에 감쪽같이 속고 있다.
하지만 알아두어라, 내 귀한 아들아.
아비를 물어 죽인 독사는 지금
그 머리에 덴마크 왕관을 쓰고 있다.

1.5.46. Most seeming virtuous queen

Ay, that incestuous, that adulterate beast,
With witchcraft of his wit, with traitorous gifts,−
O wicked wit and gifts, that have the power
So to seduce!−won to his shameful lust
The will of my most seeming-virtuous queen:
O Hamlet, what a falling-off was there!
From me, whose love was of that dignity
That it went hand in hand even with the vow
I made to her in marriage, and to decline
Upon a wretch whose natural gifts were poor
To those of mine!⋯
But, soft! methinks I scent the morning air;
Brief let me be. Sleeping within my orchard,
My custom always of the afternoon,
Upon my secure hour thy uncle stole,
With juice of cursed hebenon in a vial,
And in the porches of my ears did pour
The leperous distilment.15)

---

15) 유령은 "사악한 꾀와 재주"를 이용해 음탕한 짓을 일삼는 클로디어스에 대한 분노를 드러내고 있
다. 짐승 같은 욕정으로 아내를 유혹한 동생에 대한 유령의 어조는 격렬하다. 그러나 더욱 섭섭한
것은 "정숙해 보이던 왕비"가 자신의 사랑을 배반하고, 음탕하고 비열한 동생과 놀아났다는 점이
다. 유령은 아내의 부정을 탄핵한 다음 형제살해의 전모를 밝히면서 햄릿에게 복수를 명한다.

1.5.46. 너무나 정숙해 보이던 왕비의 마음

저 음탕하고 불륜을 일삼는 짐승 같은 놈.
놈이 요술 같은 사악한 꾀와 재주를 이용해,-
오, 사악한 잔꾀와 재주여! 그렇게도 계집을 호리는 힘을
갖고 있다니!- 너무나 정숙해 보이던 왕비의 마음을 호려내
그 더러운 욕정 앞에 굴복시키고야 말았구나.
아, 햄릿! 이 얼마나 끔찍한 타락이냐!
나는 결혼식 때 그녀와 손을 맞잡고 맺었던
백년가약의 맹세를 결코 어긴 적이 없건만,
네 어미가 어찌 나에 비해 그 천성이
비천하기 짝이 없는 비열한 놈과
음란한 침대에서 놀아날 수 있단 말이냐?
잠깐, 벌써 아침 공기 냄새가 나는 것 같구나.
간단하게 말하마. 오후가 되면 늘 그러하듯,
난 정원에서 낮잠을 즐기고 있었다.
그날도 내가 가장 편히 쉬는 그 시간에
네 숙부가 저주받은 독극물을 가득 채운 병을 들고
살금살금 기어와, 나병을 유발하는 독약을
내 귓구멍에 쏟아 넣었다.

1.5.86. Taint not thy mind

Thus was I, sleeping, by a brother's hand

Of life, of crown, of queen, at once dispatched:

Cut off even in the blossoms of my sin,

Unhouseled, disappointed, unaneled,

No reckoning made, but sent to my account

With all my imperfections on my head:

O, horrible! O, horrible! most horrible!

If thou hast nature in thee, bear it not;

Let not the royal bed of Denmark be

A couch for luxury and damned incest.

But, howsoever thou pursuest this act,

Taint not thy mind, nor let thy soul contrive

Against thy mother aught: leave her to heaven

And to those thorns that in her bosom lodge,

To prick and sting her. Fare thee well at once!

The glow-worm shows the matin to be near,

And 'gins to pale his uneffectual fire:

Adieu, adieu! Hamlet, remember me.[16)]

---

16) 유령은 낮잠을 자다가 친동생에게 생명과 왕관과 왕비 모두를 강탈당한 것과 생전에 지은 죄를 참
회하지도 못하고 죽었다는 것을 원통하게 생각한다. 자신의 억울한 죽음에 대해 복수해줄 것을 부
탁한 유령은 또한 시동생과 놀아난 아내의 썩어 빠진 정절을 회복시키라고 햄릿에게 당부한다. 그
러나 복수 명령과 "마음을 더럽히지 마라"는 명령은 사실상 양립할 수 없는 명령이고, 이는 햄릿
내부에 갈등의 축을 형성한다.

1.5.86. 네 마음을 더럽히지 마라

그리하여 난 낮잠을 자다가, 친동생의 손에
내 생명과 왕관과 왕비를 한꺼번에 강탈당하고 말았다.
뿐만 아니라, 난 죄가 한창 성할 때 죽어,
성찬식도 고해성사도 도유식도 올리지 못하고,
내 생전에 지은 죄를 참회하지도 못하고,
온갖 과오를 짊어진 채 심판대로 보내졌다.
아! 두렵고 원통하다, 원통해! 정말 몸서리치는구나!
네가 천륜의 정이 있거든 참지 마라.
덴마크 왕실의 침대가 음란하고 저주받은
근친상간의 놀이터가 되지 못하게 해라.
그리 하더라도 네 마음을 더럽히지 말 것이며,
네 어미에 대해선 어떤 악한 마음도 품지 마라.
너의 어미는 하늘의 뜻에 맡겨 둬라.
가슴속에 있는 양심의 가시가
그녀를 찌르고 쏘도록 그냥 둬라. 자, 이제 작별이다!
반딧불의 희미한 불빛이 가물가물하는 걸 보니
날이 새는 모양이구나.
잘 있어라, 잘 있어! 이 애비를 잊지 마라!

1.5.106. Smiling, damned villain

O all you host of heaven! O earth! what else?

And shall I couple hell? O, fie! Hold, hold, my heart;

And you, my sinews, grow not instant old,

But bear me stiffly up. Remember thee!

And thy commandment all alone shall live

Within the book and volume of my brain,

Unmixed with baser matter: yes, by heaven!

O most pernicious woman!

O villain, villain, smiling, damned villain!

My tables,—meet it is I set it down,

That one may smile, and smile, and be a villain;

At least I'm sure it may be so in Denmark: [Writing]

So, uncle, there you are. Now to my word;

It is 'Adieu, adieu! remember me.'[17]

---

17) 햄릿의 제2독백이다. 햄릿은 이제 자신의 기억에서 모든 기억들을 지워버리고 유령의 복수 명령만
을 새겨두겠다고 맹세한다. 이후 햄릿의 뇌리에는 "잘 있어라! 잘 있어! 날 잊지 마라!"는 유령의
말이 깊이 새겨져 떨칠 수 없는 강박관념으로 작용한다. 그러나 독백을 통해 햄릿이 맹세하는 것
은 유령의 명령을 잊지 않겠다는 것뿐이고, 어떤 방법으로 언제 복수하겠다는 것은 드러나 있지
않다. 햄릿은 자신에게 주어진 유령의 명령을 부담스럽게 생각하는데, 이는 다음 대사에 잘 드러나
있다. "한 시대가 뒤틀려버렸구나(time is out of joint). 아, 저주스러운 운명이여. 내가 그것을 바로
잡아야 하는 운명으로 태어나다니." 정의가 사라지고 도덕적 질서가 사라진 덴마크의 상황은 탈구
된 어깨처럼 관절이 어긋난 상태이다. 그러나 햄릿은 암적 존재인 클로디어스를 제거하여 어지럽
혀진 왕국의 질서를 바로잡아야 하는 자신의 운명을 탐탁지 않게 생각한다.

1.5.106. 미소 짓는 저주받을 악당

일월성신이시여! 오, 대지여! 또 뭐가 있지?
지옥의 악마라도 불러낼까? 아! 진정해라, 진정해, 심장이여!
내 육신의 근육이여! 시들지 말고 제발 날
단단히 지탱해다오. 그대를 잊지 말아 달라고?
머리라는 내 수첩 속에 당신 명령만을 깊이 새겨두고,
이를 온갖 잡동사니들과 혼돈하지 말자.
그래, 하늘에 두고 맹세하자!
아, 참으로 고약한 여자로구나!
아! 악당, 악당 놈! 미소 짓는 저주받을 악당!
그래, 내 수첩에 적어두자.
아무리 미소를 지어도 악당은 악당이지.
적어도 이 덴마크에서는 분명히 그래. (적는다)
자, 숙부, 여기 이렇게 적어두지. 지금부터 내 좌우명은
"잘 있어라! 잘 있어! 날 잊지 마라!"이다.

2막. 간결함은 지혜의 정수

2.2.90. Brevity is the soul of wit

My liege, and madam, to expostulate

What majesty should be, what duty is,

Why day is day, night night, and time is time,

Were nothing but to waste night, day and time.

Therefore, since brevity is the soul of wit,

And tediousness the limbs and outward flourishes,

I will be brief: your noble son is mad:

Mad call I it; for, to define true madness,

What is't but to be nothing else but mad?

But let that go. (⋯)

Madam, I swear I use no art at all.

That he is mad, 'tis true: 'tis true 'tis pity;

And pity 'tis 'tis true: a foolish figure;

But farewell it, for I will use no art.

Mad let us grant him, then: and now remains

That we find out the cause of this effect,

Or rather say, the cause of this defect,

For this effect defective comes by cause.[18]

---

18) 폴로니어스는 햄릿이 상사병에 걸려 이상하게 행동한다고 생각한다. 그는 말재주를 부리지 않고 간결하게 말하겠다고 하지만, 햄릿이 실성한 이유를 장황하게 말한다. 폴로니어스의 장황한 말을 듣던 왕비는 "수다는 그만 떨고 요점만"(more matter, with less art) 말하라고 주문하지만 계속 수다를 떤다.

2.2.90. 간결함은 지혜의 정수

폐하, 왕비마마. 군왕의 지위란 어떠하며,
신하된 자의 도리란 무엇이며, 왜
낮은 낮이고 밤은 밤이며, 시간은 시간인지를 따지는 것은
밤과 낮과 시간을 낭비하는 일입니다.
간결함은 지혜의 정수이고, 군소리는 그 수족이요
겉치레에 불과하니, 간결하게 말씀드리겠습니다.
왕자님은 실성하셨습니다. 실성하셨다고
말씀드리는 것은, 진짜 미쳤다는 것을 정의하기 위해
이 말 외에 달리 표현할 말이 없기 때문입니다.
그건 그쯤 해두고. (…)
왕비마마, 제 어찌 감히 수다를 떨 수 있겠습니까?
왕자님이 실성하신 건 사실이고, 그 사실은 유감이며,
유감스럽지만 사실입니다. 어리석은 말재주는 그만두죠.
더 이상 수다를 떨지 않겠습니다.
왕자님께서 실성했다 치고, 이제 남은 일은
이 결과의 원인을 찾아내는 일입니다.
다시 말해 이 실성의 원인을 규명하는 것이죠.
실성이란 결과는 반드시 그 원인이 있으니까요.

2.2.118. Doubt truth to be a liar

Doubt thou the stars are fire;
Doubt that the sun doth move;
Doubt truth to be a liar;
But never doubt I love.

"O dear Ophelia, I am ill at these numbers;
I have not art to reckon my groans: but that
I love thee best, O most best, believe it. Adieu.
'Thine evermore most dear lady, whilst
this machine is to him, HAMLET."

This, in obedience, hath my daughter shown me,
And more above, hath his solicitings,
As they fell out by time, by means and place,
All given to mine ear.[19]

---

19) 클로디어스와 왕비 앞에서 폴로니어스는 왕자가 자기 딸에게 버림받아 실성했다는 것을 장황하게 말하고, 실성의 원인을 규명하는 게 중요하다고 하면서 햄릿이 오필리아에게 보낸 편지를 읽는다. 그는 햄릿의 의중을 떠보기 위해 딸인 오필리아를 미끼로 삼는다. 아직은 아무도 햄릿이 미친 체 하는 것을 모른다. "미친 체하는 행동"(antic disposition, 1.5.172)을 통해 햄릿은 자신을 은폐하고 클로디어스를 잡는 덫을 놓는다. 미친 체하는 햄릿의 연기에 모두가 속아 넘어가는데, 햄릿의 "미친 체하는 행동"과 순회극단 배우들이 상연하게 될 "곤자고의 살인"이라는 극중극은 클로디어스를 잡는 덫이다.

2.2.118. 진실이 거짓이 아닐까 의심

별이 불덩이라는 것을 의심하고,
태양이 지구 주위를 도는 것을 의심하고,
진실이 거짓이 아닐까 의심할지라도,
나의 사랑만은 제발 의심하지 말아주오.

"오, 사랑하는 오필리아, 난 이런 시를 쓰는데 서툰 사람,
내 탄식에 운 맞춰 시를 지을 재주는 없지만,
그대를 향한 내 사랑, 끝이 없다는 걸 믿어주시오. 안녕.
내 생명보다 사랑하는 그대, 이 육신 살아 있는 한,
이 몸은 모두 그대의 것. 햄릿 드림."

제 딸이 이 편지를 저에게 순순히 보여주었고,
뿐만 아니라, 햄릿 왕자님께서
언제, 어디서, 어떻게 구애하셨는지를
이 아비에게 자세히 들려주었습니다.

2.2.192. Words, words, words

HAMLET: Ay, sir; to be honest, as this world goes,
is to be one man picked out of ten thousand.

POLONIUS: That's very true, my lord.

HAMLET: For if the sun breed maggots in a dead dog,
being a god kissing carrion, — Have you a daughter?

POLONIUS: I have, my lord.

HAMLET: Let her not walk i' the sun: conception is
a blessing: but not as your daughter may conceive.
Friend, look to 't.

POLONIUS: [Aside] How say you by that?
Still harping on my daughter: yet he knew me not at first;
he said I was a fishmonger: he is far gone, far gone: (···)
I'll speak to him again. What do you read, my lord?

HAMLET: Words, words, words.

POLONIUS: What is the matter, my lord?

HAMLET: Between who?

POLONIUS: I mean, the matter that you read, my lord.[20]

---

20) 폴로니어스가 책을 읽고 있는 햄릿에게 접근하여 뭘 읽고 있느냐고 물었을 때, 햄릿은 책의 내용
은 말하지 않고 '말들'이라고 답한다. 햄릿은 정확한 답을 회피하면서 미친 척 연기하고 있는 것이
다. 햄릿은 폴로니어스를 "생선장수"라고 부르는데, 이는 딸을 팔아먹는 뚜쟁이란 뜻이다. "여전히
자신의 딸 타령을 하는" 햄릿을 본 폴로니어스는 그가 실성한 원인이 오필리아를 향한 상사병이라
고 확신한다. 그는 햄릿이 실성했다고 확신하지만, 그가 하는 미친 말에 "조리"가 있다고 생각한다
(Method in the madness, 2.2.206).

2.2.192. 말, 말, 말

햄릿: 그렇소. 요즘 세상 꼬락서닐 보면,
　정직한 사람을 찾기란 만에 하나쯤 될까?
폴로니어스: 그건 그렇습니다, 왕자님.
햄릿: 태양조차도 개의 송장에다 구더길 만드는 세상이니까.
　개의 송장은 키스하기 좋은 썩은 고깃덩이인데…. 딸이 있소?
폴로니어스: 있다마다요. 왕자님.
햄릿: 그럼 딸이 태양 아래 싸다니지 않도록 하게.
　머릿속이 꽉 차는 건 축복이지만, 딸의 배가
　꽉 차 부풀어 오르면 큰일 아닌가? 잘 살피시게.
폴로니어스: (방백) 뭔 말을 하고 있지?
　여전히 내 딸 타령이군. 그런데 처음엔 날 몰라봤지.
　나를 생선장수라고 했겠다. 미쳐도 한참 미쳤군. (…)
　다시 한번 말을 걸어볼까? 뭘 읽고 계시죠, 왕자님?
햄릿: 말, 말, 바로 '말'일세.
폴로니어스: 어떤 내용 말입니까?
햄릿: 누구 사이의 '말'이냐고?
폴로니어스: 읽고 계신 책의 내용 말입니다, 왕자님.

2.2.250. There is nothing either good or bad

HAMLET: Denmark's a prison.

ROSENCRANTZ: Then is the world one.

HAMLET: A goodly one; in which there are many confines,
wards and dungeons, Denmark being one o' the worst.

ROSENCRANTZ: We think not so, my lord.

HAMLET: Why, then, 'tis none to you; for there is
nothing either good or bad, but thinking makes it so:
to me it is a prison.

ROSENCRANTZ: Why then, your ambition makes it one;
'tis too narrow for your mind.

HAMLET: O God, I could be bounded in a nut shell
and count myself a king of infinite space,
were it not that I have bad dreams.

GUILDENSTERN: Which dreams indeed are ambition,
for the very substance of the ambitious is
merely the shadow of a dream.

HAMLET: A dream itself is but a shadow.[21]

---

21) 햄릿이 자신의 안위를 위협하리라고 생각하는 클로디어스는 로젠크랜츠와 길던스턴을 하수인으로
삼아 햄릿을 감시하게 한다. 왕과 그의 하수인들의 감시를 받고 있는 햄릿에게 덴마크는 감옥이고,
햄릿은 그 감옥에 갇힌 죄수이다. 로젠크랜츠는 햄릿의 야망이 너무 커서 덴마크를 감옥으로 느낀
다고 추측한다. 그러나 햄릿은 악몽에 시달리지만 않으면 호도껍데기 속에서도 자신을 "광대한 우
주의 제왕"(a king of infinite space)으로 생각할 수 있는 사람이다. 햄릿에게 악몽이란 선왕의 죽음
과 어머니의 타락이고 하수인들의 감시이다.

2.2.250. 처음부터 좋고 나쁜 건 없어

햄릿: 덴마크는 바로 감옥일세.

로젠크랜츠: 그럼 이 세상도 감옥이죠.

햄릿: 훌륭한 감옥이지. 거기엔 수많은 구치소와
  감방과 토굴이 있는데, 그중 덴마크는 최악의 감방이지.

로젠크랜츠: 저희들 생각엔 그렇지 않습니다, 왕자님.

햄릿: 그래. 자네들에겐 그렇지 않다는 거로군.
  처음부터 좋고 나쁜 게 따로 있는 게 아니라,
  생각하기에 달려 있지. 어쨌든 나에겐 감옥일세.

로젠크랜츠: 그건 왕자님의 야망 때문이죠. 왕자님의
  큰 포부에 비하면 이 덴마크는 너무 좁으니까요.

햄릿: 아, 하느님. 호두 껍데기 속에 갇혀 있어도,
  난 자신을 이 무한한 우주의 제왕으로 생각할 수 있어.
  악몽에 시달리지만 않으면 말이야.

길던스턴: 사실 그런 꿈 자체가 야망이죠.
  왜냐하면 야망이 큰 사람의 본질은
  바로 꿈의 그림자에 불과하기 때문입니다.

햄릿: 꿈 그 자체도 그림자에 불과한 게 아닌가?

2.2.303. What a piece of work is a man!

I have of late—but wherefore I know not—
lost all my mirth, forgone all
custom of exercises; and indeed it goes so heavily
with my disposition that this goodly frame, the
earth, seems to me a sterile promontory, this most
excellent canopy, the air, look you, this brave
o'erhanging firmament, this majestical roof fretted
with golden fire, why, it appears no other thing to
me than a foul and pestilent congregation of vapours.
What a piece of work is a man! how noble in reason!
how infinite in faculty! in form and moving how
express and admirable! in action how like an angel!
in apprehension how like a god! the beauty of the
world! the paragon of animals! And yet, to me,
what is this quintessence of dust? man delights not
me: no, nor woman neither.22)

---

22) 인간을 모든 피조물 중 가장 훌륭하고 "멋들어진 걸작"이요, "세상의 아름다움"이요, "만물의 영
장"(the paragon of animals)으로 생각했던 햄릿은 이제 인간을 한낱 진토처럼 보잘것없는 존재로
여긴다. 인간 존재에 대한 긍정이 갑자기 부정으로 바뀐 것이다. 아버지의 갑작스러운 죽음과 어
머니의 근친상간적인 결혼, 그리고 왕과 폴로니어스와 친구들의 감시가 그를 비관적으로 만들었기
때문이다. 햄릿은 이제 모든 인간적 고리로부터 단절된 고독한 인간이다. 아버지는 돌아가시고, 어
머니는 숙부와 재혼을 하고, 연인인 오필리아와 친구들은 햄릿을 배반하고 그를 감시한다. 그러므
로 햄릿에게 덴마크는 '감옥'이다.

2.2.303. 인간이란 얼마나 멋진 걸작인가!

어찌된 영문인지 모르겠어. 최근에 난,
모든 기쁨을 잃어버리고, 평소에 늘 하던 무술 훈련도
다 포기해버렸다네. 그리고 깊은 우울증에 빠져,
이토록 아름답고 훌륭한 대지도
바다로 튀어나온 황량한 바위덩어리로 보여.
너무나도 멋들어진 차양(遮陽), 하늘. 자, 보게.
머리 위에 펼쳐진 멋진 창공, 태양의 황금 불꽃으로 수놓인
이 장엄하고 웅장한 천장. 그런데 이 모든 것들이 나에겐 왜
추하고 독기 서린 증기덩어리로 보인단 말인가?
인간이란 얼마나 멋들어진 걸작인가! 이성은 얼마나 고매하고,
그 능력은 얼마나 무한한가? 그 자태와 거동은 얼마나
우아하고 경탄할 만한가? 그 행동은 얼마나 천사와 같고,
그 이해력 또한 얼마나 신에 필적할 만한가?
이 세상의 아름다움이요, 만물의 영장이 아니던가?
그런데 지금 나에겐, 인간이 진토로밖에 보이질 않다니!
어떤 남자도 여자도 날 즐겁게 할 수 없어.

2.2.559. What's Hecuba to him?

O, what a rogue and peasant slave am I!
Is it not monstrous that this player here,
But in a fiction, in a dream of passion,
Could force his soul so to his own conceit
That from her working all his visage wanned,
Tears in his eyes, distraction in's aspect,
A broken voice, and his whole function suiting
With forms to his conceit? and all for nothing!
For Hecuba!
What's Hecuba to him, or he to Hecuba,
That he should weep for her? What would he do,
Had he the motive and the cue for passion
That I have? He would drown the stage with tears
And cleave the general ear with horrid speech,
Make mad the guilty and appal the free,
Confound the ignorant, and amaze indeed
The very faculties of eyes and ears.[23)]

---

23) 햄릿은 궁정을 방문한 유랑극단 배우들을 "한 시대의 축도요 간략한 연대기"(abstract and brief
   chronicles of the time 2.2.524)로 간주한다. 햄릿은 배우들이 상연할 극의 내용이 대중들이 즐기기
   엔 다소 어려운 "개발에 편자"(caviar to the general)라고 하면서 한 장면을 읊조리게 한다. 이 대사
   는 이를 듣던 햄릿의 제3독백이다. 햄릿은 배우들에게 자신이 가진 동기와 실마리가 있다면 무대
   를 온통 눈물바다로 만들었을 것이라고 생각한다. 상상만으로도 눈물을 글썽거리고 목이 잠겨 말
   을 잇지 못하는 배우들의 실감나는 연기는 햄릿의 자책감을 심화시킨다.

2.2.559. 헤큐바는 그에게 무엇이기에?

나란 인간은 얼마나 종잡을 수 없는 천한 놈인가!
여기 이 배우들의 연기가 놀랍지 아니한가?
이 배우들은 상상 속의 감정만을 가지고도
허구에 혼을 불어넣는 연기를 하고 있지 않은가?
상상만으로도 그들의 안색은 온통 창백해지고,
눈에는 눈물을 글썽거리면서, 겉으로 보기에 실성한 것 같아.
목이 잠겨 말을 하지 못하고, 연기 하나하나를
자신들이 상상한 것에 들어맞게 하다니!
현실에 존재하지도 않는 것을 두고! 헤큐바 때문에!
헤큐바는 그에게 무엇이고, 그가 헤큐바에게 무엇이기에,
그녀를 생각하며 저렇게 울어 줄 수 있단 말인가?
배우들에게 내가 가진 동기와 실마리가 있다면,
과연 어떻게 했을까? 아마, 무대를 온통 눈물바다로 만들고,
무서운 대사로 관객들의 귀를 갈라놓고, 죄지은 자는
양심의 가책으로 미치게 하고, 죄 없는 자는 공포에 떨게 하며,
아무것도 모르는 자도 당혹스러워 넋이 빠지게 하고,
보고 듣는 모든 이의 눈과 귀를 마비시켜 놓았을 터.

2.2.582. Why, what an ass am I!

Yet I, a dull and muddy-mettled rascal, peak,

Like John-a-dreams, unpregnant of my cause,

And can say nothing; no, not for a king,

Upon whose property and most dear life

A damned defeat was made. Am I a coward?

Who calls me villain? breaks my pate across?

Plucks off my beard, and blows it in my face?

Tweaks me by the nose? gives me the lie i' the throat,

As deep as to the lungs? (···)

'Swounds, I should take it: for it cannot be

But I am pigeon-livered and lack gall

To make oppression bitter, or ere this

I should have fatted all the region kites

With this slave's offal: bloody, bawdy villain!

Remorseless, treacherous, lecherous, kindless villain!

O, vengeance!

Why, what an ass am I!24)

---

24) 제3독백 후반부에서 햄릿은 복수를 미루는 자신을 "얼마나 멍청한 놈이냐"고 나무라면서도, 한편
으로는 자신을 변호한다. 스스로 묻고 답하면서 자신을 합리화하기도 하고 비난하기도 하는 햄릿
의 독백에는 마음속에서 진행되는 갈등이 잘 드러나 있다. 유령의 이율배반적인 명령으로 인해 분
열되어 있는 햄릿이 복수를 구체적 행동으로 옮기기 위해 선결되어야 하는 것은 분열된 자아의 극
복이다. 햄릿은 다시 한번 클로디어스를 복수해야 할 잔인하고 음탕한 악당으로 규정하고 복수 의
지를 불태운다.

2.2.582. 나란 인간은 얼마나 멍청한 놈이냐!

그런데 나는 둔하고 미련한 놈,
몽상가처럼 백일몽에 사로잡혀 무기력하게 서성대며,
말 한마디 제대로 하지 못하고 있지 않은가?
가진 모든 것과 소중한 생명마저 빼앗긴 선왕을 위해
난 뭘 하고 있단 말인가? 나는 비겁한 겁쟁이일까?
하지만 날 악당이라 부르고, 대갈통을 부술 자 그 누구더냐?
내 수염을 뽑아, 내 얼굴에 훅 불어댈 자 누구냐?
내 코를 비틀고, 나를 배 속까지 시키면
거짓말쟁이라고 부를 수 있는 자, 그 누구냐? (…)
하지만, 제기랄, 이런 모욕들을 달게 받을 수밖에….
난 비둘기 간에 쓸개마저 없어서,
이 굴욕에 대항할 배알마저 없는 못난 놈이니까.
그렇지 않다면, 진작 그 비열한 악당 놈의
오장육부로 하늘을 나는 솔개들을 살찌웠겠지.
잔인하고 음탕한 악당! 뉘우칠 줄 모르고,
음흉하고, 음탕하고, 해괴한 악당! 아, 복수다!
나란 인간은 얼마나 멍청한 놈이냐!

2.2.604. The play's the thing

Fie upon't! foh! About, my brain! I have heard
That guilty creatures sitting at a play
Have by the very cunning of the scene
Been struck so to the soul that presently
They have proclaimed their malefactions;
For murder, though it have no tongue, will speak
With most miraculous organ. I'll have these players
Play something like the murder of my father
Before mine uncle: I'll observe his looks;
I'll tent him to the quick: if he but blench,
I know my course. The spirit that I have seen
May be the devil: and the devil hath power
To assume a pleasing shape; yea, and perhaps
Out of my weakness and my melancholy,
As he is very potent with such spirits,
Abuses me to damn me: I'll have grounds
More relative than this: the play's the thing
Wherein I'll catch the conscience of the king.[25]

---

25) 제3독백의 마지막 부분으로 햄릿은 유령이 "그럴싸한 모습으로 둔갑하는 힘"(power to assume a pleasing shape)을 가진 악마일지도 모른다고 생각한다. 그리하여 햄릿은 유령이 한 말의 신빙성을 확인하고 유령의 말보다는 더 확실한 증거를 잡겠다는 심중을 드러낸다. 그 방법은 순회 극단 배우들에게 선왕이 클로디어스에게 독살당했을 때의 상황과 비슷한 극을 상연하게 하여 덫을 놓고 클로디어스의 반응을 살펴보는 것이다.

2.2.604. 그것은 바로 연극

빌어먹을! 햄릿 정신 좀 차려라.
그래, 들어본 적이 있어.
죄를 지은 놈들이 연극을 보다가
너무나 훌륭한 연기에 깊이 감동한 나머지,
바로 자신들의 죄를 고백했다는 이야기를….
살인죄는 아무리 숨기려 해도 스스로 그 죄를
만천하에 드러내는 법. 이 배우들이 숙부 앞에서
아버지 살해 장면과 흡사한 걸 상연토록 하겠다.
극 상연 중 숙부의 안색을 살피다가
급소를 한 번 쿡 찔러봐야지. 그가 움찔하기만 해도,
앞으로 내 행동은 분명해질 거야. 하지만
내가 본 유령이 악마일지도 몰라. 악마는
그럴싸한 모습으로 둔갑하는 능력이 있다고 하던데.
내가 허약하고 우울한 틈을 타서
날 속이고 파멸시키려는 게 아닌지 몰라.
악마는 약하고 우울한 이에게 잘 통한다고 하던데….
유령의 말보다 더 확실한 증거를 잡아야겠다.
그건 바로 연극이지. 왕의 양심을 낚을 수 있는 방법이야.

3막. 악마의 본성에 사탕발림을

3.1.47. Do sugar over the devil himself

POLONIUS: Ophelia, walk you here. Gracious, so please you,

We will bestow ourselves.

[To OPHELIA] Read on this book;

That show of such an exercise may colour

Your loneliness. We are oft to blame in this, —

'Tis too much proved — that with devotion's visage

And pious action we do sugar o'er

The devil himself.

CLAUDIUS: [Aside] O, 'tis too true!

How smart a lash that speech doth give my conscience!

The harlot's cheek, beautied with plastering art,

Is not more ugly to the thing that helps it

Than is my deed to my most painted word:

O heavy burthen!26)

---

26) 폴로니어스가 딸에게 햄릿을 정탐하기 위해 책을 읽고 있는 '체'하라고 명하면서 하는 말이다. '체' 하는 행동과 실재의 대립은 이 작품 전체를 관통하는 중요한 주제인데, 햄릿 주변의 인물들은 늘 '체'하는 행동으로 자신들의 악한 의도를 감춘다. 왕은 스스로 자신의 행동이 "거짓된 말로 그럴싸 하게 치장한" 추한 행동임을 인정하고 있다.

3.1.47. 악마의 본성에 사탕발림을

폴로니어스: 오필리아, 여기서 서성대고 있어라.
　페하, 황공하오나 저와 함께 숨으시지요.
　(오필리아에게) 이 책을 읽고 있어라. 그래야
　혼자 있어도 그리 이상하게 보이진 않을 게다.
　이런 일로 비난받긴 하지만,
　이 세상에서 너무나 흔해빠진 일이지.
　우린 흔히 경건한 체하는 외모와 신성한 체하는 행동으로
　악마조차 설탕을 발라 달콤하게 만들지.
클로디어스: (방백) 아, 너무나 뼈아픈 말이구나!
　그의 말이 내 양심을 찌르는 채찍이구나!
　분을 처발라 단장한 창녀의 볼이 추하다 한들,
　거짓된 말로 그럴싸하게 치장한
　내 행동보다야 더 추할까?
　아, 무거운 나의 업보(業報)여!

3.1.55. To be, or not to be

To be, or not to be: that is the question:
Whether 'tis nobler in the mind to suffer
The slings and arrows of outrageous fortune,
Or to take arms against a sea of troubles,
And by opposing end them? To die: to sleep;
No more; and by a sleep to say we end
The heart-ache and the thousand natural shocks
That flesh is heir to, 'tis a consummation
Devoutly to be wished. To die, to sleep;
To sleep: perchance to dream: ay, there's the rub;
For in that sleep of death what dreams may come
When we have shuffled off this mortal coil,
Must give us pause: there's the respect
That makes calamity of so long life.[27]

---

27) 햄릿의 제4독백으로 단순히 행동할 수 없는 주인공의 복잡한 심경이 잘 드러나 있다. 햄릿은 아버
지의 죽음과 복수라는 문제를 통해 존재와 무, 삶과 죽음, 실체와 허구, 진리와 거짓, 선과 악, 정
의와 불의 등의 문제에 대해 갈등하고 회의한다. 여기서 "참느냐, 마느냐"는 상황을 있는 그대로
내버려둘 것인지, 아니면 죽음을 불사하고라도 어떤 행동을 취할 것인지를 의미하는 구절이다. 이
는 또한 삶과 죽음, 진실과 허위, 존재와 무(無) 등의 대립 개념 사이에서 선택의 문제를 내포하고
있다. 포악한 운명의 일격을 참고 견디는 것은 수동적이며 고난의 바다에 대항해 이를 근절시키는
것은 능동적인 행위이다. 하지만 이 둘 다 쉬운 일이 아니다. 그리하여 햄릿은 죽음이 모든 것을
해결해줄 수 있는지를 묻는다. 그러고는 죽음이 잠자는 것과 별로 다를 바 없다고 생각하면서 죽
는 행위를 정당화하려고 한다. 그러나 문제는 그리 단순하지 않다. 햄릿에게 주어진 현재의 삶이
비참하다고 해도 사후 세계의 삶이 현재의 삶보다 더 나으리라는 보장도 없다. 그리하여 사후의
세계에서 어떤 꿈을 꾸게 될 것인지가 햄릿을 망설이게 하고, 이는 이 세상의 온갖 모욕과 수모를
참으면서 "지루한 인생의 무거운 짐"을 지고 고통스럽게 살아가게 만든다.

3.1.55. 참느냐 마느냐

참느냐 마느냐. 그것이 문제로구나.
이 포악한 운명의 돌팔매와 화살을
참고 견디는 것이 고상한 일인가? 아니면,
무기를 들어 밀려오는 고난의 바다에 대항해
이를 근절시키는 것이 더 고상한 일인가?
죽는다, 잠든다, 그뿐이다. 잠듦으로써
육신이 받는 온갖 고통과 번뇌를 끝낼 수 있다면,
이는 우리가 바라는 삶의 극치가 아니겠는가?
죽는다, 잠든다. 잠들 뿐이다.
그럼 꿈을 꾸겠지. 아, 그게 문제로구나.
우리가 이 삶의 굴레를 벗어났을 때,
죽음 같은 잠 속에서 어떤 꿈을 꾸게 될 건지가
우리를 망설이게 하는구나. 그것이 바로
이 긴 인생을 불행하게 만드는 이유가 아니겠는가?

3.1.79. The undiscovered country

For who would bear the whips and scorns of time,
The oppressor's wrong, the proud man's contumely,
The pangs of despised love, the law's delay,
The insolence of office and the spurns
That patient merit of the unworthy takes,
When he himself might his quietus make
With a bare bodkin? who would fardels bear,
To grunt and sweat under a weary life,
But that the dread of something after death,
The undiscovered country from whose bourn
No traveller returns, puzzles the will
And makes us rather bear those ills we have
Than fly to others that we know not of?
Thus conscience does make cowards of us all;
And thus the native hue of resolution
Is sicklied o'er with the pale cast of thought,
And enterprises of great pith and moment
With this regard their currents turn awry,
And lose the name of action.[28)]

---

28) 제4독백의 후반부에서 햄릿은 쉽게 자살할 수 없는 이유를 알 수 없는 "미지의 세계"에서 찾는다.
햄릿은 자신이 죽음으로써 이 세상의 죄악, 부정, 부패가 제거될 수 있을지, 아니면 죽고 난 후에
도 그 문제가 그대로 남을지 알 수 없다. 모든 것은 불확실하다.

3.1.79. 미지의 세계

그렇지 않다면 그 어느 누가
이 세상의 채찍과 모욕을 참고 견딜 것이며,
압제자의 횡포와 권력자의 무례함과
버림받은 사랑의 고통과 질질 끄는 지루한 재판과,
관리들의 오만불손과, 유덕한 사람들이
소인배들로부터 받는 모욕과 수모를 참을 수 있겠는가?
단 한 자루의 단도로 모든 것을 끝장낼 수 있는데….
어느 누가 이 지루한 인생의 무거운 짐을 지고
땀을 뻘뻘 흘리고 신음하면서 살아가겠는가?
하지만 죽음 뒤에 닥쳐올 그 무엇에 대한 두려움과
나그네 한번 가면 돌아올 수 없는 미지의 세계가
우리의 결심을 망설이게 하고,
알지도 못하는 미지의 세계로 날아가느니
차라리 현세에서 당하는 번뇌를
참고 견디도록 하는 것이 아니겠는가?
그리하여 분별력은 우리를 겁쟁이로 만들어버리고,
결심의 자연스러운 색조도 사념의 창백한 색조로 그늘져,
충천하던 의기와 기상도 이러한 이유로
길을 잃어버리고, 마침내 행동력을 상실해버리고 만다.

3.1.120. Get thee to a nunnery!

Ay, truly; for the power of beauty will sooner
transform honesty from what it is to a bawd than
the force of honesty can translate beauty into his
likeness: this was sometime a paradox, but now the
time gives it proof. I did love you once. (…)
Get thee to a nunnery: why wouldst thou be a
breeder of sinners? I am myself indifferent honest;
but yet I could accuse me of such things that it
were better my mother had not borne me:
I am very proud, revengeful, ambitious, with more
offences at my beck than I have thoughts to put them in,
imagination to give them shape, or time to act them
in. What should such fellows as I do crawling
between earth and heaven? We are arrant knaves,
all; believe none of us. Go thy ways to a nunnery.
Where's your father?[29]

---

29) 오필리아가 여인에게 "아름다움과 정절처럼 잘 어울리는 건 없다"고 말하자 햄릿은 위와 같이 비
아냥거리면서 여성 혐오를 드러낸다. 햄릿은 아름다운 여자는 정절을 지키지 못하고 음란한 여자
가 되기 쉽다고 비아냥거리면서 죄 많은 인간을 낳지 말고 수녀원으로 가라고 외친다. '수녀
원'(nunnery)이란 단어는 당대에 '창녀촌'을 뜻했던 속어였다는 점을 감안하면 햄릿의 여성 혐오가
어느 정도인지를 짐작할 수 있을 것이다. 오필리아에 대한 햄릿의 진심을 파악하긴 어렵지만, 어
머니의 부정에 연유한 여성 혐오가 오필리아에게 확대 적용되고 있음을 알 수 있다.

3.1.120. 수녀원으로 가시오!

정절이 미모를 자신처럼 만들기보다는
미(美)의 힘이 정절로 하여금 그 본성을 버리게 하고,
음란한 여자로 타락시키기가 훨씬 더 쉬운 법이오.
전에는 이 말이 역설에 불과했지만, 요즘은 그 말이
사실이 되었소. 난 한때 그대를 사랑했었소. (…)
수녀원으로 가시오. 뭐 때문에 그대는
죄 많은 인간을 낳으려고 하시오. 난 자신을 꽤
덕 있는 사람이라고 생각하오. 하지만 난 어머니가
왜 날 낳았는지 원망할 정도로 많은 죄를 상상하고 있소.
난 몹시 오만하고, 복수심에 차 있으며, 야심에 찬 사람이오.
때문에, 나는 생각이 그것들에 옷을 입히고, 상상력이
형체를 드러내게 하고, 그것들을 실행에 옮길 시간이 없을 정도로
수많은 적개심을 마음대로 부릴 수 있소. 나 같은
인간이 하늘과 땅 사이를 기어 다니며 할 일이 뭣이겠소?
우린 모두 악명 높은 악당이오. 아무도 믿지 마시오.
수녀원에나 가시오. 당신 아버지는 어디 있소?

3.1.153. The glass of fashion

O, what a noble mind is here o'erthrown!
The courtier's, soldier's, scholar's, eye, tongue, sword;
The expectancy and rose of the fair state,
The glass of fashion and the mould of form,
The observed of all observers, quite, quite down!
And I, of ladies most deject and wretched,
That sucked the honey of his music vows,
Now see that noble and most sovereign reason,
Like sweet bells jangled, out of tune and harsh;
That unmatched form and feature of blown youth
Blasted with ecstasy: O, woe is me,
To have seen what I have seen, see what I see![30]

---

30) "수녀원에나 가라"는 햄릿의 폭언을 참다못한 오필리아의 말이다. 오필리아에게 햄릿은 고결한 정신의 표상이었다. 덴마크의 희망이요 꽃이요 풍속의 거울이요 예의범절의 귀감이었다. 그러나 지금 오필리아는 청아한 종소리처럼 아름답던 햄릿의 고결한 정신이 무너져 버렸다고 한탄한다. 햄릿의 연인이었던 오필리아는 햄릿의 '미친 체하는 행동'을 곧이곧대로 받아들이는 순진한 인물이다. 햄릿은 여전히 그녀를 사랑하지만, 그녀는 햄릿이 싫어하는 폴로니어스의 딸이다.

3.1.153. 풍속의 거울

아, 그렇게 고결하던 정신이 무너져버렸구나!
궁정인의 구변과 무사의 무술과 학자의 안목을 겸비하셨던 분,
이 나라의 희망이요 꽃이었던 분, 풍속의 거울이요
예의범절의 귀감으로 모든 사람이 존경하던 분이셨건만,
이제, 정말, 그분의 정신이 무너져버렸구나!
한때 그분의 달콤한 사랑의 맹세를 맛보기도 했지만,
모든 여인들 가운데 가장 비참하게 된 나는 이제
맑은 종소리처럼 고상하고 당당했던 그분의 이성이 금이 가서
박자가 맞지 않고 귀에 거슬리는 소릴 내는 것을 듣게 되었구나.
활짝 핀 청춘의 비할 데 없는 용모와 자태가 광기로 시들어버렸어.
아, 가련한 내 신세여! 그분의 옛 모습을 보았던 이 눈으로,
이제 광기로 시든 그분의 모습을 보게 될 줄이야!

3.2.22. The mirror up to nature

Be not too tame neither, but let your own discretion
be your tutor: suit the action to the word, the word to
the action; with this special (observance that you) o'erstep
not the modesty of nature: for any thing so overdone is
from the purpose of playing, whose end, both at the
first and now, was and is, to hold, as 'twere, the
mirror up to nature; to show virtue her own feature,
scorn her own image, and the very age and body of
the time his form and pressure. Now this overdone,
or come tardy off, though it make the unskilful
laugh, cannot but make the judicious grieve; the
censure of the which one must in your allowance
o'erweigh a whole theatre of others.[31]

---

31) 햄릿은 극중극을 상연하는 배우들에게 소리를 지르며 과장되게 연기하지 말고, 자연의 절도에 어긋남이 없이 자연스럽게 대사를 읊조리라고(trippingly on the tongue) 지시한다. 과장하거나 왜곡하지 않고 자연스럽게 인간의 행동을 재현하라는 말이다. 연극의 목적이 "자연에 거울을 들어 비춰내는 것"이라는 구절은 르네상스 시대의 극 이론을 요약하는 유명한 표현이다.

3.2.22. 자연에 거울을 들이대어 비추는 것

너무 맥없이 연기해서는 안 돼. 그러니 각자 자신의 분별력을
선생으로 삼도록 하게. 연기는 대사에, 대사는 연기에 맞추고,
특히 주의해야 할 것은, 자연의 절도를 벗어나지 않도록
연기하는 거야. 뭣이든 도가 지나치면 극의 목적에 벗어나는 것.
연극의 목적이란 예나 지금이나, 과거나 현재나 여전히,
말하자면, 자연에 거울을 들이대어 비춰내는 것이니,
선한 것은 선한 것으로 조소받을 건 조소받을 것으로 비추어,
그 시대의 참다운 모습과 양상을 그대로 보여주는 일이지.
다시 말하지만, 만사에 넘치거나 모자라게 되면,
판단력이 미숙한 관객들을 웃길 수 있는지는 몰라도
식자층에겐 전혀 통하지 않아.
한 사람이라 할지라도 그런 식자층 관객의 비난은
극장을 꽉 메운 다른 미숙한 관객들 전체의 칭찬보다 더 중요해.

3.2.73. In my heart of heart

For thou hast been
As one, in suffering all, that suffers nothing,
A man that fortune's buffets and rewards
Hast ta'en with equal thanks: and blest are those
Whose blood and judgment are so well commingled,
That they are not a pipe for fortune's finger
To sound what stop she please. Give me that man
That is not passion's slave, and I will wear him
In my heart's core, ay, in my heart of heart,
As I do thee. ─ Something too much of this. ─
There is a play to-night before the king;
One scene of it comes near the circumstance
Which I have told thee of my father's death:
I prithee, when thou seest that act afoot,
Even with the very comment of thy soul
Observe mine uncle.[32]

---

32) 햄릿은 자신이 격정의 노예가 되어 운명의 노리개로 전락할지도 모른다고 걱정한다. 그는 "운명의 여신의 손가락 끝"에서 놀아나지 않고, 자신의 피리소리를 내면서 이성과 감성의 균형을 잘 유지하고 있는 호레이쇼를 부러워한다. 햄릿은 호레이쇼와 같은 사람을 자신의 진정한 친구로 삼아 마음속 깊이 간직하기를 원한다. 이성과 감성의 조화는 르네상스 시대의 이상이다. 클로디어스의 하수인이 된 로젠크랜츠에게 햄릿은 자신을 "피리보다 더 다루기 쉽다"고 생각하고 "마음속의 비밀"(The heart of my mystery, 3.2.365)을 캐내려고 하지 말라고 경고하면서, 자신을 감시하는 자들의 뜻대로 소리를 내는 피리가 되지 않겠다고 결심한다. 햄릿은 호레이쇼에게 공연될 연극의 한 장면이 아버지가 살해되던 상황과 비슷한 장면이니, 이를 관람하는 클로디어스의 표정을 잘 관찰해달라고 부탁한다. 클로디어스의 양심을 잡을 수 있는 '극중극'이란 덫을 놓은 셈이다.

3.2.73. 내 마음속 한가운데

자넨 온갖 고통을 겪으면서도 아무렇지도 않은 양,
운명이 주는 고통이든 은총이든, 이 둘을
똑같이 감사하는 마음으로 받아들인 사람이었지.
감정과 이성이 멋지게 조화를 이루어,
운명의 여신의 손가락 끝에서 놀아나지 않고,
그녀가 원하는 피리 소리가 아니라
자신의 소리를 낼 수 있는 사람은 축복받은 사람이야.
격정의 노예가 아닌 사람이 있다면 소개해주게.
난 마음속, 내 마음속 한가운데 그를 간직하겠네.
내가 자네를 대할 때처럼 말일세.
내가 수다스럽게 너무 많은 말을 하는군.
오늘밤 국왕 앞에서 연극이 공연될 걸세.
그중 한 장면은 바로, 내가 언젠가 자네에게 말해준,
내 아버님의 살해 상황과 비슷한 장면이지.
연극이 시작되거든 제발 정신을 바짝 차리고
내 숙부의 일거수일투족을 지켜봐주게.

3.2.171. Where love is great, the littlest doubts are fear

Yet, though I distrust,
Discomfort you, my lord, it nothing must:
For women's fear and love holds quantity;
In neither aught, or in extremity.
Now, what my love is, proof hath made you know;
And as my love is sized, my fear is so:
Where love is great, the littlest doubts are fear;
Where little fears grow great, great love grows there.
(···)
O, confound the rest!
Such love must needs be treason in my breast:
In second husband let me be accurst!
None wed the second but who killed the first.
(···)
The instances that second marriage move
Are base respects of thrift, but none of love:
A second time I kill my husband dead,
When second husband kisses me in bed.[33]

---

33) 극중극에서 배우 왕비가 배우 왕에게 하는 말이다. 그녀는 "애정이 없으면 근심도 없고, 애정이 넘
치면 근심 또한 넘친다"고 하면서 배우 왕에 대한 자신이 사랑이 얼마나 큰지를 강조한다. 남편을
사랑했다면 그가 죽은 후라도 개가하지 못한다는 배우 왕비의 말은, 역으로 남편이 죽은 뒤 너무
나도 빨리 재혼한 햄릿 어머니의 위선적인 행동을 비추어낸다.

3.2.171. 애정이 깊어지면 사소한 염려도 근심 걱정이 되고

제가 이렇게 염려한다 해서
폐하께서 심려하지는 마옵소서.
원래 여인의 근심과 애정은 함께하는 법이랍니다.
애정이 없으면 근심도 없고, 애정이 넘치면 근심도 넘치죠.
폐하에 대한 제 사랑이 얼마나 큰지는 이미 아실 터,
애정이 큰 만큼 근심도 크답니다.
애정이 깊어지면 사소한 염려도 근심 걱정이 되고,
사소한 근심 깊어지면 위대한 사랑 또한 깊어진답니다.
(…)
아, 나머진 그만하옵소서!
제 가슴속에, 그런 사랑은 오직 추악한 반역일 뿐.
두 번째 남편을 얻느니 차라리 저주를 받지요.
첫 남편을 죽인 여자가 아니고야 어찌 개가를….
(…)
개가를 하겠다는 마음은 천박한 욕정 때문이지
결코 사랑 때문에 생겨나는 것은 아니지요.
만약 두 번째 남편과 잠자리를 같이하고 키스한다면
이는 돌아가신 남편을 두 번 죽이는 셈이지요.

3.2.188. Purpose is but the slave to memory

What we do determine oft we break.

Purpose is but the slave to memory,

Of violent birth, but poor validity;

Which now, like fruit unripe, sticks on the tree;

But fall, unshaken, when they mellow be.

Most necessary 'tis that we forget

To pay ourselves what to ourselves is debt:

What to ourselves in passion we propose,

The passion ending, doth the purpose lose.

The violence of either grief or joy

Their own enactures with themselves destroy:

Where joy most revels, grief doth most lament;

Grief joys, joy grieves, on slender accident.

This world is not for aye, nor 'tis not strange

That even our loves should with our fortunes change;

For 'tis a question left us yet to prove,

Whether love lead fortune, or else fortune love.[34]

---

34) 극중극에서 배우 왕비가 영원한 사랑을 맹세하자, 배우 왕은 "의지는 기억의 노예"일 뿐이라서 그
순간의 결심이 사라지면 그때의 생각을 실현할 힘도 사라지고 사랑 또한 변한다고 말한다. 사랑과
운명의 가변성을, 그리고 인간의 의도와 운명의 어긋남을 지적하는 대사이다. 배우 왕은 이 세상
에 영원한 것은 없으니, 사랑이 운명과 더불어 바뀐다 해도 이상할 것이 없다고 생각한다. 햄릿의
아버지에게 그렇게도 영원한 사랑을 맹세했던 거트루드의 변절을 보면 이는 사실이다. 선왕에 대
한 그녀의 열정은 그의 죽음과 함께 시들어버리고 새로운 잠자리를 찾는다.

3.2.188. 인간의 의지는 기억의 노예에 불과할 뿐

인간은 흔히 자신의 결심을 깨뜨리기 마련이오.
인간의 의지는 기억의 노예에 불과해서,
태어날 땐 그 기세 맹렬하나 지속력이 모자라 곧 사라지고,
지금은 설익은 과일처럼 가지에 단단히 매달려 있지만,
세월이 흘러 무르익으면 흔들지 않아도 저절로 떨어지는 법.
결심이란 스스로 자신에게 진 빚과 같으니,
그 빚 갚는 것을 잊어버림은 피할 수 없는 일.
우리 스스로 들끓는 열정 속에서 약속한 일은
그 열정이 식으면 약속했던 것도 시들어버리오.
슬픔이나 기쁨의 격렬함도 사라지면,
결심을 실현할 힘도 제풀에 꺾여 사그라지고 맙니다.
큰 기쁨 있는 곳에 큰 슬픔이 함께하는 법이니
사소한 일에 기쁨과 슬픔의 자리가 뒤바뀌지는 않소.
이 세상에 영원한 것은 없으니, 우리 사랑이
운명과 더불어 바뀐다 해도 이상할 게 없소.
사랑이 운명을 이끄는지, 아니면 그 반대인지는
인간에게 미해결로 남겨진 문제가 아니겠소.

3.2.205. The poor advanced makes friends of enemies

The great man down, you mark his favourite flies;

The poor advanced makes friends of enemies.

And hitherto doth love on fortune tend;

For who not needs shall never lack a friend,

And who in want a hollow friend doth try,

Directly seasons him his enemy.

But, orderly to end where I begun,

Our wills and fates do so contrary run

That our devices still are overthrown;

Our thoughts are ours, their ends none of our own:

So think thou wilt no second husband wed;

But die thy thoughts when thy first lord is dead.[35)]

---

35) 사랑이든 우정이든 운명과 더불어 변한다는 사실을 지적하는 배우 왕의 말이다. "출세하면 원수도 친구가 되는 것처럼" 사랑 또한 상황에 따라 변한다. 배우 왕이 배우 왕비에게 지금은 개가할 생각이 없지만, 첫 남편이 죽고 나면, 곧 그 생각도 사라지리라고 하는데, 이는 곧 거트루드를 두고 하는 말이다. 이 연극이 마음에 드느냐는 햄릿의 물음에 거트루드는 "왕비의 맹세가 좀 경망스러운 것 같다"(The lady protests too much)고 답한다. 아이러니컬하게도 이 말은 거트루드 자신에게 해당하는 말이다. 배우 왕비는 성급하게 결혼한 거트루드와 대단히 닮은 인물이기 때문이다.

3.2.205. 비천한 자가 출세하면, 원수도 친구가 되고

권력자가 몰락하면 심복마저도 도망가 버리고,
비천한 자가 출세하면 원수도 친구가 된다고들 하오.
이제까지 경험으로 보아, 사랑은 운명과 더불어 변하고,
재물이 풍부한 자는 결코 친구가 모자라는 법이 없지만,
가난한 자가 친구를 시험하려다 보면
당장 그의 원수가 되어버린다오.
다시 처음 이야기로 돌아가 결말을 맺자면,
인간의 소원과 운명은 서로 반대로 달리고 있어서
우리의 계획은 뒤집어지는 게 보통이오.
생각은 우리 것이지만, 그 결과는 우리 게 아니질 않소?
그러니 왕비께서 지금은 개가할 생각이 없지만,
첫 남편이 죽고 나면, 곧 그 생각도 사라지고 말 거요.

3.2.393. O heart, lose not thy nature

'Tis now the very witching time of night,

When churchyards yawn and hell itself breathes out

Contagion to this world: now could I drink hot blood,

And do such bitter business as the day

Would quake to look on. Soft! now to my mother.

O heart, lose not thy nature; let not ever

The soul of Nero enter this firm bosom:

Let me be cruel, not unnatural:

I will speak daggers to her, but use none;

My tongue and soul in this be hypocrites;

How in my words soever she be shent,

To give them seals never, my soul, consent!36)

---

36) 주요 등장인물들이 모인 가운데 상연된 극중극에서 곤자고라는 공작의 귀에 공작의 조카가 독약
을 부어 넣는 순간 클로디어스는 당혹감에 자리를 박차고 일어나서 퇴장한다. 클로디어스의 죄가
암시적으로 드러나고 유령이 한 말이 진실이라는 것이 판명되는 이 장면은 극의 클라이맥스에 해
당하는 부분이다. 클로디어스의 범죄를 확신한 햄릿은 이제 제5독백을 통해 강렬한 복수의지를 드
러낸다. 극중극을 통해 왕의 죄를 확인한 햄릿은 금방이라도 복수를 단행할 것 같아 보인다. 하지
만 그는 어머니를 배려하라는 유령의 명을 잊을 수가 없다. 그리하여 햄릿은 어머니를 가혹하게
나무라더라도 천륜의 정을 저버리는 행동은 하지 말자고 다짐한다.

3.2.393. 아, 제발 천륜의 정일랑 잊지 말자

마술이 설쳐대는 한밤중이로구나. 교회의 무덤들은
하품을 하고, 지옥은 온 세상을 향해 독기를 품어낸다.
이제 뜨거운 피를 마시고, 낮이 보면 사지를 떨 만한
무시무시한 일을 내가 저지를 수 있을 것 같아.
가만 있자, 우선 어머니께 가봐야지. 아, 제발
천륜의 정일랑 잊지 말자. 잔인한 네로의 영혼이
내 가슴속에 들어오지 말게 하자.
가혹하게 대할지라도, 천륜의 정은 저버리지 말자.
단도처럼 날카롭게 말하되 단도를 쓰지는 말자.
이 점에 있어서, 내 혓바닥과 영혼은 위선자가 되자.
말로는 아무리 가혹하게 나무랄지라도, 내 영혼이여,
그걸 절대 행동으로 옮기지 않도록 해다오.

3.3.36. It smells to heaven!

O, my offence is rank it smells to heaven;
It hath the primal eldest curse upon't,
A brother's murder. Pray can I not,
Though inclination be as sharp as will:
My stronger guilt defeats my strong intent; (⋯)
What if this cursed hand
Were thicker than itself with brother's blood,
Is there not rain enough in the sweet heavens
To wash it white as snow? Whereto serves mercy
But to confront the visage of offence?
And what's in prayer but this two-fold force,
To be forestalled ere we come to fall,
Or pardoned being down? Then I'll look up;
My fault is past. But, O, what form of prayer
Can serve my turn? 'Forgive me my foul murder'?
That cannot be; since I am still possessed
Of those effects for which I did the murder,
My crown, mine own ambition and my queen.[37]

---

37) 극중극을 본 클로디어스는 양심의 가책을 느끼고 위와 같이 말한다. 그는 형님을 살해한 자신의 죄가 너무나 추악하여 그 악취가 하늘에 진동하고 있다고 느낀다. 클로디어스는 회개하고 싶지만 용서를 구하는 기도를 드릴 수 없다. 사악한 행위를 통해 얻은 그 어떤 것도 포기하지 않았기 때문이다.

3.3.36. 악취가 하늘을 찌르는구나!

내 죄가 너무나 추악하여, 그 악취가 하늘을 찌르는구나.
형제살해, 이는 최초의 가장 오래된 저주를 받을 것이다!
기도하고 싶은 심정은 너무나도 강하지만
기도할 수 없구나. 크나큰 죄책감 때문에
기도하고 싶은 간절한 심정도 허물어지는구나. (…)
형의 피가 엉겨 두꺼워진 이 저주받은 손에,
자비로운 하늘이 억수같은 비를 퍼부어
백설처럼 하얗게 씻어줄 순 없단 말이냐?
죄와 맞서 막아주지 못하면 어찌 자비라고 할 수 있을까?
죄에 빠지지 않도록 미리 막아주고,
죄에 빠졌다 해도 저지른 죄를 사해주는
이중의 공덕이 없다면, 기도는 해서 뭘 하지?
그럼 용서를 구하는 기도를 드려보자.
나의 죄는 이미 과거지사. 하지만 이제 와서 내가
어떤 기도를 드릴 수 있을까? "추악한 살인죄를 용서해달라고?"
그럴 순 없어. 나는 살인으로 얻은 것들,
즉 나의 왕관, 나의 야망, 그리고 나의 왕비,
이 모든 것을 아직도 그대로 갖고 있으니….

3.3.79. This is hire and salary, not revenge

Now might I do it pat, now he is praying;
And now I'll do't. And so he goes to heaven;
And so am I revenged. That would be scanned:
A villain kills my father; and for that,
I, his sole son, do this same villain send
To heaven.
O, this is hire and salary, not revenge.
He took my father grossly, full of bread;
With all his crimes broad blown, as flush as May;
And how his audit stands who knows save heaven?
But in our circumstance and course of thought,
'Tis heavy with him: and am I then revenged,
To take him in the purging of his soul,
When he is fit and seasoned for his passage?
No! Up, sword; and know thou a more horrid hent:
When he is drunk asleep, or (⋯) about some act
That has no relish of salvation in't.[38]

---

38) 제6독백은 나름대로의 이유를 들어 복수를 지연하는 햄릿의 사변적 성격을 잘 드러내고 있다. 햄 릿은 복수할 수 있는 절호의 기회를 잡았지만, 구원의 가능성이 전혀 없을 때를 택해 클로디어스 를 죽이기로 하고 복수를 지연한다. 클로디어스가 회개의 기도를 올리고 있을 때 죽이면 천당에 보내는 것이지 복수가 아니라고 생각하기 때문이다. 그러나 이는 자기변명에 지나지 않는다. 클로 디어스의 기도에 구원의 기미가 드러나지 않기 때문이다. "내 말은 허공으로 날아가고, 생각은 땅 아래 남는구나! 마음에 없는 빈말(words without thoughts)이 하늘에 닿을 리 없지."

3.3.79. 복수가 아니라 품삯을 받고 일해 주는 셈

지금이 절호의 기회다. 놈은 지금 기도하고 있어?

지금 당장 해치우자. 그럼 놈은 천당에 가고,

난 원수를 갚게 되지. 하지만 잘 생각해봐야 할 일.

저 악당 놈은 내 아버질 살해했는데, 그 대가로

외아들인 내가 놈을 천당으로 보낸다고?

아, 이건 복수가 아니라, 놈에게 품삯을 받고 일해 주는 셈.

아버님이 저놈에게 졸지에 살해당했을 때는

세속적 탐욕에 탐닉하여, 그 죄가 마치

오월에 솟구쳐 오르는 혈기처럼 만발한 때였지. 그러니

아버님에 대한 심판이 어찌 될지 하느님 말고 누가 알겠어?

아무리 생각해봐도 중벌을 면치 못하실 거야.

죄를 고백하면서 영혼을 깨끗이 정화하여

천국에 들어가기 딱 좋을 때 저놈을 죽이는 게

정말 복수가 될까? 아니지! 아서라 검아,

칼집에 다시 들어갔다가, 더 끔찍한 기회를 잡을 때까지 기다려라.

저자가 만취해 잠에 들거나, (…) 어떤 행동을 할 때,

구원의 어떤 기미도 없는 짓을 할 때 죽이자.

3.4.65. Have you eyes?

Look here, upon this picture, and on this,

The counterfeit presentment of two brothers.

See, what a grace was seated on this brow;

Hyperion's curls; the front of Jove himself;

An eye like Mars, to threaten and command;

A station like the herald Mercury

New-lighted on a heaven-kissing hill;

A combination and a form indeed,

Where every god did seem to set his seal,

To give the world assurance of a man:

This was your husband. Look you now, what follows:

Here is your husband; like a mildewed ear,

Blasting his wholesome brother. Have you eyes?

Could you on this fair mountain leave to feed,

And batten on this moor? Ha! have you eyes?

You cannot call it love.[39]

---

39) 햄릿은 아버지와의 맹세를 어기고 재혼한 어머니의 행동이 "정숙한 여인의 품위를 손상시키고, 미덕을 위선이라 부르게 하며, 청순한 여인의 아름다운 이마"에 창녀라는 낙인을 찍게 하며, 백년해로의 서약과 성스러운 종교의식을 부질없는 "말들의 광시곡"(a rhapsody of words, 3.4.48)으로 만드는 행위라고 탄핵한다. 햄릿은 어머니의 전남편을 "아름다운 산기슭"으로 비유하고 현 남편을 "황무지"로 비유한다. 햄릿은 천박하고 "썩어 병든 이삭" 같은 숙부와 놀아나면서 더러운 욕정을 탐하는 어머니를 질책하면서 격렬하게 대드는데, 이는 햄릿의 심리에서 진행되고 있는 오이디푸스 콤플렉스의 증거이다.

3.4.65. 눈이 있으면 한번 보시죠?

자, 여기 이 그림과 저 그림을 보십시오.
두 형제를 그대로 그린 초상화랍니다.
이 이마에 서린 당당한 기품을 보십시오.
태양신처럼 물결치는 머리카락, 제우스 신처럼 멋진 이마,
군신(軍神)처럼 주위를 압도하는 눈빛,
산정에 이제 막 내려온 신들의 사자
머큐리와 같은 자세,
온 미덕을 한 몸에 지닌 조화의 화신과도 같았던 분.
모든 신들이 제각기 도장을 찍어
인간의 귀감임을 만천하에 보증하셨던 분….
이분이 어머니의 전 남편이셨습니다. 자, 이제 이걸 보시죠.
이 자가 어머니의 현재 남편입니다. 건장하던 자기 형님을 말려 죽인
썩어 병든 이삭과 같은 사람이죠. 눈이 있으면 보시죠?
어찌하여 이 아름다운 산기슭에서 풀을 뜯어 먹기를 마다하고,
이 황무지에서 더러운 욕정을 탐하십니까? 눈이 있으면 보시죠?
그걸 사랑이라고 부르진 못하실 겁니다.

3.4.81. O shame! where is thy blush?

For at your age
The hey-day in the blood is tame, it's humble,
And waits upon the judgment: and what judgment
Would step from this to this?
Sense, sure, you have,
Else could you not have motion; but sure, that sense
Is apoplexed; (…) What devil was't
That thus hath cozened you at hoodman-blind?
Eyes without feeling, feeling without sight,
Ears without hands or eyes, smelling sans all,
Or but a sickly part of one true sense
Could not so mope.
O shame! where is thy blush? Rebellious hell,
If thou canst mutine in a matron's bones,
To flaming youth let virtue be as wax,
And melt in her own fire: proclaim no shame
When the compulsive ardour gives the charge,
Since frost itself as actively doth burn
And reason panders will.[40]

---

40) 햄릿은 나이가 들면 "한창 시절의 불길 같던 욕정"도 사그라지는데, 이글거리는 청춘의 불꽃 (flaming youth)보다 더 강렬하게 타오르는 어머니의 음란한 욕정은 도대체 어찌 된 것이며 수치심 은 어딜 갔느냐고 질책한다.

3.4.81. 오, 수치심이여! 그대의 부끄러움은 어딜 갔는가?

어머니의 연세가 되면
한창 시절 불길 같던 욕정도 순해져,
이성의 통제를 받게 되는 것이 아닌가요? 도대체
어떤 판단력을 가졌기에 여기서 이리로 옮기시는지요?
판단력은 없지만 감각은 있는 것 같네요.
하지만 그 감각도 마비된 게 분명해. (…)
대체 어떤 악마에게 홀렸기에 눈뜬 봉사가 되셨단 말입니까?
만지지 못하면 보기라도, 보지 못하면 만지기라도 할 것이고,
만지거나 보지 못해도 듣기라도 할 것이고,
아무것도 없어도 냄새라도 맡을 게 아닙니까?
아니, 감각 가운데 병든 조각 하나라도 남아 있다면
그런 멍청한 짓은 못 했을 겁니다. 오, 수치심이여!
그대의 부끄러움은 어딜 갔는가? 음란한 욕정이여!
그대는 중년 여인의 몸속에조차 욕정의 불꽃을 당기고 있으니,
이글거리는 청춘의 불꽃 앞에 정조가 초처럼 녹아내리는 건
당연한 일. 찬 서리에 정욕의 불이 붙고,
이성이 정욕의 뚜쟁이 노릇을 하고 있으니,
열정으로 불타는 젊은이가 끓어오르는 욕정에 못 이겨,
그 불길 속에 몸을 던진다 해도 부끄러울 게 없지.

3.4.175. Scourge and minister

Good night: but go not to mine uncle's bed;

Assume a virtue, if you have it not.

That monster, custom, who all sense doth eat,

Of habits devil, is angel yet in this, (···)

For use almost can change the stamp of nature,

And either the devil, or throw him out

With wondrous potency. Once more, good night:

And when you are desirous to be blessed,

I'll blessing beg of you. [Pointing to POLONIUS]

For this same lord,

I do repent: but heaven hath pleased it so,

To punish me with this and this with me,

That I must be their scourge and minister.

I will bestow him, and will answer well

The death I gave him. So, again, good night.

I must be cruel, only to be kind:[41]

---

41) 햄릿은 어머니에게 "정절이 없으면 있는 척이라도 하라"고 하면서 더 이상 숙부의 침실에는 가지 말라고 부탁하고, 왕비는 햄릿의 "비수 같은 말"(words like daggers)을 멈추라고 부탁한다. 이로써 햄릿은 유령에게 받은 명령의 절반, 즉 부정한 어머니의 타락한 영혼을 회복시키는 일은 성공한 것처럼 보인다. 휘장 뒤에 숨어 엿듣던 폴로니어스를 죽인 햄릿은 자신을 "응징의 도구"인 동시에 "하느님의 뜻을 대행하는 자"로 간주한다. "응징의 도구"는 악을 행하는 존재이며, "하느님의 뜻을 대행하는 자"는 악으로부터 자유로운 존재이다. 만약 햄릿이 응징의 도구라면 사적 복수로 인해 죄를 짓게 될 것이고, 신의 대리인으로 행동한다면 악과는 무관한 공적인 복수를 실행하게 될 것이다. 이에 대한 언급 후 햄릿은 다시 어머니에게로 관심의 초점을 돌려, 자신이 어머니에게 "잔인한 말을 하는 것도 다 효심 탓"(cruel only to be kind)이라는 유명한 구절을 뇌까린다.

3.4.175. 응징의 도구요, 하느님의 뜻을 대리하는 자

안녕히 주무세요. 하지만, 숙부의 침실에는 가지 마세요.
정절이 없으면 제발 있는 척이라도 하십시오.
습관이란 괴물은 악습에 대한 우리의 감각을
먹어 치워 무디게 하지만, 또한 천사 같은 면도 있답니다. (…)
왜냐하면 습관이란 타고난 천성도 바꿀 수 있고,
놀라운 힘으로 악마를 굴복시킬 수도, 몰아내버릴 수도
있기 때문입니다. 다시 인사드립니다. 안녕히 주무세요.
어머니께서 회개하고 축복받기를 원하시면,
저도 같이 기도드리겠습니다. [폴로니어스를 가리키며]
이 영감을 죽인 것은 유감으로 생각합니다.
하지만 이는 하느님의 뜻. 이 사람을 살해함으로써
하느님은 저를 벌주시고, 저를 통해 그를 처벌하셨습니다.
그러니 전 응징의 도구요, 하느님의 뜻을 대리하는 자이죠.
시체는 제가 처리하겠습니다. 그를 죽인 책임도 지겠습니다.
다시 한번 인사드립니다. 안녕히 주무십시오.
이렇게 잔인한 말을 하는 것도 다 효심 탓입니다.

4막. 명예가 달려 있을 땐

4.4.56. When honour's at the stake

How all occasions do inform against me,
And spur my dull revenge! What is a man,
If his chief good and market of his time
Be but to sleep and feed? a beast, no more.
Sure, he that made us with such large discourse,
Looking before and after, gave us not
That capability and god-like reason
To fust in us unused. Now, whether it be
Bestial oblivion, or some craven scruple
Of thinking too precisely on the event,
A thought which, quartered, hath but one part wisdom
And ever three parts coward, I do not know
Why yet I live to say 'This thing's to do;'
Sith I have cause and will and strength and means
To do't. (…) Rightly to be great
Is not to stir without great argument,
But greatly to find quarrel in a straw
When honour's at the stake. How stand I then.[42]

---

42) 햄릿의 제7독백이다. 복수를 위해 그리고 달걀껍질만 한 땅덩어리를 얻기 위해(even for an egg-shell) 출정하고 있는 포틴브라스가 아버지 잃은 아들의 실례(實例)가 되어 햄릿을 채찍질한다. 작은 명분을 가지고서도 명예를 위해 죽음을 무릅쓰고 출정하는 포틴브라스를 보면서, 햄릿은 "너무 세심하게 생각하면서"(thinking too precisely) 비겁하게 복수를 망설이는 자신을 나무란다.

4.4.56. 명예가 달려 있을 땐

사사건건 나를 질책하고, 무뎌진 내 복수심에
박차를 가하는구나! 시간을 써서 하는 일이
먹고 자는 일뿐이라면 대체 인간이란 무엇인가?
짐승과 다를 바 없지 않은가?
하느님께서는 인간에게
앞뒤를 재어볼 수 있는 큰 이성의 힘을 주셨지.
하지만 그 이성의 능력을 쓰지 않아
곰팡이가 피도록 하려고 그것을 주신 것은 아니야.
그런데 난 어떤가? 짐승처럼 망각하고 있는 것일까?
아니면 사건의 결과를 너무 세심하게 생각하는
비겁한 망설임 때문일까? '생각'을 사등분하면
반에 반만 지혜이고, 나머진 비겁함이지. 내가 왜 이런지
알 수가 없어. 복수할 명분과 의지와 힘과 수단을 가졌으면서도
"이 일을 반드시 하겠다"고 말만 하면서
허송세월을 보내고 있으니. (⋯) 진정으로 위대한 행위란
큰 명분 없이 쉽게 동하지 않지만, 명예가 달려 있을 땐
지푸라기 하나를 두고서라도 큰 싸움을 벌이는 법.
그런데 지금 난 무얼 하고 있단 말인가?

4.7.111. Love is begun by time

Not that I think you did not love your father;
But that I know love is begun by time;
And that I see, in passages of proof,
Time qualifies the spark and fire of it.
There lives within the very flame of love
A kind of wick or snuff that will abate it;
And nothing is at a like goodness still;
For goodness, growing to a plurisy,
Dies in his own too much: that we would do
We should do when we would; for this 'would' changes
And hath abatements and delays as many
As there are tongues, are hands, are accidents;
And then this 'should' is like a spendthrift sigh,
That hurts by easing. But, to the quick o' the ulcer: ―
Hamlet comes back: what would you undertake,
To show yourself your father's son in deed
More than in words?[43]

---

43) 레어티즈는 "인간의 천성은 사랑할 때 가장 맑고"(nature is fine in love 4.5.161), 천성이 맑은 오필리아가 아버지의 죽음으로 인해 실성했다고 생각한다. 그리하여 레어티즈는 오필리아를 실성하게 한 놈에게 저울대가 기울도록 그 대가를 치르게 하겠다고 외치면서 복수를 결심한다. 클로디어스는 폴로니어스를 살해한 자가 햄릿이라는 것을 밝히면서 레어티즈를 부추긴다. 레어티즈는 "교회 안에서라도" 햄릿을 죽이겠다고 선언하고, 이에 왕은 "복수에는 어떤 성역도 어떤 한계도 있을 수 없다"고 하면서 레어티즈를 격려한다. 햄릿을 살해하기 위해 둘이 손을 잡은 셈이다.

4.7.111. 사랑에도 때가 있는 법

네가 너의 아버지를 사랑한다고 생각한다.
하지만 내 경험에 비추어보건대,
사랑에도 때가 있는 법이다. 세월이 흐르면
사랑의 불꽃과 열기도 사그라지기 마련이다.
타오르는 사랑의 불꽃도 시간이 지나게 되면,
심지나 그을음덩이가 그 불꽃의 강도를 약화시켜,
한결같이 최상의 상태로만 남아 있을 수가 없다.
좋은 일도 넘치게 되면 제 풀에 사그라질 수 있으니까.
우리가 하고자 하는 일은
그 생각이 있을 때 당장 행동에 옮겨야 해.
세상 사람들이 입질을 하거나, 방해가 되는 사건을 만나면,
'하고 싶다는 생각'은 변하고 약해지고 지연되니까.
결국 '해야 한다는 생각'도 심장의 피를 말리는 탄식처럼
슬픔을 누그러뜨리는 듯하지만, 실은 우리를 고통스럽게 만들지.
문제의 핵심은 바로 햄릿이 돌아온다는 점이다.
네가 네 아버님의 아들임을 말만이 아니라
행동으로 보여주기 위해 어떻게 할 작정이냐?

5막. 아, 불쌍한 요릭!

5.1.184. Alas, poor Yorick!

Alas, poor Yorick! I knew him, Horatio: a fellow

of infinite jest, of most excellent fancy: he hath

borne me on his back a thousand times; and now,

how abhorred in my imagination it is! my gorge rims

at it. Here hung those lips that I have kissed I know

not how oft. Where be your gibes now? your gambols?

your songs? your flashes of merriment, that were wont

to set the table on a roar? Not one now, to mock

your own grinning? quite chap-fallen? Now get you to

my lady's chamber, and tell her, let her paint an inch thick,

to this favour she must come; make her laugh at that.

(…)

Alexander died, Alexander was buried,

Alexander returneth into dust; the dust is earth; of

earth we make loam; and why of that loam, whereto he

was converted, might they not stop a beer-barrel?[44]

---

44) 햄릿은 호레이쇼와 묘지 주변을 떠돌던 중, 오필리아가 묻힐 무덤을 파면서 선왕의 광대였던 요릭
의 해골을 두고 농담하는 두 광대를 보게 된다. 햄릿은 이 해골을 두고 자신의 어린 시절을 회상
하고, 왕이나 광대나 인간 모두가 직면하는 운명, 즉 죽음에 대한 명상을 전개한다. 요릭에 대한
언급 후 햄릿은 호레이쇼에게 "시저도 죽어 한 줌 흙이 되면, 어떤 천대를 받을지 누가 알겠느냐"
고 묻는다. 그는 알렉산더 대왕의 시신이 술통 주둥이가 되고 시저의 육신도 흙이 되어 삭풍을 막
아주는 벽의 구멍마개가 된다는 추론을 통해 인생무상을 읊조린다.

5.1.184. 아, 불쌍한 요릭!

아, 불쌍한 요릭? 난 그를 알고 있네, 호레이쇼.
재담은 끝이 없고 기막힌 상상력을 가진 친구였지.
천 번도 더 그의 등에 업혀 다녔네. 그런데 지금 이 꼴이 되다니,
생각만 해도 소름이 끼치는군. 보기만 해도 구역질이 나는 것 같네.
입술이 여기 달려 있었는데, 거기 얼마나 자주 입을 맞췄는지 몰라.
좌중을 온통 웃음바다로 만들었던 그대의 익살, 광대춤, 노래,
그 신명나던 재담은 다 어디로 가버렸나? 이빨을 허옇게 드러내고
웃는 그대의 꼴을 조롱해 줄 자가 이제 아무도 없단 말인가?
아래턱은 빠져 달아나버리고? 그 꼴을 하고 마나님 방으로 가서
이렇게 말해줘라. 한 치 두께의 분칠을 해도 결국
이 모양 이 꼴이 될 거라고. 네 꼴을 보고 웃게 하란 말이다.
(…)
알렉산더 대왕이 죽어 흙에 묻힌다.
그럼 진토가 되지. 진토는 흙이고, 그 흙으로 우린
흙 반죽을 만들지. 그럼 그가 변해서 된 흙 반죽으로 마개를 만들어
술통 주둥이를 막지 말라는 법도 없지 않은가?

5.2.9. A divinity that shapes our ends

Sir, in my heart there was a kind of fighting,

That would not let me sleep: methought I lay

Worse than the mutines in the bilboes. Rashly,

And praised be rashness for it, let us know,

Our indiscretion sometimes serves us well,

When our deep plots do pall: and that should teach us

There's a divinity that shapes our ends,

Rough-hew them how we will,—

(···) Up from my cabin,

My sea-gown scarfed about me, in the dark

Groped I to find out them; had my desire.

Fingered their packet, and in fine withdrew

To mine own room again; making so bold,

My fears forgetting manners, to unseal

Their grand commission; where I found, Horatio,—

O royal knavery![45]

---

45) 배를 타고 영국으로 가던 중 살아난 햄릿이 덴마크에 다시 돌아와 오필리아의 장례식을 목격한다. 오필리아를 "구원의 천사"(a ministering angel)라고 외치면서 레어티즈가 슬퍼하자, 햄릿은 오빠 4명 모두의 사랑을 다 합쳐도 자신의 사랑보다 크지 않다고 말한다. 그러고는 날뛰는 레어티즈를 두고 "쥐구멍에도 볕들 날이 있다"(dog will have his day)고 비아냥거린다. 죽음의 고비를 넘긴 후 햄릿은 인간만사에 신의 섭리가 있다는 것을 받아들인다. 햄릿은 왕과 자신의 싸움에 끼어들어 황천으로 간 로젠크랜츠와 길던스턴에게 "양심의 가책"(the pang of conscience)을 느끼지 않는다. 그들 스스로 국왕의 하수인이 되어 햄릿과 왕의 일에 끼어들어 그들 자신의 운명을 자초했다고 생각하기 때문이다. 여기서 국왕의 흉계란 덴마크 왕과 영국 왕의 안전을 위해 밀서를 읽는 즉시 햄릿을 죽이라는 것이다.

5.2.9. 인간의 일을 마무리하는 신의 섭리

여보게, 내 가슴속에는 소용돌이치는 번민이 도사리고 있어서
잠을 이룰 수가 없었네. 선상반란죄로 족쇄를 찬 선원보다
내 신세가 더 비참하다고 생각했네. 무모한 일이었지.
하지만 이런 경우엔 무모함도 칭찬받을 만한 일이야.
심사숙고한 계획도 수포로 돌아가고, 무모한 행동이
도움이 되는 경우가 허다하니까. 그러니 우린 알아야 해.
우리 인간들이 대충 일을 벌여놓아도
그걸 말끔하게 마무리하시는 신의 섭리가 있다는 걸….
(…) 난 선실을 빠져나와
선원의 옷을 뒤집어쓰고,
어둠 속에서 그들을 찾아 헤매다가
내가 찾고자 했던 짐 꾸러미를 발견했지.
그걸 슬쩍해서 내 선실로 다시 돌아왔고,
불안 때문에 체면도 깡그리 잊어버리고
봉인된 그 밀서를 뜯어보았지. 그 밀서에서 내가 알아낸 건,
호레이쇼…, 아, 국왕의 흉계였네!

5.2.74. A man's life's no more than to say 'one'

Does it not, think'st thee, stand me now upon —
He that hath killed my king and whored my mother,
Popped in between the election and my hopes,
Thrown out his angle for my proper life,
And with such cozenage — is't not perfect conscience,
To quit him with this arm? and is't not to be damned,
To let this canker of our nature come
In further evil?
(···)
It will be short: the interim is mine;
And a man's life's no more than to say 'One.'
But I am very sorry, good Horatio,
That to Laertes I forgot myself;
For, by the image of my cause, I see
The portraiture of his: I'll court his favours.[46]

---

46) 클로디어스가 햄릿의 목숨을 노린다는 것이 판명되었으니, 이제 햄릿이 그를 죽인다고 해도 정당 방위에 해당될 것이다. 그뿐 아니라 햄릿은 클로디어스를 덴마크를 부패하게 만드는 암적 존재로 생각한다. 그리하여 이 암적 존재를 방치해 더 큰 악을 범하도록 해서는 아니 된다고 생각한다. 왕 자인 햄릿은 이제 자신을 클로디어스의 죄로 인해 어지럽혀진 왕국의 질서를 바로잡고 병든 조국 을 치유해야 하는 공적인 존재로 인식한다. 그러면서도 햄릿은 유한한 인간 존재의 현실을 직시하 고 삶과 죽음의 문제를 초연하게 받아들인다. 이제 그는 더 이상 갈등으로 인해 괴로워하지 않는 다. 햄릿은 자신이 죽였던 폴로니어스의 아들 레어티즈의 분노를 이해하고 그에게 용서를 구할 자 세가 되어 있다.

5.2.74. '하나'를 셀 틈도 없을 만큼 짧은 인간의 생명

그를 처단하는 게 내 일이라고 생각하지 않는가?
내 아버질 죽이고, 내 어머닐 간음하고,
불쑥 끼어들어 내가 왕이 될 희망을 깨어버린 놈!
나의 생명을 낚으려고 낚시를 드리우는 등,
헤아릴 수 없을 정도로 많은 속임수를 쓴 놈!
그런 놈을 내 손으로 처단하는 게 당연하지 않겠는가?
그런 암적 존재를 방치해 더 큰 악을 범하도록 한다면,
그야말로 저주받을 일이 아니겠는가?
(…)
그 일이 곧 알려지겠지. 하지만 그동안의 시간은 네 거야.
어차피 인간의 생명이란 '하나'를 셀 틈도 없을 만큼 짧은 것.
그건 그렇고, 호레이쇼, 레어티즈에게는 미안한 생각이 드네.
내가 흥분하여 이성을 잃은 탓이지.
아버지를 잃은 내 처지로 미루어보아,
그의 심정이 어떠한지 짐작할 수 있네. 용서를 구해야겠어.

5.2.220. In the fall of a sparrow

It is but foolery; but it is such a kind of

gain-giving, as would perhaps trouble a woman.

(…)

Not a whit, we defy augury:

there's a special providence in the fall of a sparrow.

If it be now, 'tis not to come;

if it be not to come, it will be now;

if it be not now, yet it will come:

the readiness is all: since no man has aught

of what he leaves, what is't to leave betimes?[47]

---

47) 햄릿은 레어티즈와의 검술 경기를 하기 직전, 암울한 죽음의 그림자를 예감하지만 그 전조를 무시
하고 마음의 준비를 하고 기다리자고 한다. 인간만사에 "하느님의 특별한 섭리"(a special
providence)가 작용한다고 믿기 때문이다. 햄릿은 죽음이 지금 오든 미래에 오든 언젠가는 오는 것
이라고 말하면서 삶과 죽음의 문제에 초연한 자세를 취한다. 모든 것을 신의 손에 맡긴 햄릿은 더
이상 복수라는 문제에 집착하지 않는다.

5.2.220. 참새 한 마리가 떨어지는 일에도

어리석은 생각일 뿐이지. 불길한 예감은
여자들이나 신경 쓰는 기우(杞憂)에 지나지 않아.
(…)
조금도 그럴 필요 없네. 전조 따윈 무시하는 게 좋아.
참새 한 마리가 떨어지는 일에도 하느님의 특별한 섭리가 있는 법.
죽음이란, 지금 오면 장차 오지 않을 것이고,
장차 오지 않으면 지금 올 게 아닌가?
지금 오지 않더라도 언젠가는 오고야 마는 법.
마음의 준비를 하고 순리를 따르세. 사후의 일을
그 누구도 알 수 없는데, 세상을 일찍 떠난들 아쉬울 게 뭐 있겠나?

5.2.358. The rest is silence

Here, thou incestuous, murderous, damned Dane,

Drink off this potion. Is thy union here?

Follow my mother. [KING dies] (⋯)

Had I but time — as this fell sergeant, death,

Is strict in his arrest — O, I could tell you —

But let it be. Horatio, I am dead;

Thou livest; report me and my cause aright

To the unsatisfied. (⋯)

The potent poison quite o'er-crows my spirit:

I cannot live to hear the news from England;

But I do prophesy the election lights

On Fortinbras: he has my dying voice;

So tell him, with the occurrents, more and less,

Which have solicited. The rest is silence.[48]

---

48) 국왕에게 독배를 마시게 한 햄릿이 죽어가면서 하는 말이다. 레어티즈와의 검술시합에서 햄릿은
   "정통으로 한 대"(a hit, a very palpable hit)를 치고 점수를 딴다. 그러나 클로디어스는 독이 든 한
   잔의 포도주로 햄릿을 독살하려 한다. 그가 햄릿에게 잔을 권하지만 햄릿은 이를 거부하고 왕비가
   그 포도주를 마신다. 그리하여 클로디어스의 계략은 어긋나 모든 사람들이 죽기 시작한다. 햄릿은
   죽어가면서 하고 싶은 말이 많지만 더 이상 할 수 없다. 햄릿은 마지막으로 "나머지는 침묵"이라
   고 말하고 숨을 거둔다. 햄릿은 클로디어스의 죄를 만천하에 드러내고 공개적으로 사약을 내리는
   형태로 그를 처형함으로써 공적 정의를 실현한다. 그러므로 햄릿의 행위는 단순한 복수가 아니라
   어지럽혀진 왕국의 질서를 회복하는 공적인 의미를 띠게 된다. 클로디어스로 대변되는 거대하고
   구조적인 악이 제거될 때 선한 햄릿도 이와 함께 휩쓸려 나간다. 암이 제거될 때 그 주변의 성한
   살도 같이 떨어져 나가는 것과 같은 이치라고 하겠다. The rest is silence!

5.2.358. 나머지는 침묵일 뿐

근친상간에다 살인까지 저지른 저주받을 놈,
이 독 잔을 비워라. 네놈의 진주가 여기 있느냐?
나의 어머니 뒤를 따라가거라. (국왕, 죽는다) (…)
시간이 좀 더 있다면…. 이 잔인한 저승사자가
어김없이 날 잡아가려고 하는데…. 아, 하고 싶은 말이 많은데….
그만두겠소. 호레이쇼, 나는 죽지만 자넨 살아남아,
이 일을 잘 알지 못하는 모든 사람들에게,
내 행동과 그 이유를 올바르게 전해주게. (…)
강력한 독 기운이 내 정신을 마비시키고 있어.
영국에서 온 소식을 들을 수 있을 만큼 난 살 수가 없어.
포틴브라스가 덴마크 왕으로 추대될 거야. 임종을 눈앞에 두고,
나 이제 유언하겠네. 포틴브라스를 왕으로 추대하게.
그리 전해주게, 그동안 일어났던 크고 작은
여러 사건들의 내막과 함께. 나머지는 침묵일 뿐….

명대사로 읽는
세익스피어 주요 비극

오셀로(Othello)

1막. 모두가 주인 노릇을 할 순 없어

1.1.43. We cannot all be masters

I follow him to serve my turn upon him:
We cannot all be masters, nor all masters
Cannot be truly followed. You shall mark
Many a duteous and knee-crooking knave,
That, doting on his own obsequious bondage,
Wears out his time, much like his master's ass,
For nought but provender, and when he's old, cashiered:[1]

---

1) 이아고처럼 어리석게 충성하지 않을 것이라는 로더리고의 말에 대한 이아고의 답이다. 이아고는 오셀로를 주인으로 생각하고 충심으로 섬기는 것이 아니다. 두뇌 회전이 빠른 이아고는 자신의 이기적 목적을 위해 오셀로를 이용할 뿐이다.

1.1.43. 우리 모두가 주인 노릇을 할 순 없어

그를 이용해 실속을 차리려고 꽁무니를 따라다니는 거요.
우리 모두가 저마다 주인 노릇을 할 순 없소.
모두가 충심으로 주인들을 섬기는 것도 아니요.
세상엔 그저 굽실거리며 충성을 다하는 바보들도 있긴 하지.
굽실거리는 하인 노릇을 벗어나지 못하는 그 바보들은,
주인 집 당나귀처럼 여물밖에는 아무것도 얻어먹지 못하면서,
평생 죽도록 일만 하다가, 늙으면 쫓겨나는 신세가 되죠.

1.1.65. I am not what I am

Others there are

Who, trimmed in forms and visages of duty,

Keep yet their hearts attending on themselves,

And, throwing but shows of service on their lords,

Do well thrive by them and when they have lined their coats

Do themselves homage: these fellows have some soul;

And such a one do I profess myself. For, sir,

It is as sure as you are Roderigo,

Were I the Moor, I would not be Iago:

In following him, I follow but myself;

Heaven is my judge, not I for love and duty,

But seeming so, for my peculiar end:

For when my outward action doth demonstrate

The native act and figure of my heart

In compliment extern, 'tis not long after

But I will wear my heart upon my sleeve

For daws to peck at: I am not what I am.[2]

---

2) 이아고는 문학작품에 등장하는 인물들 가운데 가장 유명한 악당 중 한 명이다. 오셀로의 부하지만 상관인 그를 몹시 싫어하는 이아고는 캐시오를 부관으로 임명한 것에 대해 분개하면서 복수하려고 한다. 이아고는 오셀로에게 충성하는 척할 뿐 사실은 자신의 이기적인 목적을 위해 봉사한다. 그는 결코 자신의 속마음을 드러내지 않는다. "진짜 행동과 본심"을 드러내는 것을 어리석다고 생각하기 때문이다. 교활한 이아고는 본심을 은폐하고 로더리고를 속여 등쳐먹고 오셀로를 질투의 화신으로 만들어 자신의 목적을 이룬다. 그러므로 그는 "겉과 속이 다른 사람"이다.

1.1.65. 나는 겉과 속이 다른 사람

겉으론 그럴듯한 행동으로 주인을 받드는 체하지만
속으로는 자신을 주인으로 받드는 사람들이 있어요.
겉으로는 주인에게 충성하고 봉사하는 체하지만
실은 주인을 이용해 제 실속을 차리고,
얻을 수 있는 걸 다 얻으면 주인을 배반하고 자신을
주인으로 받드는 부류지요. 이런 자들은 제법
정신이 바로 박힌 자들인데, 나도 그런 사람 중 하나요.
당신이 로더리고가 틀림이 없듯이
내가 무어 장군이라면 난 이아고일 수가 없소.
오셀로를 섬기지만, 난 사실 나 자신만을 섬기고 있어요.
하늘이 알고 있어요. 그를 사랑하거나 충성하는 게 아니라,
내 사사로운 목적 때문에 그런 척하고 하고 있다는 것을.
왜냐하면 겉으로 드러난 나의 행위가
내 마음속의 진정한 동기와 의도를 밖으로 드러내면,
머지않아 내 심장을 소매 끝에 달고 다니면서
까마귀들이 쪼아 먹게 하는 짓과 다를 바 없으니까요.
나는 겉과 속이 다른 사람이오.

1.2.59. The dew will rust swords

OTHELLO: Keep up your bright swords, for the dew will rust them.

Good signior, you shall more command with years

Than with your weapons.

BRABANTIO: O thou foul thief, where hast thou stowed my

daughter?

Damned as thou art, thou hast enchanted her;

For I'll refer me to all things of sense,

If she in chains of magic were not bound,

Whether a maid so tender, fair and happy,

So opposite to marriage that she shunned

The wealthy curled darlings of our nation,

Would ever have, to incur a general mock,

Run from her guardage to the sooty bosom

Of such a thing as thou, to fear, not to delight.

Judge me the world, if 'tis not gross in sense

That thou hast practised on her with foul charms,

Abused her delicate youth with drugs or minerals

That weaken motion: I'll have't disputed on;

'Tis probable and palpable to thinking.

I therefore apprehend and do attach thee.[3]

---

3) "이슬을 맞으면 녹슬 것"이니 칼들을 칼집에 넣으라는 구절은 오셀로의 고상한 성격을 드러내는 대
사 중의 하나이다. 오셀로가 데스데모나를 훔쳐 갔다고 생각한 브러밴쇼는 오셀로가 사악한 마술을
걸었거나 마약을 써서 딸을 꾀어냈다고 주장하면서 그를 체포하려고 한다.

1.2.59. 이슬을 맞으면 칼이 녹슬 것이다

오셀로: 번쩍이는 칼들을 칼집에 넣어라. 이슬을 맞으면 녹슬 것이다.
　의원님의 연세가 그만하시니
　무기를 빼들지 않고 말로 하셔도 되지 않겠습니까?
브러밴쇼: 너, 흉측한 도적놈! 내 딸을 훔쳐 어디에 감췄느냐?
　천하에 저주받을 놈. 내 딸을 호리다니.
　분별 있는 그 어떤 사람에게라도 물어보아라.
　네놈의 마술에 홀린 게 분명해. 그러지 않고서야.
　그리도 상냥하고, 예쁘고, 행복하게 살고 있는 그 애가
　이 나라의 부유하고 멋진 귀공자들 모두의
　구혼을 거들떠보지도 않던 그 아이가,
　세상의 웃음거리가 되는 것도 마다하지 않고,
　이 아비의 슬하를 벗어나, 기쁨을 주기는커녕 소름만 끼치는
　네놈의 그 시꺼먼 가슴으로 뛰어들 리가 있겠느냐?
　사람들에게 한번 물어봐라. 그게 뻔한 일이 아닌가를?
　네놈이 그 애에게 사악한 마술을 걸어,
　정신을 흐리게 하는 약이나 광천수 따위를 먹여서,
　마음 여린 그 어린 것을 꾀어낸 것이 아닌가를….
　반드시 시비를 밝혀낼 것이다. 틀림없어. 불을 보듯 뻔해.
　그러니 널 체포하겠다.

1.3.90. A round unvarnished tale

That I have ta'en away this old man's daughter,
It is most true; true, I have married her:
The very head and front of my offending
Hath this extent, no more. Rude am I in my speech,
And little blessed with the soft phrase of peace:
For since these arms of mine had seven years' pith,
Till now some nine moons wasted, they have used
Their dearest action in the tented field,
And little of this great world can I speak,
More than pertains to feats of broil and battle,
And therefore little shall I grace my cause
In speaking for myself. Yet, by your gracious patience,
I will a round unvarnished tale deliver
Of my whole course of love; what drugs, what charms,
What conjuration and what mighty magic,
For such proceeding I am charged withal,
I won his daughter.[4]

---

4) 베니스 원로원 의원인 브러밴쇼는 자신의 딸 데스데모나가 무어인 오셀로와 사랑에 빠져 달아났다
는 것을 이해할 수 없다. 그리하여 그는 오셀로가 데스데모나에게 사악한 마술을 사용해 유혹했다
고 비난한다. 이에 오셀로는 베니스의 공작과 의원들 앞에서 "솔직하고 꾸밈없는 이야기"를 들려주
어 자신을 변호하기 위해 위와 같이 말한다. 오셀로는 자신이 원래 말솜씨가 거칠고 어눌해 "있는
그대로"를 이야기할 뿐이라고 말하지만 이는 대단히 교묘한 말로 자신을 드러내고 자신의 이미지를
형성하는 수사적 자기극화이다.

1.3.90. 솔직하고 꾸밈없는 이야기

이분의 따님을 제가 데려간 건 분명 사실입니다.
그녀와 결혼한 것도 사실입니다.
제가 저지른 죄의 자초지종이란 이 정도일 뿐,
그 이상은 아닙니다. 저는 원래 말솜씨가 거칠고
평화로운 시절의 부드러운 말은 할 줄 모릅니다.
팔에 힘이 붙기 시작한 일곱 살 때부터 지금까지,
아홉 달을 제외하고는 항상
전쟁터만을 누비며 살아왔으니까요.
그래서 전 전투 외의 세상일은 잘 알지 못하고
말씀드릴 수 있는 건 전투에서의 무용담 정도입니다.
그래서 제 입장을 그럴듯한 말로 꾸며
변호할 재주는 없습니다. 하지만 허락하시면
사랑의 전모를 있는 그대로 꾸밈없이 말씀드리죠.
어떤 마약과 어떤 마술과 어떤 주문과,
그리고 어떤 엄청난 마법과 요술을 사용하여,
그녀의 마음을 얻게 되었는지 말씀드리겠습니다.
그런 수단들을 사용했다는 혐의를 받고 있으니까요.

1.3.160. It was passing strange

Took once a pliant hour, and found good means
To draw from her a prayer of earnest heart
That I would all my pilgrimage dilate,
Whereof by parcels she had something heard,
But not intentively: I did consent,
And often did beguile her of her tears,
When I did speak of some distressful stroke
That my youth suffered. My story being done,
She gave me for my pains a world of sighs:
She swore, in faith, 'twas strange, 'twas passing strange,
'Twas pitiful, 'twas wondrous pitiful:
She wished she had not heard it, yet she wished
That heaven had made her such a man: she thanked me,
And bade me, if I had a friend that loved her,
I should but teach him how to tell my story,
And that would woo her. Upon this hint I spake:
She loved me for the dangers I had passed,
And I loved her that she did pity them.
This only is the witchcraft I have used.[5]

---

5) 오셀로는 자신의 고통스러운 경험을 극화하여 데스데모나의 동정과 연민을 유도하고, 데스데모나는 오셀로를 동정하여 사랑하기에 이른다. 그러나 동정심에서 비롯된 사랑이 좋은 결과를 낳지는 못한다. 얼굴이 검은 무어인 오셀로가 열등감에 사로잡혀 질투심을 드러내기 때문이다.

1.3.160. 정말 신기한 이야기

저는 어느 땐가 적당한 기회에 적당한 방법으로
그녀가 제 여행담 모두를 자세히 들려달라고
진심으로 부탁하도록 유도했습니다.
제 이야기를 조금씩 듣기는 했지만, 처음부터 끝까지
다 듣진 못했기 때문이죠. 물론 저도 승낙을 했습니다.
저는 젊은 시절 겪었던 비참한 고생담을 얘기해서
그녀가 눈물을 줄줄 흘리게 만들었습니다.
제 이야기가 다 끝나자 그녀는
제 고통을 동정하여 하염없이 한숨을 쉬었죠.
신기하다느니, 정말 신기하다느니,
불쌍하다고, 정말 불쌍하다고 말했지요. 그녀는
차라리 듣지 않았으면 좋았을 것이라고 말하면서도
하늘이 자신을 그런 남자와 맺어주기를 원했습니다.
그녀는 고마워하면서 이렇게 말했지요. 만약 제 친구 가운데
그녀를 사랑하는 이가 있다면, 제 얘기를 들려주기만 하면 되고,
그럼 그게 자신에게 구혼하는 게 될 거라고. 이에 암시를 얻어
전 사랑을 고백했죠 그녀는 제가 겪은 위험을 동정하여 절 사랑했고,
동정해주었기에 전 그녀를 사랑하게 되었습니다.
이것이 바로 제가 사용한 요술입니다.

1.3.181. A divided duty

My noble father,

I do perceive here a divided duty:

To you I am bound for life and education;

My life and education both do learn me

How to respect you; you are the lord of duty;

I am hitherto your daughter: but here's my husband,

And so much duty as my mother showed

To you, preferring you before her father,

So much I challenge that I may profess

Due to the Moor my lord.[6]

---

6) 브러밴쇼가 데스데모나에게 "넌 누구에게 가장 복종해야 하느냐?"고 물었을 때, 데스데모나가 하는
말이다. 데스데모나가 아버지의 뜻을 거역하는 대담성을 드러내고 있음에도 불구하고, 여기서 그녀
가 구사하는 "의무", "군주", "정성껏 섬기다" 등의 단어들은 그녀의 내부 깊숙이 스며든 남성에 대
한 복종 의식을 드러내고 있다. 데스데모나는 아버지와 남편에 대한 "의무"를 언급하면서 정작 자신
의 정체성을 스스로 지켜야 하는 자신에 대한 "의무"는 소홀히 하고 있다.

1.3.181. 두 갈래로 나뉘진 의무

귀하신 아버님
제 의무는 두 갈래로 나뉘어져 있습니다.
아버님은 절 낳아주셨고 길러주셨습니다.
저를 낳고 길러주신 은혜 때문에 아버님을 공경합니다.
아버님은 제가 딸로서 효도할 의무가 있는 군주십니다.
지금까진 아버님의 딸이었습니다. 하지만 이제
여기 제 남편이 있습니다. 어머님께서 아버님을
외조부님보다 더 소중하게 섬기셨듯이
저도 아내로서 남편인 오셀로 님을
군주로 받들면서 정성껏 섬기려고 합니다.[7]

---

7) 데스데모나의 말을 들은 브러밴쇼는 "자식을 낳느니 차라리 얻어 기르는 편이 낫겠다"고 하면서, 무어가 자신의 딸을 이미 "취했다면" 자신의 딸을 줄 수밖에 없다고 말한다. 브러밴쇼에게 딸은 다른 사람에게 줄 수 있는 그 무엇이고, 다른 사람이 손에 넣을 수 있는 그 무엇이다. 이는 여성이 남성들 간의 교환의 대상이고, 딸에 대한 아버지의 소유권이 남편의 손으로 이전되던 당대의 관행을 드러내는 말이다.

1.3.204. To mourn a mischief that is past and gone

Let me speak like yourself, and lay a sentence,
Which, as a grise or step, may help these lovers
Into your favour.
When remedies are past, the griefs are ended
By seeing the worst, which late on hopes depended.
To mourn a mischief that is past and gone
Is the next way to draw new mischief on.
What cannot be preserved when fortune takes
Patience her injury a mockery makes.
The robbed that smiles steals something from the thief;
He robs himself that spends a bootless grief.[8]

---

8) 딸에 대한 소유의식보다 더욱 큰 문제는 아버지가 딸에게 퍼붓는 저주이다. 마지못해 오셀로에게 딸을 "준" 브러밴쇼는 오셀로에게 "무어, 눈이 멀지 않았거든 내 딸을 잘 지켜보게. 아비를 속인 년이 남편인들 속이지 못하겠는가?"(1.3.292-93)라는 저주의 말을 퍼붓는다. 위의 대사는 데스데모나가 오셀로를 사랑한다고 공개적으로 고백한 후, 상심하는 브러밴쇼를 두고 공작이 속담을 인용하면서 위로하는 말이다. 어쩔 도리가 없다고 체념하면 슬픔도 끝나는 것이니, 이미 끝난 일을 두고 더 이상 슬퍼하지 말라는 말이다.

1.3.204. 이미 끝난 일을 마음에 담고 슬퍼하는 것은

나도 당신 입장에서 교훈 한마디 하겠소.
내 말이 어떤 계기나 발판이 되어, 이 연인들이
당신 마음에 들게 하는 데 도움이 될지도 모르니까.
어쩔 도리가 없다고 체념하면 슬픔도 끝나는 법.
최악의 것을 보고 혹시나 하는 희망을 버린 탓이오.
이미 끝난 일을 마음에 담고 슬퍼하는 것은
다시 새로운 슬픔을 불러일으키는 법이요
우리가 지킬 수 없는 것을 운명의 여신이 앗아가도
참고 견디면 어쩔 도리가 없는 손실을 웃어넘길 수 있는 법.
도둑을 맞고도 웃으면 오히려 도둑에게 뭔가를 빼앗는 셈이지만,
쓸데없이 슬픔에 잠기면, 스스로 마음의 평화를 잃어버리는 법이요.[9]

---

[9] 공작은 계속 브러밴쇼를 위로하지만, 그는 다음과 같이 말하면서 공작의 말을 받아들이지 않는다. "이런 교훈들이란 달기도 하고 쓰기도 한 것이어서, 이리저리 아무렇게나 편하게 쓸 수 있는 사기 꾼이죠. 하지만 말은 말일 뿐입니다. 아직까지 들어본 적이 없습니다. 상처 입은 마음이 귀로 들은 말로 치유됐다는 얘기를 말입니다." 그러나 공작은 다음과 같이 말하면서 여전히 오셀로를 지지한다. "덕이 있으면 응당 아름다움이 따르는 법이오. 당신 사위는 피부가 검지만 훌륭한 인물(far more fair than black)이오."(1.3.289-90).

1.3.320. Our wills are gardeners

Virtue! a fig! 'tis in ourselves that we are thus
or thus. Our bodies are our gardens, to the which
our wills are gardeners: so that if we will plant
nettles, or sow lettuce, set hyssop and weed up
thyme, supply it with one gender of herbs, or
distract it with many, either to have it sterile
with idleness, or manured with industry, why, the
power and corrigible authority of this lies in our
wills. If the balance of our lives had not one
scale of reason to poise another of sensuality, the
blood and baseness of our natures would conduct us
to most preposterous conclusions: but we have
reason to cool our raging motions, our carnal
stings, our unbitted lusts, whereof I take this that
you call love to be a sect or scion. (…)
It is merely a lust of the blood and a permission
of the will. Come, be a man. Drown thyself!
drown cats and blind puppies.[10]

---

10) 데스데모나를 연모하는 로더리고가 자신의 성격 때문에 어찌하지를 못한다고 하자 이아고가 하는
말이다. 이아고는 삶을 저울로 비유하고, 이성을 저울의 균형을 잡아주는 추로 비유한다. 또한 그
는 몸을 정원으로 의지를 정원사로 비유하면서, 모든 것이 우리 의지에 달려 있다고 역설한다. 사
악한 이아고의 말이지만 일리가 있다.

1.3.320. 우리의 의지는 정원사

성격 탓이라고요? 헛소리하지 마시오!
이리 되고 저리 되는 게 다 자신에게 달려 있어요.
우리 몸이 정원이라면 우리 의지는 정원사랍니다.
우리가 쐐기풀을 심든, 상추씨를 뿌리든,
우슬초를 심어 백리향을 빼내든,
한 가지 풀로 채우든, 여러 종류의 풀을 섞어 심든
내버려둬서 불모지를 만들든, 열심히 거름을 주든
이 모든 걸 바로잡는 건 우리 의지에 달려 있어요.
우리의 삶이 저울이고, 그 저울에서 이성의 접시가
기우는 정욕의 접시 균형을 잡아주지 못한다면,
혈기와 비천한 정욕 때문에 황당한 짓을 하게 되죠.
하지만 우리에겐 이성이 있어서 날뛰는 충동과,
자극적인 성욕과 고삐 풀린 색욕을 누를 수 있어요.
당신이 애정이라고 부르는 것도
이런 욕망의 가지일 뿐이라는 생각이 듭니다. (…)
그것은 단지 피 끓는 욕정이고
의지가 굴복한 형국일 뿐이지요. 제발 남자답게 굴어요.
익사하겠다고? 고양이와 눈먼 강아지나 물에 빠뜨리시오.

1.3.339. Put money in thy purse

I have professed me thy friend and
I confess me knit to thy deserving with
cables of perdurable toughness; I could never
better stead thee than now. Put money in thy
purse; follow thou the wars; defeat thy favour with
an usurped beard; I say, put money in thy purse. It
cannot be that Desdemona should long continue her
love to the Moor,— put money in thy purse,—nor he
his to her: it was a violent commencement, and thou
shalt see an answerable sequestration:—put but
money in thy purse. These Moors are changeable in
their wills: fill thy purse with money:—the food
that to him now is as luscious as locusts, shall be
to him shortly as bitter as coloquintida. She must
change for youth: when she is sated with his body,
she will find the error of her choice: she must
have change, she must: therefore put money
in thy purse.11)

---

11) 이아고는 데스데모나를 연모하는 바보 같은 로더리고를 교묘하게 이용해 그의 돈을 갈취한다. 계속 반복되는 "지갑에 돈을 가득 채우라"는 구절은 상대를 농락하면서 자기 잇속을 차리는 이아고의 성격을 단적으로 드러내는 구절이다. 이아고는 데스데모나에게 전해 줄 것이라고 하면서 로더리고에게서 선물과 돈을 받아 챙기고, 자신과 로더리고가 진정한 친구 사이라고 하면서 이 바보에게 지갑에 돈을 채워두라고 말한다. 로더리고가 퇴장한 후 이아고는 오셀로를 미워하는 나름대로의 이유를 다음과 같이 말한다. "난 저 무어 놈이 미워(I hate the Moor). 그 놈이 내 이불 속에서 내가 할 서방 노릇을 대신 했다는 소문이 있어. 사실인지는 모르겠지만, 이런 일에는 의심만을 가지고도, 난 확실한 일처럼 대처할 거야. 그놈은 날 좋게 생각하고 있지. 그러니 내 목적을 달성하기는 너무나 쉬울 거야. 캐시오란 놈이 잘 생겼지. 가만 있자. 그놈의 부관 자리를 빼앗고 내 한을 푸는 거야"(1.3.386-94). 이 독백에서 밝히고 있는 이아고의 행동 동기는 두 가지이다. 첫 번째는 오셀로가 이아고의 아내와 정을 통했다는 이유이다. 이는 이아고 자신도 인정하고 있듯이 확실하지 않은 소문에 근거한 단정이다.

1.3.339. 지갑에 돈을 채워요

친구라고 고백하고 당신이 호의를 베푼 이상,
우린 끊으려야 끊을 수 없는 관계가 되었소.
지금보다 내가 더 필요한 때는 없을 겁니다.
지갑에 돈을 잔뜩 넣고 싸움터로 갑시다.
가짜 수염을 붙여 변장하고 명심하세요.
지갑에 돈을 채우고 기다려요. 데스데모나가
그 무어를 계속 사랑한다는 건 있을 수 없는 일이오.
－지갑에 돈을 채워요－그가 그녀를 영원히 사랑할 리도
없어요. 순식간에 불이 붙었으니, 순식간에 열정이 식어
헤어지는 걸 보게 될 거요. 지갑에 돈을 채우고 기다려요.
무어인들은 원래 마음이 변하기 쉬운 자들이죠.
－지갑에 돈을 가득 채워요－무어놈에게 그녀가
지금은 로커스트 열매처럼 감미롭지만
이내 콜로신스 열매처럼 쓴 것이 될 겁니다.
그녀도 분명 젊은 상대에게 마음이 쏠리게 될 거요.
그자의 몸뚱이를 포식한 후 상대를 잘못 골랐다고
후회할 테니까요. 틀림없이 그녀는 변할 겁니다.
변하고말고. 그러니 지갑에 돈을 채우고 기다려요.[12]

---

12) 1막 3장의 독백에서 보는 것처럼 확실하진 않지만 이아고는 앞으로의 자신의 행위에 정당성을 부
여하기 위해 소문을 기정사실화한다. 물론 이 소문은 터무니없는 소문이고 이아고 자신이 상상 속
에 만들어낸 소문이다. 작중 어떤 다른 인물도 이를 거론하거나 믿는 인물이 없기 때문이다. 이아
고는 근거가 없는 소문을 스스로 만들어내고 그것을 자신의 상상 속에 기정사실화한다. 이아고는,
2막 1장에서 다시 한번 오셀로가 자기 아내와 동침을 했을지도 모른다고 생각하면서, "음탕한 무
어 놈, 암만해도 내 여편네를 손댄 것 같아"(2.1.276-77)라고 말한다. 그러나 이는 이아고의 머릿속
에서 상상만으로 꾸며진 일이다. 앞으로 하게 될 행동의 동기를 스스로 만들어내고 스스로 자신의
행위를 합리화하려는 간교한 이아고의 모습이 드러나는 대목이다. 이 독백을 두고 코울리지는 이
아고를 "동기 없는 악행의 동기"를 찾으려는 악마적 인물로 평가했다. Coleridge, Samuel Taylor.
"Notes on the Tragedies of Shakespeare: *Othello.*" *Shakespearean Criticism*, Vol. 1. ed. Thomas Middleton
Raysor. 2nd ed. London: Dutton, 1960. p.44.

2막. 아름답지만 거만하지 않고

2.1.148. Ever fair and never proud

IAGO: There's none so foul and foolish thereunto,

　But does foul pranks which fair and wise ones do.

DESDEMONA: O heavy ignorance! thou praisest the worst best.

　But what praise couldst thou bestow on a deserving

　woman indeed, one that, in the authority of her

　merit, did justly put on the vouch of very malice itself?

IAGO: She that was ever fair and never proud,

　Had tongue at will and yet was never loud,

　Never lacked gold and yet went never gay,

　Fled from her wish and yet said 'Now I may,'

　She that being angered, her revenge being nigh,

　Bade her wrong stay and her displeasure fly,

　She that in wisdom never was so frail

　To change the cod's head for the salmon's tail;

　She that could think and ne'er disclose her mind,

　See suitors following and not look behind,

　She was a wight, if ever such wight were.[13]

---

13) 어떤 여자가 이상적인 여자인지를 말해 보라는 데스데모나의 질문을 두고 이아고는 장황하게 대답한다. 이아고는 여기서 칭찬받을 이상적인 여성에 대해 언급하고 있다. 그러나 그는 모든 여성을 음탕하다고 생각하고 여성혐오적인 발언을 서슴없이 내뱉는 냉소적인 인물이다. 여성에 관한 그의 언급은 대부분 부정적이다. "대구 대가리를 연어 꽁지와 바꾼다"는 말은 "가치 없는 어떤 것을 좀 더 가치 있는 것과 바꾼다"는 뜻이다. 연어는 대구보다 맛있고 꽁지는 대가리 부분보다 더 나은 부분이기 때문이다.

2.1.148. 아름답지만 거만하지 않고

이아고: 얼굴이 못생기고 거기다가 우둔하다면
　예쁘고 총명한 여자 못지않게 음탕한 짓도 마다하지 않겠죠.
데스데모나: 바보 같은 소리 그만해요. 가장 나쁜 걸 가장 좋다고
　칭찬하네. 그럼, 정말 훌륭한 여자는 뭐라고 칭찬할 거죠?
　누구나 인정하는 미덕 때문에, 아무리 악한 사람이라도
　그 미덕을 인정하지 않을 수 없는 그런 여인 말입니다.
이아고: 아름다우면서도 교만하지 않고,
　말솜씨가 좋지만 크게 떠벌리지 않고,
　돈이 많으면서도 사치스럽지 않고
　'그럴 수 있지만' 하면서도 욕망을 멀리하는 여자.
　화가 나도 복수하지 않고
　입은 해를 견디면서 원한을 참을 수 있는 여자.
　대구 대가리를 연어 꽁지와 바꿀 만큼
　분별력이 모자라지 않는 여자.
　생각이 깊어 결코 속마음을 털어놓지 않고,
　꽁무니를 따라다니는 사내들을 거들떠보지도 않는 여자.
　그런 여자야말로 칭찬받을 여자랍니다. 그런 여자가 있다면….

2.1.215. Base men being in love

If thou be'st valiant,— as, they say, base
men being in love have then a nobility in their
natures more than is native to them—list me.
The lieutenant tonight watches on the court of
guard:—first, I must tell thee this—
Desdemona is directly in love with him. (⋯)
Lay thy finger thus, and let thy soul be instructed.
Mark me with what violence she first loved the Moor,
but for bragging and telling her fantastical lies:
and will she love him still for prating? let not
thy discreet heart think it. Her eye must be fed;
and what delight shall she have to look on the
devil? When the blood is made dull with the act of
sport, there should be, again to inflame it and to
give satiety a fresh appetite, loveliness in favour,
sympathy in years, manners and beauties; all which
the Moor is defective in:[14]

---

14) 이아고가 데스데모나를 연모하여 안달하는 로더리고에게 데스데모나가 곧 오셀로에게 싫증을 느끼고 여성들이 바라는 모든 조건을 다 갖춘 젊고 잘생긴 캐시오와 놀아날 것이라고 말하면서 그를 자극한다. 이아고는 이후 로더리고가 캐시오를 자극하여 큰 소동을 일으키도록 만들고 캐시오가 부관 자리에서 물러나도록 한 다음, "지금은 장군님 부인이 장군"이라고 말하면서 캐시오가 데스데모나에게 복직을 요청하고, 이를 통해 오셀로의 질투심을 자극한다.

2.1.215. 천한 자도 연애를 하면

당신에게 용기가 있다면 내 말을 잘 들어봐요.
천한 자도 연애를 하면
타고난 본성 이상으로 고상해진다고들 말하죠.
부관 캐시오는 오늘 밤 위병소에서 당직을 설 겁니다.
당신에게 우선 이 점을 주지시켜야겠소.
데스데모나는 틀림없이 그자에게 반했소. (…)
그녀가 처음에 몸이 달아 그 무어에게 혹한 건
놈이 허풍을 치면서 환상적인 거짓말을
늘어놓았기 때문이라는 걸 기억하시오.
그녀가 허풍 때문에 놈을 언제까지 사랑할까요?
사려 깊게 생각해보면 이 정도는 알 거요. 그녀도 눈요기가
필요하지 않겠소. 그런데 그 악마 얼굴만 보아야 하니 어찌
즐거울 수 있겠소? 정사가 끝나고 욕정의 불길이 사그라지면,
그 불길을 다시 일으켜 세워 물린 육신을 싱싱한 욕정으로
다시 채워야겠죠. 그러려면 얼굴도 반반하고,
나이도 어울리고, 매너도 좋고 풍채도 좋아야 하지 않겠소.
무어는 그 어느 것도 갖고 있질 않아요.

2.3.262. Reputation, reputation, reputation!

CASSIO: Reputation, reputation, reputation! O, I have lost
my reputation! I have lost the immortal part of
myself, and what remains is bestial. My reputation,
Iago, my reputation!
IAGO: As I am an honest man, I thought you
had received some bodily wound; there is more
sense in that than in reputation. Reputation is
an idle and most false imposition: oft got without merit,
and lost without deserving: you have lost
no reputation at all, unless you repute
yourself such a loser. What, man! there are ways
to recover the general again: you are but
now cast in his mood, a punishment more in
policy than in malice, even so as one would beat
his offenceless dog to affright an imperious lion:
sue to him again, and he's yours.15)

---

15) 이아고의 계략에 빠진 캐시오가 술에 취해 난동을 부린 후 면직을 당하자 이아고가 하는 말이다.
오셀로의 충직한 부관인 캐시오는 무엇보다도 명예와 평판을 중시하는 인물이다. 이에 반해 이아
고에게 명예는 실속도 없고 믿을 만한 것도 아니다. 이아고는 장군이 일시적으로 화가 나서 파직
시킨 것이니 데스데모나에게 복직을 부탁해보라고 캐시오를 유혹한다. 캐시오는 이아고의 충고에
따라 데스데모나에게 복직을 부탁하고, 데스데모나는 캐시오의 부탁을 받아들여 오셀로에게 그의
복직을 종용한다. 이는 그녀와 캐시오의 관계를 의심하고 있는 오셀로의 질투심에 불을 지른다.
이제 이아고의 계략이 구체적으로 작동하기 시작한 것이다. 이아고는 이 극에서 감독의 역할을 수
행한다. 이아고 주변의 인물들은 마치 그가 연출하는 연극에서 자신의 배역을 수행하는 배우처럼
보인다.

2.3.262. 명예, 명예, 그리고 명예!

캐시오: 명예, 명예, 명예! 아, 난 명예를 잃어버렸어!
　생명보다 소중한 불멸의 명예를 잃어버렸어.
　그리고 이제, 여기 남은 건 상스러운 것들뿐이야.
　명예! 이아고, 난 명예를 잃어버렸어!
이아고: 전 우직한 놈이라 부관님께서 정말 다치신 줄 알았어요.
　명예에 흠집이 간 것보다 몸의 상처가 더 아플 겁니다.
　명예란 실속도 없고 믿을 만한 것도 아닙니다.
　명예란 별 공적 없이도 얻는가 하면,
　별 이유도 없이 잃어버리기도 하니까요.
　스스로 자신을 잃은 자로 간주하지 않으면
　부관님은 전혀 명예를 잃은 게 아닙니다. 부관님,
　이러지 마세요! 장군 마음을 돌이킬 방법은 얼마든지 있어요.
　일시적으로 화가 나서 파직시킨 겁니다. 말하자면
　미워서라기보다는 정책적으로 한 처벌이죠. 순한 개를 때려서
　백수의 제왕인 사자를 겁주는 것이나 다를 게 없어요.
　다시 한번 장군께 사정해요. 봐주실 겁니다.

2.3.350. Divinity of hell!

And what's he then that says I play the villain?
When this advice is free I give and honest,
Probal to thinking and indeed the course
To win the Moor again? For 'tis most easy
The inclining Desdemona to subdue
In any honest suit: she's framed as fruitful
As the free elements. And then for her
To win the Moor. (…)
How am I then a villain
To counsel Cassio to this parallel course,
Directly to his good? Divinity of hell!
When devils will the blackest sins put on,
They do suggest at first with heavenly shows,
As I do now: for whiles this honest fool
Plies Desdemona to repair his fortunes
And she for him pleads strongly to the Moor,
I'll pour this pestilence into his ear,
That she repeals him for her body's lust;
And by how much she strives to do him good,
She shall undo her credit with the Moor.[16]

---

16) 이아고는 데스데모나의 선의를 미끼로 삼아 오셀로와 캐시오를 덫으로 끌어들인다. 그러므로 이아고의 충고는 "악마의 선심"이다.

2.3.350. 악마의 선심!

이래도 날보고 악당 짓을 한다고 말할 자가 있을까?
난 사심 없이 솔직하게 충고했어.
그럴듯한 생각이니 분명 무어의 마음을
돌이킬 수 있을 거야. 진심으로 복직을 간청하면
호의를 갖고 있는 데스데모나를 움직이기는
너무나도 쉬운 일이지. 그녀는
천성이 자유분방하고 너그러운 사람이니까.
그리고 그녀를 통해 오셀로를 설득하는 거야. (…)
그렇다면 내가 왜 악당이란 말인가?
캐시오에게는 득이 될 걸 가르쳐준 내가 아닌가?
이게 바로 악마의 선심이라는 거지!
인간에게 흉악한 죄를 저지르도록 부추길 때, 악마는
지금 나처럼 천사의 모습으로 나타나 유혹을 하는 법.
이 정직한 캐시오란 바보 녀석은
팔자를 고치려고 그녀에게 사정할 것이고,
그럼 그녀는 무어에게 복직시켜 주라고 졸라댈 게 아닌가?
그럼 난 놈의 귓속에 독을 부어 넣는단 말씀이야.
부인이 그자의 복직을 간청하는 건 다 정욕 때문이라고….
그녀가 캐시오를 위해 애를 쓰면 쓸수록
더욱더 무어놈의 의심을 받게 되겠지.

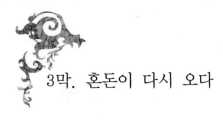

3막. 혼돈이 다시 오다

3.3.92. Chaos is come again

OTHELLO: Excellent wretch! Perdition catch my soul,
　But I do love thee! and when I love thee not,
　Chaos is come again. (…)
IAGO: Did Michael Cassio, when you wooed my lady,
　Know of your love?
OTHELLO: He did, from first to last: why dost thou ask?
IAGO: But for a satisfaction of my thought;
　No further harm.
OTHELLO: Why of thy thought, Iago?
IAGO: I did not think he had been acquainted with her.
OTHELLO: O, yes; and went between us very oft.
IAGO: Indeed!
OTHELLO: Indeed! ay, indeed: discern'st thou aught in that?
　Is he not honest?
IAGO: Honest, my lord!
OTHELLO: Honest! ay, honest.
IAGO: My lord, for aught I know.
OTHELLO: What dost thou think?[17]

---

17) 부정직한 이아고가 '정직'이란 말을 반복하면서 오셀로가 캐시오의 정직성을 의심하게 만드는 장면이다. 오셀로에게 데스데모나와의 사랑이 깨어지는 것은 곧 세상의 모든 질서가 붕괴되는 것을 뜻한다. 그러나 이아고가 캐시오와 데스데모나의 관계에 대한 의구심을 증폭시키면서 오셀로를 질투로 몰아넣자, 이내 오셀로는 혼돈 상태에 빠지고 아내의 부정을 확신하기에 이른다.

3.3.92. 혼돈이 다시 오다

오셀로: 정말 멋진 여인! 나 그대를 사랑하지 않으면
   내 영혼은 지옥으로 떨어질 것이오! 나 그대를 사랑하지 않으면
   온 천지에 혼돈이 다시 오게 될 것이오. (…)
이아고: 장군께서 부인에게 청혼하셨을 때
   마이클 캐시오가 두 분 사이를 알고 있었습니까?
오셀로: 처음부터 끝까지 다 알고 있었네. 그건 왜 묻지?
이아고: 그저 좀 생각나는 게 있어서요.
   별다른 일은 아닙니다.
오셀로: 생각나는 게 있다니, 이아고?
이아고: 그가 부인과 아는 사이라는 건 전혀 몰랐습니다.
오셀로: 아! 그래, 아다마다. 두 사람 사이를 많이도 오갔지.
이아고: 정말입니까?
오셀로: 정말이냐고? 그래, 정말 그랬지. 그게 미심쩍은가?
   그 사람이 정직하지 않다는 말인가?
이아고: 정직하다고요?
오셀로: 정직하냐고? 그래 정직하지.
이아고: 장군님, 그럴지도 모르죠.
오셀로: 자넨 어떻게 생각하나?

3.3.126. Men should be what they seem

OTHELLO: I know thou'rt full of love and honesty,

And weigh'st thy words before thou givest them breath,

Therefore these stops of thine fright me the more:

For such things in a false disloyal knave

Are tricks of custom, but in a man that's just

They are close delations, working from the heart

That passion cannot rule.

IAGO: For Michael Cassio,

I dare be sworn I think that he is honest.

OTHELLO: I think so too.

IAGO: Men should be what they seem;

Or those that be not, would they might seem none!

OTHELLO: Certain, men should be what they seem.

IAGO: Why, then, I think Cassio's an honest man.

OTHELLO: Nay, yet there's more in this:

I prithee, speak to me as to thy thinkings.[18]

---

18) 이아고는 계속 캐시오를 정직한 사람이라고 말하지만, 사실은 오셀로가 그를 의심하도록 교묘하게 유도한다. 이아고는 자신의 입으로 "겉 다르고 속 다른 인간은 정말 나쁜 놈"이라고 하지만 이아고 야말로 "겉 다르고 속 다른 인간"이다. 이 작품에서 외양과 실재의 괴리를 가장 극명하게 드러내는 단어는 이아고가 거듭 언급하는 '정직'이란 단어이다. 이아고는 캐시오와 데스데모나의 허구적인 부정을 오셀로에게 주입시키기 위해 '정직'이란 단어를 반복하여 사용하면서 오셀로가 캐시오의 정직성을 의심하게 만든다. 이아고는 정직이란 단어를 아이러니컬하게 구사하면서 이를 자신의 사악한 본성을 은폐하는 도구로 사용한다. 그러나 우둔한 오셀로는 전적으로 그를 신뢰한다. '손수건'과 함께 이 작품의 주요 모티프인 '정직'이란 단어는 작품 전체에 걸쳐 약 50회 이상 반복 사용된다.

3.3.126. 겉 다르고 속 다른 사람이 되면 안 돼

오셀로: 자네가 날 위하는 마음과 충절을 알고 있지.
　말하기 전에 심사숙고하는 사람이라는 것도 알고 있어.
　그래서 자네가 이처럼 말하는 걸 주저하는 게 더 미심쩍어.
　그런 행동은 간교하고 믿지 못할 무리들이 흔히 쓰는
　상투적인 속임수라고 할 수 있지. 하지만 정직한 사람이 그리 할 땐,
　마음속에 참기 어려운 감정을 감추고 있다는 걸
　은연중에 드러내는 거라고 할 수 있어.
이아고: 캐시오 부관님 이야기인데,
　전 그분이 정직하다고 생각합니다.
오셀로: 나도 그리 생각하네.
이아고: 겉 다르고 속 다른 사람이 되면 안 되죠.
　겉 다르고 속 다른 인간이야말로 정말 나쁜 놈이지요.
오셀로: 물론이지. 인간이라면 겉 다르고 속 다르면 아니 되지.
이아고: 그럼 전 캐시오 부관님이 정직하다고 생각합니다.
오셀로: 아니야, 자네 말엔 뭔가 다른 뜻이 있는 것 같아.
　제발 자네가 생각하고 있는 걸 털어놓게.

3.3.157. The immediate jewel of souls

Though I perchance am vicious in my guess,

As, I confess, it is my nature's plague

To spy into abuses, and oft my jealousy

Shapes faults that are not—that your wisdom yet,

From one that so imperfectly conceits,

Would take no notice, nor build yourself a trouble

Out of his scattering and unsure observance.

It were not for your quiet nor your good,

Nor for my manhood, honesty, or wisdom,

To let you know my thoughts.

(…)

Good name in man and woman, dear my lord,

Is the immediate jewel of their souls:

Who steals my purse steals trash; 'tis something, nothing;

'Twas mine, 'tis his, and has been slave to thousands:

But he that filches from me my good name

Robs me of that which not enriches him

And makes me poor indeed.[19]

---

19) 이아고는 오셀로에게 캐시오가 데스데모나와 내통해 왔다는 것을 넌지시 내비치면서도 이렇게 하
는 것이 본의가 아닌 것처럼 머뭇거린다. 이는 캐시오의 명예에 흠집을 내게 될지도 모르는 일이
며 지갑을 훔치는 것보다 훨씬 나쁜 범죄이기 때문이다. 돈은 단지 "쓰레기"일 뿐이라고 말하는
이아고가 로더리고에게 "지갑에 돈을 채워두라"고 충고하고 그의 돈을 갈취한다는 것은 이율배반
적인 행동이다.

3.3.157. 영혼의 가장 귀한 보석

어쩌면 제 추측이 잘못되었을 수도 있습니다.
고백하건대, 전 남의 흠을 밝혀내는 타고난 나쁜 버릇이 있죠.
때로는 시기심 때문에 있지도 않은 남의 허물을
꾸며대기도 합니다. 그러니 현명하게 판단하시어
제 불확실한 억측을 신경 쓰지 마시고
제가 멋대로 지껄인 불확실한 생각으로 인해
마음을 어지럽히지 마시길 바랍니다.
제 생각을 말씀드려도, 그건 장군의 마음만 어지럽히고
아무런 도움도 되지 않을 뿐더러, 저란 놈은 사내답지 못하고
불성실하고 분별없는 사람이 되고 마니까요.
(…)
장군님, 남녀를 가릴 것 없이 명예란
영혼의 가장 값진 보석입니다. 제 지갑을 훔치는 자는
쓰레기를 훔치는 것과 같아요. 뭐가 있는 것 같지만, 별게 아니죠.
제 것이었던 게 그자의 것이 됐고 수많은 사람들의 노예가 됐죠.
하지만 명예라는 걸 도둑맞으면
훔친 놈에게는 아무것도 아니지만,
도둑맞은 전 정말 큰 손실을 입게 되지요.

3.3.166. The green-eyed monster

O, beware, my lord, of jealousy;

It is the green-eyed monster which doth mock

The meat it feeds on; that cuckold lives in bliss

Who, certain of his fate, loves not his wronger;

But, O, what damned minutes tells he o'er

Who dotes, yet doubts, suspects, yet strongly loves!

(…)

Poor and content is rich and rich enough,

But riches fineless is as poor as winter

To him that ever fears he shall be poor.

Good heaven, the souls of all my tribe defend

From jealousy![20]

---

20) "녹색 눈빛을 한 괴물"이란 표현은 셰익스피어가 창조한 표현이다. 그러나 셰익스피어 시대 이전부터 사람들은 질투가 녹색 눈빛을 하고 있다고 생각했다. "가난할지라도 마음이 편한 사람은 정말 부자"라는 말은 오쟁이 진 남편이면서도 체념하고 마음을 편하게 먹으면 부정한 아내의 남편이라는 것이 아무런 상관이 없다는 뜻이다. 이아고는 계속해서 "질투심을 경계하라"(beware of jealousy)고 충고한다. 그러나 이는 도리어 오셀로의 심경을 불편하게 만들 뿐만 아니라 그의 질투심을 더욱 자극한다. 이아고의 이 대사를 받아 오셀로는 자신이 쉽게 질투에 빠지는 사람이 아니라고 말한다. 그러나 의심과 증거를 운운하는 그의 대사에는 이미 질투에 눈이 멀어 데스데모나를 의심하기 시작하는 오셀로의 모습이 드러나 있다. 이아고의 교묘한 술책으로 인해 질투심에 사로잡힌 오셀로는 녹색 눈빛의 괴물이 되어 점점 더 데스데모나에 대한 격렬한 대사를 뱉어낸다. 이제 오셀로의 마음에 이아고가 그려낸 부정한 데스데모나의 모습이 자리 잡게 되고, 오셀로는 이아고에게 그녀와 캐시오의 관계를 계속 추궁한다.

3.3.166. 녹색 눈빛을 한 괴물

아! 장군님. 질투를 경계하셔야 합니다!
질투란 녹색 눈빛을 한 괴물로, 사람 마음을 먹이로 삼아
즐기는 놈이죠. 오쟁이 진 남편이면서도 그걸 운명으로 체념하고,
부정한 아내에게 미련을 갖지 않는 자는 행복한 사람입니다.
그러나 아! 사랑하면서도 의심하고, 의심하면서도
열렬히 사랑하는 남자는 일분일초가 얼마나 저주스럽겠어요!
(…)
비록 가난해도 마음이 편한 사람은 정말 부자입니다.
부자라도 가난뱅이가 될까 봐 늘 걱정한다면
그는 삭막한 엄동설한처럼 가난한 사람입니다.
하나님, 저희 인간들 모두의 영혼이
질투에 빠지지 않게 하소서!

3.3.190. I'll see before I doubt

Why, why is this?
Think'st thou I'ld make a lie of jealousy,
To follow still the changes of the moon
With fresh suspicions? No; to be once in doubt
Is once to be resolved: exchange me for a goat,
When I shall turn the business of my soul
To such exsufflicate and blown surmises,
Matching thy inference. 'Tis not to make me jealous
To say my wife is fair, feeds well, loves company,
Is free of speech, sings, plays and dances well;
Where virtue is, these are more virtuous:
Nor from mine own weak merits will I draw
The smallest fear or doubt of her revolt;
For she had eyes, and chose me. No, Iago;
I'll see before I doubt; when I doubt, prove;
And on the proof, there is no more but this,—
Away at once with love or jealousy!21)

---

21) "모든 인간들의 영혼이 질투에 빠지지 않게 하소서!"라는 이아고의 말을 받아 오셀로가 하는 말이다. 오셀로는 이미 이아고의 덫에 걸려들어 질투심에 사로잡혀 있다. 그럼에도 불구하고 오셀로는 이아고에게 자신이 질투에 빠지지 않았다고 말하고 있다. 오셀로의 이 말에 대해 이아고는 데스데모나가 감쪽같이 아버지 눈을 속이고 오셀로와 결혼한 여자라는 것을 상기시키면서, "질투하는 것도 안심하는 것도 아닌 눈빛"으로 데스데모나와 캐시오를 잘 살펴보라고 충고한다.

3.3.190. 의심하기 전에 먼저 잘 살피고

그런데 왜 그런 소릴 하나!
자네는 내가 질투심에 사로잡혀,
달이 차고 기울 때마다 새로운 의심을 품을 줄 아는가?
천만에. 나는 한번 의심하면
그 자리에서 그 의심을 깨끗이 풀어야 하는 성격이야.
자네가 짐작하여 말한 대로, 내가 쓸데없는 허황한 의혹에
마음을 쓴다면, 나를 염소새끼로 취급해도 좋아.
사람들이 내 아내가 예쁘고, 잘 먹고, 어울리기를 좋아하고,
말솜씨가 좋고, 노래도 잘하고, 악기 연주도 잘하고,
춤도 잘 춘다고 해서 내가 질투하진 않아.
정숙하기만 하면 이런 점은 더욱 빛나 보이는 법이니까.
나 비록 변변치 못한 사람이긴 해도,
아내가 서방질을 할까 봐 걱정하거나 의심하진 않아.
자신의 눈으로 날 골랐으니까. 아니 그런가, 이아고?
난 의심하기 전에 먼저 잘 살피고, 일단 의심하면 증거를 확보하지.
증거가 확보되면 방법은 하나.
즉시 사랑을 포기하든가, 질투심을 버리든가!

3.3.270. O curse of marriage!

If I do prove her haggard,
Though that her jesses were my dear heartstrings,
I'ld whistle her off and let her down the wind,
To pray at fortune. Haply, for I am black
And have not those soft parts of conversation
That chamberers have, or for I am declined
Into the vale of years, — yet that's not much —
She's gone. I am abused; and my relief
Must be to loathe her. O curse of marriage,
That we can call these delicate creatures ours,
And not their appetites! I had rather be a toad,
And live upon the vapour of a dungeon,
Than keep a corner in the thing I love
For others' uses. Yet, 'tis the plague of great ones;
Prerogatived are they less than the base;
'Tis destiny unshunnable, like death.[22]

---

22) 질투심에 사로잡힌 오셀로가 데스데모나를 의심하고 격렬하게 반응하는 부분으로 오셀로의 소유
욕이 잘 드러나 있다. 오셀로는 자신의 나이가 한창 때를 지나 중년이란 "세월의 골짜기"(the vale
of years)로 들어선 것 때문에 데스데모나가 자신을 배반했다고 생각한다. 그리하여 오셀로는 그녀
와 결혼한 것을 후회하고 그녀를 증오하기에 이른다. 오셀로는 데스데모나를 "길들일 수 없는 매"
라고 부르며 남들이 마음대로 손을 댈 수 있는 여인이라고 비난한다. 후에 오셀로는 이아고에게
"도둑을 맞아도(robbed) 당사자가 도둑맞은(stol'n) 걸 모르고 있으면" 도둑맞지 않는 거나 마찬가지
라고 말하지만, 늙어 "세월의 골짜기"로 접어든 오셀로는 데스데모나를 남이 '도둑질'해 갈까 봐
항상 불안하다.

3.3.270. 아, 저주스러운 결혼이여!

만약 데스데모나가 도저히 길들일 수 없는 매라면,
그 발목에 맨 끈이 내 심장을 맨 끈이라고 해도
당장 그 끈을 끊어버리고, 바람을 가르며 날아가
제 운명대로 먹이를 찾을 수 있도록 하겠다. 혹 내 얼굴빛이 검고
한량들의 우아한 사교술을 갖추지 않았다고 해서,
내 나이가 한창 때를 지나 내리막길에 접어들었다고 해서,
－아니, 아직 그렇게 늙은 나이는 아닌데－
그 여자가 날 떠나간다고? 결국 난 배반당하겠지.
날 구하는 길은 그녀를 증오하는 것뿐이다. 아, 저주스러운 결혼이여!
아름다운 여자를 제 것이라고 큰소리치지만
그 욕정까지 제 것으로 만들 순 없단 말인가!
사랑하는 여자를 남들이 마음대로 손대게 하고,
자신은 두꺼비가 되어 한 귀퉁이만을 지키며 처량하게 사느니,
차라리 토굴 속에서 습기나 마시며 사는 것이 낫겠다.
이건 지체 높은 자들이 하층민들보다 훨씬 더 걸리기 쉬운 염병이야.
이건 또한 죽음처럼 우리가 피할 수 없는 운명이지.

3.3.322. Trifles light as air

Be not acknown on 't; I have use for it.
Go, leave me. [Exit EMILIA]
I will in Cassio's lodging lose this napkin,
And let him find it. Trifles light as air
Are to the jealous confirmations strong
As proofs of holy writ: this may do something.
The Moor already changes with my poison:
Dangerous conceits are, in their natures, poisons.
Which at the first are scarce found to distaste,
But with a little act upon the blood.
Burn like the mines of Sulphur. I did say so:
Look, where he comes!
[Re-enter OTHELLO]
Not poppy, nor mandragora,
Nor all the drowsy syrups of the world,
Shall ever medicine thee to that sweet sleep
Which thou owedst yesterday.[23]

---

23) 에밀리아를 통해 입수한 손수건을 통해 오셀로가 데스데모나의 정절을 의심하게 만들려는 이아고
의 계획이 드러난 독백이다. 공기처럼 가벼운 증거인 이 손수건은 질투심에 사로잡힌 오셀로에게
데스데모나의 부정을 증명하는 강력한 효력을 지닌 증거로 작용한다.

3.3.322. 공기처럼 가벼운 것도

모른 체하고 있어. 다 쓸 데가 있어.
저리가, 혼자 있게. (에밀리아 퇴장)
이 손수건을 캐시오가 머무는 곳에 떨어뜨려서,
놈이 줍게 해야지. 공기처럼 가벼운 것도
질투심에 사로잡힌 자에게는, 성서만큼이나
강력한 효력을 지닌 증거가 될 수 있어. 이게 한몫을 할 거야.
무어놈은 벌써 내가 주입한 독약에 마음이 변하고 있어.
위험한 억측은 그 자체가 독약이라고 할 수 있지.
그래서 처음에는 쓴맛이 나지 않지만
조금이라도 혈액 속에 용해되면 온몸이
유황 광산처럼 타오르게 돼 있거든. 내가 말한 대로야.
저기 봐! 이리 오고 있는 놈의 몰골을!
(오셀로, 다시 등장)
아편으로도 마취약으로도,
그 밖에 이 세상의 온갖 수면제로도
어제까지 그대가 누렸던 그 달콤한 잠을
이제 영영 즐기지 못할 것이다.

3.3.342. He that is robbed, not wanting what is stol'n

What sense had I of her stol'n hours of lust?

I saw't not, thought it not, it harmed not me:

I slept the next night well, was free and merry;

I found not Cassio's kisses on her lips:

He that is robbed, not wanting what is stol'n,

Let him not know't, and he's not robbed at all. (⋯)

I had been happy, if the general camp,

Pioners and all, had tasted her sweet body,

So I had nothing known. O, now, for ever

Farewell the tranquil mind! farewell content!

Farewell the plumed troop, and the big wars,

That make ambition virtue! O, farewell!

Farewell the neighing steed, and the shrill trump,

The spirit-stirring drum, the ear-piercing fife,

The royal banner, and all quality,

Pride, pomp and circumstance of glorious war! (⋯)

Othello's occupation's gone![24]

---

24) 오셀로의 비극적 결함인 격정적인 성격을 잘 드러내는 대사이다. 데스데모나의 부정을 상상하면서 그가 외치는 말에는 과장과 지나친 자부심이 드러나 있다. 오셀로는 데스데모나가 부정한 짓을 저질렀다고 해도 그걸 모르고 있으면 마음이 괴롭지 않다고 말한다. 그러나 그는 모든 명예로운 일도, 위풍당당한(pomp and circumstance) 영광스러운 전쟁도, 오셀로의 삶도 이제 끝장이라고 외치면서 절망감을 드러낸다. 데스데모나의 부정으로 모든 것이 무의미하게 되었다고 생각하는 것이다.

3.3.342. 도둑맞고도 도둑맞은 걸 모르고 있으면

나 몰래 아내가 부정한 짓을 했다 한들 내가 어찌 알겠는가?
난 보지도 못했고 의심도 하지 않았어. 그래서 괴롭지 않았지.
그 다음 날 밤에도 잘 잤고, 마음도 편했고 즐거웠어.
아내 입술에서 캐시오의 키스 자국을 찾지 못했어.
도둑맞고도 도둑맞은 걸 모르고 있으면 알리지 않는 게 좋아.
모르면 도둑맞지 않은 거나 다름없으니까. (…)
온 부대 안의 장병들과 공병들이
내 아내의 달콤한 몸뚱이를 맛보았다고 해도
그걸 알지 못했다면 난 행복했을 것이다.
아, 이제, 마음의 평화는 영원히 사라졌어! 만족감도 끝이다!
승리하겠다는 야망을 가치 있는 것으로 만들어주는
깃털을 장식한 군대도 대격전도 끝이다. 아, 모두 사라졌어!
울부짖는 군마도 날카로운 나팔소리도
가슴 뛰게 하는 북소리도, 귀를 찢는 파이프 소리도
저 장엄한 군기도, 모든 훌륭한 것들도, 그리고 자부심도
위풍당당한 영광스러운 전쟁도 이제 다 끝장이다! (…)
오셀로의 생애는 이제 끝이다!

3.3.378. To be direct and honest is not safe

OTHELLO: Villain, be sure thou prove my love a whore,
　　Be sure of it; give me the ocular proof:
　　Or by the worth of man's eternal soul,
　　Thou hadst been better have been born a dog
　　Than answer my waked wrath! (…)
　　Make me to see't; or, at the least, so prove it,
　　That the probation bear no hinge nor loop
　　To hang a doubt on; or woe upon thy life! (…)
　　If thou dost slander her and torture me,
　　Never pray more; abandon all remorse;
　　On horror's head horrors accumulate;
　　Do deeds to make heaven weep, all earth amazed; (…)
IAGO: O grace! O heaven forgive me!
　　Are you a man? have you a soul or sense?
　　God be wi' you; take mine office. O wretched fool.
　　That livest to make thine honesty a vice!
　　O monstrous world! Take note, take note, O world,
　　To be direct and honest is not safe.
　　I thank you for this profit.[25]

---

25) 이아고는 자신을 의심하는 오셀로에게 자신이 희생양인 것처럼 항변하고 있다. 이를 통해 이아고
　는 오셀로가 앞으로 자신을 '정직한' 이아고로 생각하도록 만든다. 우둔한 오셀로는 부정직한 이아
　고의 실체를 파악하지 못하고 계속 속아 넘어간다.

3.3.378. 솔직하고 정직하면 안전하지 않아

오셀로: 이 나쁜 놈, 내 아내가 창녀라는 걸 증명해봐!
   틀림없다는 걸 증명해봐. 눈으로 볼 수 있는 증거를 대라.
   그러지 못하면, 내 불멸의 영혼을 두고 맹세하노니,
   네놈이 나의 끓어오르는 격분을 감당하느니 차라리
   개로 태어난 게 나았을 거라고 느끼도록 해주겠다. (…)
   증거를 내놔. 아니면 적어도 그걸 증명해봐.
   한 치의 의심도 없는 분명한 증거를 대보란 말이다.
   그러지 않으면 네놈 목숨을 부지하지 못할 거다. (…)
   만약 네가 내 아내를 모함하고 나를 고문한다면
   기도를 올려도 소용없다. 후회하는 마음 따위는 버려라.
   끔찍한 악행에 갖은 악행을 쌓아 올려
   하늘도 울게 하고 대지도 놀라게 할 악행을 계속 저질러라. (…)
이아고: 오, 하느님! 제발 절 용서하소서!
   장군님도 사내십니까? 영혼이나 분별력이 있으십니까?
   안녕히 계십시오. 절 파직시켜 주십시오. 오, 가엾은 바보!
   지나치게 정직하게 행동하다가 악당 취급을 받게 되다니!
   오, 해괴망측한 세상! 아, 세상 사람들이여, 조심하시오, 조심!
   솔직하고 정직하면 안전하지 않아요.
   덕분에 유익한 걸 배우게 되어 고맙습니다.

3.3.428. This denoted a foregone conclusion

OTHELLO: But this denoted a foregone conclusion:

'Tis a shrewd doubt, though it be but a dream. (⋯)

I'll tear her all to pieces.

IAGO: Nay, but be wise: yet we see nothing done;

She may be honest yet. Tell me but this,

Have you not sometimes seen a handkerchief

Spotted with strawberries in your wife's hand?

OTHELLO: I gave her such a one; 'twas my first gift.

IAGO: I know not that; but such a handkerchief—

I am sure it was your wife's—did I to-day

See Cassio wipe his beard with.

OTHELLO: If it be that—

IAGO: If it be that, or any that was hers,

It speaks against her with the other proofs.

OTHELLO: O, that the slave had forty thousand lives!

One is too poor, too weak for my revenge.

Now do I see 'tis true. Look here, Iago;

All my fond love thus do I blow to heaven.[26]

---

26) 이아고는 데스데모나와의 정사를 짐작하게 하는 캐시오의 꿈 이야기를 지어내고 그것으로 오셀로를 옭아맨다. 오셀로는 이 꿈 이야기를 불륜의 강력한 증거로 받아들인다. 이에 덧붙여 이아고는 캐시오의 손에 넘어간 손수건을 두고 이야기하면서 오셀로를 돌이킬 수 없는 지경으로 몰아붙이고, 질투의 화신이 된 오셀로는 데스데모나에게 격렬한 저주를 퍼붓는다.

3.3.428. 이건 뻔한 결말을 보여주고 있어

오셀로: 하지만 이 꿈은 처음부터 뻔한 결말을 보여주고 있어.
　비록 그것이 꿈이긴 해도 의심받기에 충분한 거야. (…)
　내 그년을 갈기갈기 찢어 놓겠다!
이아고: 아닙니다. 현명하게 처신해야 합니다. 아직은 아무것도
　보질 못했죠. 부인이 결백할지도 모릅니다. 한마디만 여쭙겠습니다.
　장군께서는 부인께서 딸기무늬 수가 놓인 손수건을
　손에 들고 계신 걸 가끔 보신 적이 있으십니까?
오셀로: 그런 손수건을 주었지. 내가 아내에게 준 첫 선물이야.
이아고: 그걸 몰랐습니다. 하지만 그런 수놓인 손수건을 가지고,
　-부인 것이 틀림없는 것 같은데- 오늘 캐시오가
　수염을 닦고 있는 걸 보았습니다.
오셀로: 만약 그게 그 손수건이라면….
이아고: 그 손수건이든 아니든, 그게 부인 거라면
　그 밖에 다른 증거들과 함께 부인에게 불리한 일입니다.
오셀로: 아! 그 악질 놈이 목숨을 사만 개쯤 가지고 있으면 좋겠군.
　보잘것없는 목숨 하나만으론 복수하기에 성에 차지 않아.
　이제 진실을 알겠어. 이것 보게, 이아고.
　내 어리석은 사랑을 이제 모두 하늘로 날려 보내 버리겠어.

3.4.159. They are not ever jealous for the cause

DESDEMONA: We must think men are not gods,
   Nor of them look for such observances
   As fit the bridal. Beshrew me much, Emilia,
   I was, unhandsome warrior as I am,
   Arraigning his unkindness with my soul;
   But now I find I had suborned the witness,
   And he's indicted falsely.

EMILIA: Pray heaven it be state-matters, as you think,
   And no conception nor no jealous toy
   Concerning you.

DESDEMONA: Alas the day! I never gave him cause.

EMILIA: But jealous souls will not be answered so;
   They are not ever jealous for the cause,
   But jealous for they are jealous: 'tis a monster
   Begot upon itself, born on itself.

DESDEMONA: Heaven keep that monster from Othello's mind![27]

---

27) 손수건은 사소한 것이지만 오셀로에게는 마력이 깃든 대단히 중요한 상징물이다. 질투심에 사로잡힌 오셀로에게 손수건은 데스데모나의 정조를 가늠하는 강력한 증표이다. 질투심에 사로잡혀 데스데모나에게 손수건의 행방을 집요하게 추궁하는 오셀로를 보고 에밀리아는 남성들의 욕구 충족 행위를 음식을 먹는 것에 비유하면서 비난한다. 데스데모나가 자신은 오셀로의 의심을 살 만한 일을 하지 않았다고 했을 때 에밀리아는 질투란 "스스로 태어나는 괴물"이어서 질투에는 그 이유가 없다고 말한다. 오셀로의 천성에 쉽게 질투하는 성향이 들어 있다는 말이다. 데스데모나는 질투라는 괴물이 오셀로의 마음속에 들어가지 않도록 해달라고 빌지만, 이미 오셀로는 질투라는 녹색 눈빛을 한 괴물의 먹이가 되어, 그리고 이아고라는 겉과 속이 다른 괴물에게 속아서, 사리를 분간하지 못하고 사태를 점점 더 악화시킨다.

3.4.159. 이유가 있어 질투하는 게 아니다

데스데모나: 남자들이 신이라고 생각해선 안 돼.
　신혼 시절처럼 남자가 여자를 알뜰하게 보살펴주기를
　기대해선 안 돼. 에밀리아, 내가 잘못한 것 같아.
　용사의 어설픈 아내인 나는, 내심으로
　그분이 매정하게 변하신 걸 책망하곤 했어.
　하지만 이제 알았어. 내가 너무 완강했어.
　아무런 죄도 없는 그분을 비난했어.
에밀리아: 마님 생각대로 제발 나랏일 때문이라면 좋겠어요.
　마님을 두고 허황한 의심이나 질투를 하시는 게
　아니라면 좋겠어요.
데스데모나: 아, 어쩌면 좋아! 난 정말 의심 살 만한 일을 하지 않았어.
에밀리아: 하지만 질투하는 이에게 그런 말은 소용없을 겁니다.
　분명한 이유가 있어 질투하는 게 아니거든요.
　질투하는 천성이라 질투하는 것이지요. 질투란
　저절로 잉태되고 스스로 태어나는 괴물이기 때문이죠.
데스데모나: 제발 그 괴물이 장군 마음속에 들어가지 않게 하소서!

4막. 눈에 보이지 않는 정조

4.1.16. Honour is an essence that's not seen

OTHELLO: Naked in bed, Iago, and not mean harm!

It is hypocrisy against the devil:

They that mean virtuously, and yet do so,

The devil their virtue tempts, and they tempt heaven.

IAGO: So they do nothing, 'tis a venial slip:

But if I give my wife a handkerchief, −

OTHELLO: What then?

IAGO: Why, then, 'tis hers, my lord; and, being hers,

She may, I think, bestow't on any man.

OTHELLO: She is protectress of her honour too:

May she give that?

IAGO: Her honour is an essence that's not seen;

They have it very oft that have it not:

But, for the handkerchief, −

OTHELLO: By heaven, I would most gladly have forgot it.

Thou said'st, it comes o'er my memory,

As doth the raven o'er the infected house,

Boding to all − he had my handkerchief.

IAGO: Ay, what of that?[28]

---

28) 이아고가 손수건을 여성의 정조를 연결지우면서 오셀로의 의혹을 증폭시키고 있는 장면이다. 손수
건 모티프는 '정직'이란 모티프와 함께 이 작품에 자주 등장하는 모티프이다. 오셀로에게 손수건의
분실은 데스데모나가 정조를 잃어버렸다는 것을 의미한다.

4.1.16. 정조는 본질상 눈에 보이지 않는 것

오셀로: 이아고, 벌거벗고 동침했는데 나쁜 짓 할 생각이 없었다고?
  그건 악마까지도 속이는 위선이야.
  아무리 깨끗한 마음으로 그런다 해도
  악마의 유혹을 받을 거야. 하늘을 시험하는 거나 같아.
이아고: 아무 일도 없었다면 그건 용서할 수 있는 과실이죠.
  하지만 만약 제가 아내에게 손수건을 준다면….
오셀로: 그럼 어떻다는 것인가?
이아고: 그럼 그건 아내의 것이 되겠죠, 장군님.
  아내 것이니, 그걸 다른 사내에게 줄 수도 있겠죠.
오셀로: 아내라면 정조를 지켜야 할 게 아닌가?
  그것을 아무에게나 줘도 상관없단 말인가?
이아고: 여자의 정조라는 게 어디 눈에 보입니까?
  정조를 잃고도 자주 시치미를 떼곤 하죠.
  하지만 그 손수건은….
오셀로: 제발 그만, 그것만은 정말 잊고 싶어.
  넌 말했지. 놈이 내 손수건을 가지고 있다고.
  아! 그 말은, 전염병을 앓는 사람의 집 위에서 까마귀가
  불길한 소리로 울어대는 것처럼, 내 기억 속에서 사라지질 않아.
이아고: 그랬죠. 그런데 그게 어쨌다는 겁니까?

4.2.54. The fixed figure for the time of scorn

Had it pleased heaven

To try me with affliction; had they rained

All kinds of sores and shames on my bare head.

Steeped me in poverty to the very lips,

Given to captivity me and my utmost hopes,

I should have found in some place of my soul

A drop of patience: but, alas, to make me

A fixed figure for the time of scorn

To point his slow unmoving finger at!

Yet could I bear that too; well, very well:

But there, where I have garnered up my heart,

Where either I must live, or bear no life;

The fountain from the which my current runs,

Or else dries up; to be discarded thence!

Or keep it as a cistern for foul toads

To knot and gender in! Turn thy complexion there,

Patience, thou young and rose-lipped cherubin, —

Ay, there, look grim as hell!29)

---

29) 자신의 명예가 곧 아내의 순결에 달려 있다고 생각하는 오셀로는 조롱거리가 된 자신의 처지를 한 탄한다. 그는 나아가 데스데모나의 '그곳' 즉 자궁에 집착한다. '그곳'은 오셀로에게 삶을 지탱해주 는 생명의 물이 솟아나는 곳이다. '그곳'은 또한 천한 것들이 알을 까는 곳이기도 하다. 남편으로서 배타적 소유권을 가진 '그곳'을 온갖 잡놈들과 공동으로 소유한다는 것을 오셀로는 도저히 참을 수 없다.

4.2.54. 세상 사람들이 조롱하는 부동의 표적

하늘이 온갖 고통으로
날 시험하고, 내 맨머리 위에
온갖 아픔과 치욕을 퍼붓는다 해도,
한 모금의 물도 마실 수 없는 기아 속에 처박아서
내 몸과 내 가장 큰 소망을 꽁꽁 묶어놓는다 해도,
내 마음 한구석에 고통을 참아낼 여지가
물 한 방울만큼이라도 남아 있겠지. 하지만 비참하구나!
내가 세상 사람들이 조롱하는 부동의 표적이 되어
끊임없이 손가락질을 받으며 살아가야 하다니.
그 정도는 참을 수 있어. 그래, 잘 견딜 수 있어.
하지만 내 마음을 소중하게 간직해둔 그곳.
내가 살고 죽는 것이 달려 있는 그곳,
내 생명의 물줄기가 흘러나오는 것도, 마르는 것도
그 샘에 달려 있어. 그런데 내가 거기에서 추방당하다니!
그 샘을 천한 두꺼비들이 엉겨 붙어 알을 까는
더러운 웅덩이로 만들어 버리다니! 채 익지도 않은
장밋빛 입술을 한 천사인 인내여! 거기서 그대 안색을 바꿔라!
아, 거기에서, 지옥과 같이 소름끼치는 표정을 하도록 해라!

4.3.86. It is their husbands' faults, if wives do fall

But I do think it is their husbands' faults
If wives do fall: say that they slack their duties,
And pour our treasures into foreign laps,
Or else break out in peevish jealousies,
Throwing restraint upon us; or say they strike us,
Or scant our former having in despite;
Why, we have galls, and though we have some grace,
Yet have we some revenge. Let husbands know
Their wives have sense like them: they see and smell
And have their palates both for sweet and sour,
As husbands have. What is it that they do
When they change us for others? Is it sport?
I think it is: and doth affection breed it?
I think it doth: is't frailty that thus errs?
It is so too: and have not we affections,
Desires for sport, and frailty, as men have?
Then let them use us well: else let them know,
The ills we do, their ills instruct us so.[30]

---

30) 질투에 사로잡혀 눈이 뒤집어진 오셀로는 데스데모나를 죽여서라도 자신의 것으로 만들려고 한다. 에밀리아는 이아고의 아내이지만 이 극에서 사건의 전모를 파악하고 논평하는 합리적인 인물이다. 남성의 부정적 면모를 강조하고, 아내의 잘못이 남편 탓이라는 그녀의 주장은 그런대로 설득력이 있어 보인다. 소극적인 데스데모나와는 달리 그녀는 대단히 적극적인 인물이다. 그녀의 외침은 마치 여성해방론자의 목소리처럼 들린다.

4.3.86. 아내가 잘못을 저지르는 건 남편 탓

아내가 잘못을 저지르는 건 남편 탓이라고 생각합니다.
남편이라는 사람이 남편 구실은 제대로 하지 못하면서
제 아내에게 줘야 할 보물을 다른 계집 무릎 사이에 퍼붓고,
터무니없는 질투에 사로잡혀 길길이 날뛰면서
우리를 꼼짝 못하게 가두기도 하고, 때리기도 하고,
분풀이로 우리들 용돈을 줄이는 판이니,
글쎄, 우린들 성깔이 없겠습니까? 상냥한 여자라도
복수하고 싶은 게 당연하죠. 남편들이 알게 해야 합니다.
아내들도 그들처럼 감각이 있다는 걸 말입니다. 우린들
눈이 없습니까, 코가 없습니까? 우리는 단맛 신맛을 느낄 수 없나요?
도대체 뭣 때문에 남편들이 제 아내를 버리고
이 계집 저 계집으로 갈아타는지 모르겠어요. 재미삼아 그럴까요?
그럴지도 몰라요. 바람기를 타고나서 그럴까요?
그럴지도 모르죠. 의지가 약해서 바람피우는 걸까요?
그럴지도 모르죠. 그럼 여자들은 남자들처럼 바람기가 없나요?
우리는 재미도 모르고 약하지 않다는 말인가요? 그러니
사내들이 우리에게 잘해야죠. 아니면 그들에게 알려줘야 해요.
그들이 못된 짓하는 걸 보고 배워, 여자들도 못된 짓을 한다는 걸.

5막. 바로 그것 때문이야!

5.2.1. It is the cause!

It is the cause, it is the cause, my soul,—

Let me not name it to you, you chaste stars!—

It is the cause. Yet I'll not shed her blood. (⋯)

Yet she must die, else she'll betray more men.

Put out the light, and then put out the light:

If I quench thee, thou flaming minister,

I can again thy former light restore,

Should I repent me. (⋯)

When I have plucked the rose,

I cannot give it vital growth again.

It must needs wither: I'll smell it on the tree. [Kissing her]

Ah balmy breath, that dost almost persuade

Justice to break her sword! One more, one more.

Be thus when thou art dead, and I will kill thee,

And love thee after. One more, and this the last:

So sweet was ne'er so fatal. I must weep,

But they are cruel tears: this sorrow's heavenly;

It strikes where it doth love.31)

---

31) 데스데모나를 살해하기 직전 잠든 그녀를 보고 읊조리는 오셀로의 독백으로, 그의 오만한 성격과 자기중심적인 성향을 여과 없이 드러내고 있다. 아름다운 데스데모나의 불륜은 그에게 너무나 치명적인 사건이다. 오셀로는 데스데모나를 죽인 뒤에도 그녀를 사랑하리라고 하지만, 자신의 살해 행위를 "사랑해서 벌을 주는 신의 채찍"이라고 하면서 불경죄를 범하고 있다. 스스로 죄의 심판자가 되기를 자처하고 있기 때문이다.

5.2.1. 바로 그것 때문이야!

그것 때문이다. 그것 때문이야. 나의 영혼이여!
순결한 별들아, 다시는 입 밖에 내지 않도록 해다오.
그것 때문이다. 하지만 그녀의 피는 흘리지 말자. (…)
하지만 살려둘 수 없어. 그럼 또 다른 남자들을 배신할 거니까.
우선 이 불을 끄고 저 생명의 불도 끄자.
그대 타오르는 촛불이여,
그대는 껐다가도 후회가 되면
후에 내가 다시 켤 수도 있어. (…)
하지만 장미는 한 번 꺾이면
영영 살아날 길 없고 시들어버리는 법.
가지에 매달려 있을 때 향기를 맡아보자. (키스한다)
아, 향기로운 숨결, 정의의 신도 이 향기를 맡는다면
칼을 부러뜨리고 싶을 거다! 한 번만 더 입을 맞추자!
죽은 다음에도 이대로 있어다오. 널 죽이지만,
나 영원히 사랑하리니. 한 번만 더, 이게 마지막이다.
이처럼 아름다운 게 그토록 치명적인 독을 품고 있다니!
눈물을 참을 수 없어! 이건 잔인한 눈물이다. 하늘의 슬픔이다.
이건 사랑해서 벌을 주는 신의 채찍이다.

5.2.268. Sea-mark of my utmost sail

O vain boast!
Who can control his fate? 'tis not so now.
Be not afraid, though you do see me weaponed;
Here is my journey's end, here is my butt,
And very sea-mark of my utmost sail.
Do you go back dismayed? 'tis a lost fear;
Man but a rush against Othello's breast,
And he retires. Where should Othello go?
Now, how dost thou look now? O ill-starred wench!
Pale as thy smock! when we shall meet at compt,
This look of thine will hurl my soul from heaven,
And fiends will snatch at it. Cold, cold, my girl!
Even like thy chastity. O cursed slave!
Whip me, ye devils,
From the possession of this heavenly sight!
Blow me about in winds! roast me in sulphur!
Wash me in steep-down gulfs of liquid fire!
O Desdemona! Desdemona! dead!
Oh! Oh! Oh!32)

---

32) 데스데모나를 죽인 뒤 오셀로가 이아고의 간교한 계략에 속아 넘어간 것을 알고 자결하기 직전에
하는 말이다. 질투심에 사로잡혀 죄를 범한 오셀로는 자살을 통해 자신의 인생 여정을 마무리한다.
그런데 데스데모나를 증오 때문이 아니라 명예 때문에 죽였다고 하면서 자신을 "명예로운 살인자"
로 불러달라고 요청한다.

5.2.268. 내 인생 항로의 종착지

아, 이젠 부질없는 호언장담이지!
누가 운명을 거역할 수 있겠습니까? 이젠 글렀습니다.
제 손에 든 칼을 보고 겁내지 마십시오.
여기가 제 인생 여정의 끝이요 목적지입니다.
여기가 바로 제 인생 항로의 종착지입니다.
무서워서 뒤로 물러서는 겁니까? 겁낼 것 없습니다.
이 오셀로의 가슴에 갈대 한 가닥만 겨누어도
오셀로는 물러날 겁니다. 이제 오셀로는 어디로 가야죠?
당신은 지금 어떤 표정이오? 아, 불행한 운명으로 태어난 여인!
흰 속옷처럼 창백하구나! 최후의 심판 날 다시 만날 때,
그대의 이 창백한 표정을 보면, 내 영혼은 하늘에서
내팽개쳐질 것이고, 악마들이 내 영혼을 가로채겠지.
당신의 순결처럼 차갑게 식어버린 나의 여인이여! 아!
저주받아 마땅한 노예 같은 놈! 악마들아, 채찍으로 때려라.
이 천사 같은 모습에 홀리지 않도록!
바람 속에 날 휘몰아 가거라! 유황불 속에 태워 죽여라!
벼랑처럼 깊은 지옥의 불바다 속에 날 담가다오!
아, 데스데모나! 데스데모나! 죽고 말았구나!
아! 아! 아!

5.2.344. Loved not wisely but too well

Soft you; a word or two before you go.
I have done the state some service, and they know't.
No more of that. I pray you, in your letters,
When you shall these unlucky deeds relate,
Speak of me as I am; nothing extenuate,
Nor set down aught in malice: then must you speak
Of one that loved not wisely but too well;
Of one not easily jealous, but being wrought
Perplexed in the extreme; of one whose hand,
Like the base Indian, threw a pearl away
Richer than all his tribe; of one whose subdued eyes,
Albeit unused to the melting mood,
Drop tears as fast as the Arabian trees
Their medicinal gum.[33]

---

33) 오셀로는 여기서 자신을 "현명하게 사랑하진 못했지만 아내를 너무나 사랑했던" 고상한 인물로 극
화한다. 오셀로는 자신을 국가에 대한 공을 세운 사람이라고 자화자찬하고, 자신을 "쉽게 질투에
빠지는 사람"이 아니라고 변호한다. 과연 그럴까? 오셀로를 고귀한 품성을 지닌 인물로 평가한다
면 이는 우리가 오셀로의 자기극화에 설득당했기 때문이다. 그러나 오셀로의 말을 액면 그대로 받
아들이기 어렵다. 오셀로는 이아고의 계략이 작동하자마자 너무나 쉽게 질투에 사로잡혀 앞뒤를
돌아보지 않고 일을 벌였기 때문이다. 오셀로는 급한 성격으로 인해 쉽게 질투에 사로잡히는 인물
이다. 질투심에 사로잡힌 원인으로 이아고의 계략을 들 수도 있지만 보다 근본적인 원인은 오셀로
자신의 성격이다. 오셀로는 쉽게 격정에 사로잡히는 인물일 뿐만 아니라 사태의 전모를 파악하지
못하는 우둔한 인물이다. 오셀로는 또한 모든 것을 자기중심적으로 파악하고 자기극화를 통해 자
신의 이미지를 미화하는 인물이다. 그러므로 자신이 "현명하게 사랑하진 못했지만 아내를 너무나
사랑했던" 인물이라는 오셀로의 진술은 설득력을 확보할 수 없다.

5.2.344. 현명하게 사랑하진 못했지만 너무나 사랑했던

잠깐 기다려주시오. 가기 전에 한 말씀 드리겠습니다.
전, 국가를 위해 공을 올렸죠. 여러분도 인정하실 겁니다.
더 말하진 않겠습니다. 다만 간절히 부탁드리고 싶은 건
이 불행한 사건을 서면으로 보고할 때,
저에 대해 있는 그대로 전해주십시오. 조금도 죄를 두둔하지 말고
악의로 헐뜯지도 말아주십시오. 이렇게 말씀해주십시오.
현명하진 못했지만 너무나 아내를 사랑했던 사람이라고….
쉽게 질투에 빠질 사람이 아니지만, 속임수에 빠져
걷잡을 수 없는 혼란에 빠진 사람이라고…. 무지한 인도 사람처럼,
온 종족보다 더 귀한 진주를 제 손으로 팽개친 사내라고….
비록 한 번도 울어본 적이 없는 사내였지만,
이번에는 격렬한 슬픔에 사로잡혀
아라비아의 고무나무가 영험한 수액을 흘리듯
눈물을 줄줄 흘렸다고 전해주십시오.

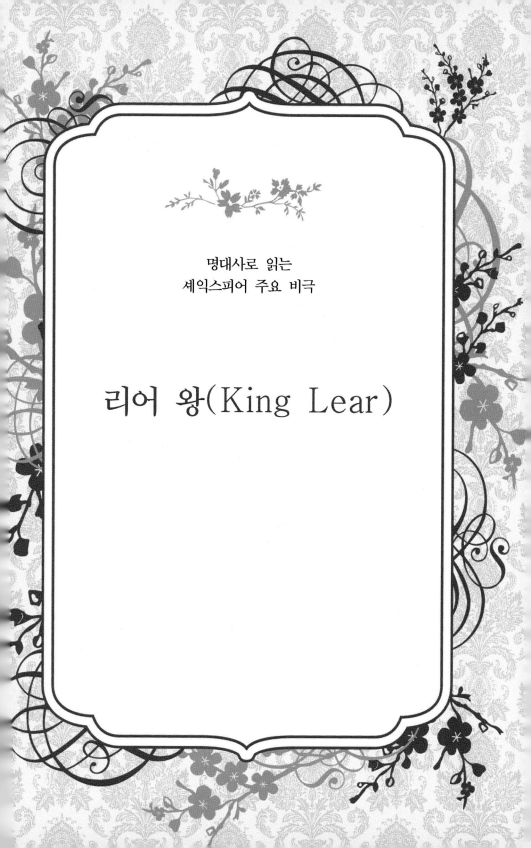

명대사로 읽는
셰익스피어 주요 비극

리어 왕(King Lear)

1막. 말로는 다 표현할 수 없는 사랑으로

1.1.60. A love that makes speech unable

Sir, I love you more than words can wield the matter;
Dearer than eye-sight, space, and liberty;
Beyond what can be valued, rich or rare;
No less than life, with grace, health, beauty, honour;
As much as child e'er loved, or father found;
A love that makes breath poor, and speech unable;
Beyond all manner of so much I love you.[1]

---

1) 판단력이 흐려진 노령의 리어 왕은 세 딸들에게 자신을 얼마나 사랑하는지를 말해보라고 하면서 사랑과 진실의 실체를 말을 통해 판단하려는 과오를 범한다. 자신의 사랑이 너무나 커서 말로 다 드러낼 수 없다는 큰딸 거너릴의 과장된 대사는 그녀의 위선적인 면모를 여과 없이 드러낸다.

1.1.60. 말로는 다 표현할 수 없는 사랑으로

아버님, 전 어떤 말로도 표현하지 못할 만큼 사랑합니다.
제가 보는 것과 공간과 그 어떤 자유보다도 더
아버님을 사랑합니다. 가치 있고, 값지고, 희귀한 그 어떤 것보다 더,
은총과 건강과 미(美)와 명예로 충만한 삶만큼이나 폐하를 사랑합니다.
자식이 드릴 수 있는, 부모가 받을 수 있는 최고의 사랑으로,
목소리를 초라하게 만들고, 말로는 다 표현할 수 없는 사랑으로,
그 어떤 것으로도 표현하지 못할 사랑으로 아버님을 사랑합니다.

1.1.90. Nothing will come of nothing

CORDELIA: Nothing.

LEAR: Nothing will come of nothing: speak again.

CORDELIA: Unhappy that I am, I cannot heave

My heart into my mouth: I love your majesty

According to my bond; nor more nor less.

LEAR: How, how, Cordelia! mend your speech a little,

Lest it may mar your fortunes.

CORDELIA: Good my lord,

You have begot me, bred me, loved me: I

Return those duties back as are right fit,

Obey you, love you, and most honour you.

Why have my sisters husbands, if they say

They love you all? Haply, when I shall wed,

That lord whose hand must take my plight shall carry

Half my love with him, half my care and duty.[2]

---

2) 노령의 리어는 세 딸들을 불러 각자 얼마나 아버지를 사랑하는지 말해보라고 하고, 그것에 따라 딸들에게 돌아갈 재산의 크기를 결정하겠다고 말한다. 마음에도 없는 아첨의 말을 늘어놓는 거너릴과 리건의 말을 들은 리어 왕은 그들의 실체를 모른 채 대단히 흡족하다. 그러나 막내 딸 코델리어는 "듣기 좋은 번지르한 말로 포장해 말하는 재주"가 부족하다. 사랑을 과장하여 드러내는 언니들을 본 코델리어는 방백을 통해 자신의 사랑이 "혀끝보다 무겁다"(more ponderous than my tongue)고 읊조리는데, 사실 리어를 진심으로 사랑하는 딸은 코델리어뿐이다. 그러나 코델리어는 리어 왕이 "얼마나 사랑하는지를 말로 해보라"고 물었을 때, "아무 할 말이 없다"고 답한다. 과장된 미사여구로 아버지의 환심을 산 언니들과는 달리 코델리어의 언어는 너무나 단순하다. 그러나 진실은 항상 단순하고 소박한 마음과 언어에 있다. 아첨에 익숙한 리어는 코델리어의 진심을 알지 못하고 그녀를 내치는 과오를 범한다.

1.1.90. 말할 게 없으면 받을 것도 없을 것

코델리어: 없습니다.

리어: 말할 게 없으면 받을 것도 없을 거다. 다시 말해봐라.

코델리어: 불행하게도 전 제 마음을 입에 담을 수 없습니다.

전 자식 된 도리로 아버님을 사랑합니다.

더도 아니고 덜도 아닙니다.

리어: 아니 어찌된 거냐. 코델리어! 달리 말해봐라.

그래야 네 기회를 망치지 않게 될 거다.

코델리어: 인자하신 아버님,

아버님은 저를 낳으셨고 기르셨고 사랑하셨습니다.

저는 그 보답으로, 그리고 자식 된 도리로

순종하고 아버님을 사랑하고 존경합니다.

만일 언니들이 아버님만을 사랑했다면

왜 결혼을 했겠어요? 제가 결혼하게 된다면,

저와 혼인 서약을 맺게 되는 그 사람이

제 사랑의 절반을, 제 애정과 의무의 반을 가질 겁니다.

1.1.108. Thy truth, then, be thy dower

Let it be so; thy truth, then, be thy dower:

For, by the sacred radiance of the sun,

The mysteries of Hecate, and the night;

By all the operation of the orbs

From whom we do exist, and cease to be;

Here I disclaim all my paternal care,

Propinquity and property of blood,

And as a stranger to my heart and me

Hold thee, from this, for ever. The barbarous Scythian,

Or he that makes his generation messes

To gorge his appetite, shall to my bosom

Be as well neighboured, pitied, and relieved,

As thou my sometime daughter.

(⋯)

Let pride, which she calls plainness, marry her.

I do invest you jointly with my power,

Pre-eminence, and all the large effects

That troop with majesty. (⋯) Only we still retain

The name, and all the additions to a king;[3]

---

3) 리어가 코델리어를 저주하면서 내치는 부분으로 진실을 보지 못하는 어리석은 리어의 면모를 드러
  내는 대사이다. 리어는 그녀에게 진실과 자만심을 지참금으로 삼아 결혼하라고 외친다. 그러고는
  자신은 왕이라는 이름과 명예만을 가질 것이라는 어리석기 그지없는 판단을 내린다.

1.1.108. 진실을 네 지참금으로 삼아라

그럼 좋다. 진실을 네 지참금으로 삼아라.
신성한 태양 빛을 두고 맹세하고,
불가사의한 마녀 헤카테와 밤의 암흑을 두고 맹세하고,
인간의 삶과 죽음의 운명을 주관하는
별들의 운행을 두고 맹세하겠다.
지금부터 난 아비로서의 보살핌을 포기하고
너와 혈육의 정과 혈연관계를 끊겠다.
이제 넌 나에게 이방인이다.
부녀관계는 이제 여기서 끝이다.
차라리 야만스러운 스키타이 인이나
제 배를 채우려고 조상들을 먹어 치우는 식인종들을
가까이 두고, 측은하게 생각하며 도와주는 게 낫겠다.
너 같은 아이가 한때 내 딸이었다니….
(…)
막내는 자신이 솔직함이라고 부르는 자만심을 지참금으로 삼아
결혼하라고 해라. 과인은 그대들에게 공동으로 물려주겠다.
과인의 권력과 지존의 자리와 왕좌에 수반되는 모든
화려한 것들을 그대들에게 넘겨주겠다. (…) 짐은 다만
왕이라는 이름과 그 명칭에 수반되는 명예만을 가질 것이다.

1.1.280. Time shall unfold what plaited cunning hides

KING OF FRANCE: Fairest Cordelia, that art most rich, being poor;

Most choice, forsaken; and most loved, despised!

Thee and thy virtues here I seize upon:

Be it lawful I take up what's cast away.

Gods, gods! 'tis strange that from their cold'st neglect

My love should kindle to inflamed respect.

Thy dowerless daughter, king, thrown to my chance,

Is queen of us, of ours, and our fair France: (···)

CORDELIA: The jewels of our father, with washed eyes

Cordelia leaves you: I know you what you are;

And like a sister am most loath to call

Your faults as they are named. Use well our father:

To your professed bosoms I commit him

But yet, alas, stood I within his grace,

I would prefer him to a better place. (···)

Time shall unfold what plaited cunning hides:

Who cover faults, at last shame them derides.[4]

---

4) 리어의 버림을 받은 코델리어가 왕국을 떠나면서 거짓 사랑을 고백했던 언니들에게 충고한다. 사실 세월이 흐르면 언니들의 거짓과 코델리어의 진심은 드러난다. 목소리가 낮아 "빈 깡통처럼 울리지 않는다고 결코 마음이 빈 것"이 아니라는 직언으로 리어 왕의 노여움을 산 켄트 역시 과장된 말을 늘어놓았던 거너릴과 리건에게 "거창한 말들(large speeches)이 행동으로 입증되고, 사랑의 말에서 좋은 결과가 나오길 바란다"고 말한다. 추방 길에 오른 켄트는 이미 그들의 거창한 고백이 위선이라는 것을 짐작하고 있다.

1.1.280. 세월이 겹겹이 감춰진 거짓을 드러낼 것

프랑스 왕: 아름다운 공주님, 당신은 가난하나 누구보다도 부유하고,
　　버림받았으나 더없이 소중하고, 멸시당했으나 누구보다
　　사랑스러운 사람이오. 난 당신과 당신의 미덕을 택하겠소.
　　버려진 사람을 받아들이는 게 죄가 되진 않을 것이오.
　　신들이시여! 놀라운 일 아닙니까? 사람들의 차가운 멸시가
　　도리어 내 사랑에 불을 붙여 활활 타오르게 하니까요.
　　폐하, 우연히 제게 던져진, 가진 게 아무것도 없는 폐하의 딸은
　　이제 제 왕비요 우리 국민의 왕비요 멋진 프랑스의 왕비입니다.
　　(…)
코델리어: 아버지에겐 보석과 같은 언니들이여, 이제 코델리어는
　　눈물을 머금고 떠납니다. 전 언니들의 본래 모습을 알아요.
　　하지만 동생인 제가 언니들의 잘못을
　　있는 그대로 말하긴 싫어요. 아버질 잘 돌봐드려요.
　　언니들이 고백한 그 마음을 믿고 아버지를 맡깁니다.
　　그렇지만, 아! 아버지의 은총을 잃지만 않았다면
　　아버님을 더 나은 곳에 모실 수 있을 텐데. (…)
　　세월이 겹겹이 감춰진 거짓을 드러낼 겁니다.
　　세월이 잘못을 드러내고 마침내 수치로 되갚아줄 겁니다.

1.2.6. Why bastard? Wherefore base?

Thou, nature, art my goddess; to thy law
My services are bound. (···)
Why bastard? wherefore base?
When my dimensions are as well compact,
My mind as generous, and my shape as true,
As honest madam's issue? Why brand they us
With base? with baseness? bastardy? base, base?
Who, in the lusty stealth of nature, take
More composition and fierce quality
Than doth, within a dull, stale, tired bed,
Go to the creating a whole tribe of fops,
Got 'tween asleep and wake? Well, then,
Legitimate Edgar, I must have your land:
Our father's love is to the bastard Edmund
As to the legitimate: fine word, —legitimate!
Well, my legitimate, if this letter speed,
And my invention thrive, Edmund the base
Shall top the legitimate. I grow; I prosper.[5]

---

5) 대단히 강력한 에너지를 드러내는 에드먼드의 독백이다. 에드먼드는 날조된 편지를 이용해 형을 모함할 계획에 착수한다. 리어 왕 딸들의 사랑 고백에 드러났던 '말'에 내포된 기표와 기의 관계의 불안정성은 에드먼드의 위조편지라는 '글'에 다시 한번 투사된다. 에드먼드는 날조된 편지로 아버지인 글로스터를 속여 장남인 에드가를 내치게 한다. 리어는 딸들에게 속고 글로스터는 서자인 에드먼드에게 속는다.

1.2.6. 왜 서자란 말인가? 왜 천출이란 말인가?

자연이여, 그대는 나의 여신이다.
나는 그대의 법칙에 따를 것을 맹세한다. (…)
왜 서자란 말인가? 왜 천출이란 말인가?
내 사지는 멀쩡하고, 내 생각은 고매하고,
정실부인 자식 못지않게 아버질 꼭 닮은 내가 왜?
왜 나에게 천출이란 낙인을 찍는단 말인가?
천출이라고? 서자라고? 천하다고, 천출이라고?
자연스러운 욕정의 비밀스러운 탐닉 속에서 탄생한 내가,
진부하고 김빠지고 지겨운 잠자리에서
비몽사몽간에 만들어진 얼간이 무리보다
훨씬 더 멋진 몸과 활력에 넘치는
기질을 타고난 나 같은 사람이 왜? 자, 그러니
적자 에드가여, 그대가 상속받을 땅을 내가 차지해야겠소.
아버지는 적자인 형 못지않게 서자인 에드먼드도
사랑하니까. '적자'라고. 거참 좋은 말이군!
자, 적자인 형이여, 이 편지가 효과를 발휘해서
내 계략이 성공한다면, 천출인 에드먼드가
적자 위에 올라서게 될 것이다. 난 자란다, 번창한다.

1.4.119. Speak less than thou knowest

Fool: Mark it, nuncle:

  Have more than thou showest,

  Speak less than thou knowest,

  Lend less than thou owest,

  Ride more than thou goest,

  Learn more than thou trowest,

  Set less than thou throwest;

  Leave thy drink and thy whore,

  And keep in-a-door,

  And thou shalt have more

  Than two tens to a score.

KENT: This is nothing, fool.

Fool: Then 'tis like the breath of an unfeeed lawyer; you

  gave me nothing for't. Can you make no use of nothing, nuncle?

LEAR: Why, no, boy; nothing can be made out of nothing.

Fool: [To KENT] Prithee, tell him, so much the rent of

  his land comes to: he will not believe a fool.

LEAR: A bitter fool![6]

---

6) 바보광대는 위선적인 두 딸에게 모든 것을 다주고 거지꼴이 된 리어에게 충고한다. 노령의 리어는
우둔하고, 왕의 광대인 '바보'는 상전인 리어보다 더 현명하다. 광대 자신은 바보지만 리어는 현재
자신보다도 못한 '아무것도 아닌' 존재라고 비꼰다. 이 작품에서 바보광대는 우둔한 상전의 과오를
직시하고 리어가 진실과 자신의 정체성을 인식할 수 있도록 가르치는 선생의 역할을 수행한다.

1.4.119. 아는 것보다는 덜 말해야 해

광대: 잘 들어봐요, 아저씨.

　보여준 것보다는 더 많이 갖고 있고,

　아는 것보다는 덜 말해야 하고,

　가진 것보다는 덜 빌려주어야 해.

　걷기보다는 말을 타고 가고,

　듣는 것 모두를 믿지는 말고,

　가진 것 모두를 단 한 판에 걸지 말고,

　술과 계집을 멀리하고,

　집 안에만 틀어박혀 있어요.

　그럼 그대가 가진 열의 두 배

　스무 냥보다 더 불어나게 될 것이니.

켄트: 바보광대야, 쓸데없는 소리 좀 작작 해라.

광대: 그럼 보수도 받지 못한 변호사의 변론 같게? 아저씨가 내게

　대가로 준 게 없으니까. 아저씨, 쓸데없는 건 아무 쓰임새도 없을까?

리어: 이놈, 안 되고말고. 쓸데없는 건 쓸데없는 것에 불과해.

광대: (켄트에게) 제발 저 사람에게 말 좀 해줘. 그의 영지 소작료가

　그렇게 되었다고 말이야. 그 사람이 광대 말은 믿으려 하지 않으니까.

리어: 독살스러운 광대로군!

1.4.230. Who is it that can tell me who I am?

LEAR: Are you our daughter?

GONERIL: Come, sir,

    I would you would make use of that good wisdom,

    Whereof I know you are fraught; and put away

    These dispositions, that of late transform you

    From what you rightly are.

Fool: May not an ass know when the cart

    draws the horse? Whoop, Jug! I love thee.

LEAR: Doth any here know me? This is not Lear:

    Doth Lear walk thus? speak thus? Where are his eyes?

    Either his notion weakens, his discernings

    Are lethargied—Ha! waking? 'tis not so.

    Who is it that can tell me who I am?

Fool: Lear's shadow. (…)

LEAR: Your name, fair gentlewoman?

GONERIL: This admiration, sir, is much o' the savour

    Of other your new pranks. I do beseech you

    To understand my purposes aright:

    As you are old and reverend, you should be wise.[7]

---

7) 리어는 수행원 수를 줄이라는 거너릴에게 자신의 딸이 맞느냐고 물으면서 그녀의 배은망덕에 분노한다. 그러고는 자신이 누구냐고 묻는다. 이 말에 광대는 "리어의 그림자"라고 답한다. 외양에 속아 진실을 보지 못하고 모든 것을 잃은 리어의 상황을 빗대어 한 말이다.

1.4.230. 내가 누군지 말해줄 사람이 누구냐?

리어: 넌 과인의 딸이 맞느냐?

거너릴: 아버님, 왜 이러세요.

　아버님이 지혜로운 분이란 걸 알고 있는데,

　그 지혜를 선용하셨으면 좋겠네요.

　제발 그 변덕스러운 언행들을 삼가주세요.

　최근에 들어 본래의 아버님답지 않게 변하셨어요.

광대: 수레가 말을 끄는데, 바보 같은 당나귀인들 그걸 모르겠소?

　아이고, 존 마님! 난 당신을 사랑하오!

리어: 여기 누가 날 아느냐? 이건 리어가 아니야.

　리어가 이렇게 걷더냐? 이렇게 말하더냐? 리어의 눈은 어디있지?

　리어의 지력은 쇠약하고 분별력은 마비가 되었구나!

　하! 생시냐? 그렇지 않아!

　내가 누군지 말해줄 사람이 누구냐?

광대: 리어의 그림자이죠. (…)

리어: 아름다운 귀부인, 당신 존함은?

거너릴: 아버님, 이렇게 놀란 척 딴전을 부리시는 것도

　요즘 보여주신 망령된 짓거리와 비슷한 것입니다.

　제발 제 뜻을 제대로 이해하여 주세요.

　아버님은 연로하시고 존경받는 분이시니, 현명하게 처신하셔야죠.

1.4.288. Sharper than a serpent's tooth

O most small fault,

How ugly didst thou in Cordelia show!

That, like an engine, wrenched my frame of nature

From the fixed place; drew from heart all love,

And added to the gall. O Lear, Lear, Lear!

Beat at this gate, that let thy folly in, [Striking his head]

And thy dear judgment out! (…)

Into her womb convey sterility!

Dry up in her the organs of increase;

And from her derogate body never spring

A babe to honour her! If she must teem,

Create her child of spleen; that it may live,

And be a thwart disnatured torment to her!

Let it stamp wrinkles in her brow of youth;

With cadent tears fret channels in her cheeks;

Turn all her mother's pains and benefits

To laughter and contempt; that she may feel

How sharper than a serpent's tooth it is

To have a thankless child!8)

---

8) 리어가 거너릴로부터 패륜의 고통을 맞본 후 비탄에 빠져 하는 말이다. 거너릴이 리어가 데려간 소
란스러운 무리들이 자신의 성에 머무는 것을 반대하자, 리어는 그녀의 배은망덕이 "독사 이빨보다
더 날카롭다"고 말한다. 그리하여 신에게 그녀의 자식이 어미의 뜻을 거슬러 고통을 안겨주는 아이
로 크게 하라고 요청한다.

1.4.288. 독사 이빨보다 더 날카로운

아, 지극히 작은 허물이여!
코델리어의 작은 허물이 왜 그렇게 추하게 보였단 말이냐!
그 허물은 마치 고문 기구처럼, 내 존재라는 구조물로부터
본래의 모습을 비틀어내고, 내 마음에서 애정을 송두리째 뽑아내,
쓰디쓴 마음만 보태놓았구나. 오, 리어, 리어, 리어!
이 문을 부셔버려라! 어리석음을 불러들이고 (머리를 때린다)
소중한 분별력을 쫓아낸 이 문을. (…)
저년의 자궁에 불임의 기운을 넣어주소서!
저년의 생식 기관들을 말려버리시고,
그 비천한 몸에서 저년을 명예롭게 할 자식이
절대 태어나지 못하게 하소서! 저년이 잉태해야 한다면,
악의에 찬 자식을 만들게 하시고, 나쁜 아이로 자라서,
어미의 뜻을 거슬러 패륜의 고통을 주게 하소서!
젊은 그년 이마에 주름살이 깊이 패도록 하시고
흐르는 눈물로 그년의 뺨에 골을 파게 하시고,
어미로서 누릴 수 있는 모든 노고와 기쁨을
조소와 멸시로 바꾸어, 배은망덕한 자식이
독사 이빨보다 더 날카롭다는 걸
뼈저리게 느끼게 하소서!

2막. 착한 자의 운세도 기울 수 있는 법

2.2.157. A good man's fortune may grow out at heels

A good man's fortune may grow out at heels:
Give you good morrow! [Exit Gloucester]
(⋯)
Good king, that must approve the common saw,
Thou out of heaven's benediction comest
To the warm sun!
Approach, thou beacon to this under globe,
That by thy comfortable beams I may
Peruse this letter! Nothing almost sees miracles
But misery: I know 'tis from Cordelia,
Who hath most fortunately been informed
Of my obscured course; and shall find time
From this enormous state, seeking to give
Losses their remedies. All weary and o'erwatched,
Take vantage, heavy eyes, not to behold
This shameful lodging.
Fortune, good night: smile once more: turn thy wheel.9)

---

9) 리건의 남편 콘월 공작이 켄트에게 차꼬를 채우라고 명령하자 이를 동정하는 글로스터에게 켄트는 "착한 자의 운명도 때로는 기우는 법"이라고 말한다. 켄트는 리어가 코델리어를 내치고 위선적인 거너릴과 리건에게 권력을 양도한 것이 잘못임을 지적했던 정의로운 인물이다. 켄트는 인간의 운명이 돌고 도는 수레바퀴와 같아서 높은 자의 운명도 언젠가는 기울고, 밑바닥에 있던 자의 운명도 언젠가는 다시 변할 것이라고 홀로 읊조린다.

2.2.157. 착한 자의 운세도 기울 수가 있는 법

착한 자의 운세도 기울 수가 있는 법이죠.

안녕히 주무세요. (글로스터 퇴장)

(…)

하늘이 내리는 축복을 마다하고

뜨거운 햇빛 아래로 나온다는 잘 알려진 속담을

폐하께서 증명하게 되셨군요.

가까이 오라, 이 지구를 비추는 태양이여!

그대의 평안한 빛으로

내가 이 편지를 읽을 수 있게 해다오.

참담한 처지를 맛보지 않고는 기적이란 거의 보이질 않는 법.

이건 분명 코델리어 공주님에게서 온 편지야.

다행스럽게도 그분은 내가 변장하고 있다는 것을 아시니,

때가 되면 이 어지러운 세상에서 상처를 치유하고

살아날 방책을 찾아주실 거야.

지친 데다 잠이 모자라 무거워진 눈이여!

이 굴욕적인 잠자리를 보지 마라. 운명의 여신이여, 안녕!

다시 미소를 짓고 운명의 수레바퀴를 돌려라.

2.4.47. Fathers that wear rags

Winter's not gone yet, if the wild-geese fly that way.

Fathers that wear rags

Do make their children blind;

But fathers that bear bags

Shall see their children kind.

Fortune, that arrant whore,

Ne'er turns the key to the poor.

(…)

Follows but for form,

Will pack when it begins to rain,

And leave thee in the storm,

But I will tarry; the fool will stay,

And let the wise man fly:

The knave turns fool that runs away;

The fool no knave, perdy.[10]

---

10) 리어 왕을 수행하는 바보광대가 딸들에게 모든 것을 주어버리고 아무것도 없는 리어 왕과 그를 따라다니면서 고생하는 켄트를 조롱하는 말이다. 또한 바보광대는 켄트가 리어 왕 시종들의 수가 왜 줄어들었는지 묻자 "덕을 보기 위해 봉사하고 겉으로만 따르는" 자는 상황이 변하면 곧 달아나버린다고 말한다. 권력이 없는 리어 왕에게 거너릴과 리건이 홀대하는 것을 두고 한 말로 무정한 세태를 잘 지적하고 있다. 그러나 켄트는 리어의 딸들과는 달리 "덕을 보기 위해 봉사하고 겉으로만 따르는" 자가 아니다. 또한 바보광대는 켄트에게 언덕 아래로 굴러가는 큰 수레를 따라가면 목이 부러지니, 그 수레를 붙잡지 않는 게 좋을 것이라고 충고한다. '바보'라는 명칭과는 달리 바보광대는 대단히 현실적인 충고를 하는 인물이다.

2.4.47. 아비가 누더기를 걸치고 있으면

기러기가 저쪽으로 날아가는 걸 보니 겨울이 아직 끝나지 않았군.
아비가 누더기를 걸치면
자식들은 눈을 감지만,
아비가 돈주머니를 갖고 있으면
자식들은 다정하게 군다네.
악명 높은 매춘부, 운명의 여신은
가난한 자에게는 결코 문을 열어주지 않는 법.
(…)
겉으로만 따르는 놈은,
비가 오기 시작하면 보따리를 싸고,
폭풍우가 치면 당신 홀로 남겨둘 거요.
하지만 나는 남을 것이니, 바보광대는 남을 것이니.
현명한 사람은 도망치게 돼.
하지만 도망치는 악당은 바보가 되리.
그러나 바보광대가 악당이 될 리는 없어.

2.4.264. Reason not the need

O, reason not the need: our basest beggars
Are in the poorest thing superfluous:
Allow not nature more than nature needs,
Man's life's as cheap as beast's: (…)
You heavens, give me that patience, patience I need!
You see me here, you gods, a poor old man,
As full of grief as age; wretched in both!
If it be you that stir these daughters' hearts
Against their father, fool me not so much
To bear it tamely; touch me with noble anger,
And let not women's weapons, water-drops,
Stain my man's cheeks! No, you unnatural hags,
I will have such revenges on you both,
That all the world shall—I will do such things,—
What they are, yet I know not: but they shall be
The terrors of the earth. You think I'll weep
No, I'll not weep. (…)
O fool, I shall go mad![11]

---

11) 리어 왕은 둘째 딸의 환대를 기대하면서 거너릴의 집을 나오지만, 리건 역시 리어를 박대하면서 시종 몇 명을 계속 거느리려는 아버지의 기대를 좌절시킨다. 위의 대사는 왜 그렇게 많은 시종들이 필요하냐고 하면서 리어를 질책하는 리건에게 리어가 한 말이다. 자식의 배은망덕은 리어에게 참기 힘든 고통이다. 리어의 정신은 오락가락한다. 이런 와중에 그는 "미칠 것 같다"고 외치면서 폭풍이 몰아치는 광야로 떠난다.

2.4.264. 필요를 따지지 마라

아! 필요를 따지지 마라. 아무리 비천한 거지들이라도
그 하찮은 소지품 중, 필요 이상의 여분을 갖고 있는 법.
인간에게 필요한 것 이상의 것이 허용되지 않는다면
인간의 삶은 짐승의 삶과 다를 바 없는 천한 삶이 될 거야.
(…)
천지신명이시여! 제게 인내를, 저에게 필요한 인내를 주소서!
신들이시여, 여기 절 보소서, 이 불쌍한 늙은이를!
나이만큼 슬픔도 많고, 어느 모로 보나 불쌍한 이 늙은이를!
딸년들의 마음을 흔들어 아비를 배반하게 한 게 당신이라면,
그걸 순순히 참고 있을 만큼 절 바보로 만들진 마십시오.
저에게 의로운 분노를 불어넣어,
여인네들의 무기인 눈물이 대장부인 나의 이 뺨을
더럽히지 않게 하소서! 아니야, 천륜을 어기는 마녀들아,
너희 둘에게 반드시 복수하고 말 것이다.
그게 무엇일지 아직은 잘 모르지만, 난 온 세상을
공포로 떨게 할 복수를 하고야 말 것이다.
너희들은 내가 울 거라고 생각하겠지. 아니야.
나는 절대로 울지 않을 거야. (…)
아, 광대야! 미칠 것 같구나!

3막. 불쌍하고 힘없고 천대받은 한 늙은이

3.2.20. A poor, infirm, weak, and despised old man

Blow, winds, and crack your cheeks! rage! blow!

You cataracts and hurricanoes, spout

Till you have drenched our steeples, drowned the cocks!

You sulphurous and thought-executing fires, (⋯)

Singe my white head! And thou, all-shaking thunder,

Smite flat the thick rotundity o' the world!

Crack nature's moulds, an germens spill at once,

That make ingrateful man! (⋯)

Rumble thy bellyful! Spit, fire! spout, rain!

Nor rain, wind, thunder, fire, are my daughters:

I tax not you, you elements, with unkindness;

I never gave you kingdom, called you children,

You owe me no subscription: then let fall

Your horrible pleasure: here I stand, your slave,

A poor, infirm, weak, and despised old man:

But yet I call you servile ministers,

That have with two pernicious daughters joined

Your high engendered battles 'gainst a head

So old and white as this. O! O! 'tis foul![12]

---

12) 딸들의 배은망덕에 분노한 리어가 비바람을 맞으면서 황야에서 격렬하게 외치는 대사이다. 여기서 잔인하게 몰아치는 폭풍우는 소용돌이치는 리어의 마음과 인간의 잔인성을 반영한다. 리어는 자신을 박대하는 거너릴과 리건이 황야에 몰아치는 폭풍우보다 더 잔인하다고 생각한다.

3.2.20. 불쌍하고 연약하고 힘없고 천대받은 한 늙은이

바람아 불어라, 네 뺨이 터지도록! 세차게 불어라!
억수 같은 폭풍우를 퍼부어
뾰족탑과 탑 위 바람개비를 물속에 잠기게 하라!
생각처럼 재빠르게 내려치는 유황 번갯불이여, (…)
내 백발을 태워버려라! 그대 온 땅을 흔들어대는 천둥이여,
두껍고 둥근 이 지구를 내리쳐서 짓이겨 납작하게 만들어라!
배은망덕한 인간을 생산하는 대자연의 틀을 깨어버리고,
모든 씨앗을 당장 쓸어내 파괴해버려라! (…)
마음껏 으르렁대라! 불기둥을 뿜어내라! 비를 토해내라!
비도, 바람도, 천둥도, 번개도 내 딸년들 같지는 않아.
난 당신들이 배은망덕하다고 비난할 이유가 없어.
왕국을 주지도 않았고, 자식이라고 부른 적도 없으니,
당신들은 나에게 복종할 이유가 없어. 그럼 마음껏
끔찍한 시련들을 퍼부어 봐. 당신들의 노예,
불쌍하고, 연약하고, 힘없고, 버림받은 늙은이가 여기 서 있소.
하지만 난 당신들을 비열한 앞잡이들이라 부를 거야.
당신들이 저 악독한 두 딸년과 연합하여,
이렇게 늙고 백발이 된 노인의 머리를 치려고
천국의 군대를 끌고 오다니. 아, 이봐! 고약해!

3.2.60. A man more sinned against than sinning

Tremble, thou wretch,

That hast within thee undivulged crimes,

Unwhipped of justice: hide thee, thou bloody hand;

Thou perjured, and thou simular man of virtue

That art incestuous: caitiff, to pieces shake,

That under covert and convenient seeming

Hast practised on man's life: close pent-up guilts,

Rive your concealing continents, and cry

These dreadful summoners grace. I am a man

More sinned against than sinning. (…)

My wits begin to turn.

Come on, my boy: how dost, my boy? art cold?

I am cold myself. Where is this straw, my fellow?

The art of our necessities is strange,

That can make vile things precious. Come, your hovel.

Poor fool and knave, I have one part in my heart

That's sorry yet for thee.[13]

---

13) 폭풍우 속에서 리어는 하늘을 향해 정의를 호소하며 절규한다. 리어는 고통을 받으면서 죄를 참회
하고 지은 죄 이상의 충분한 대가를 치른 사람이다. 미친 리어는 헐벗고 고통스러운 상태에서 처
음으로 가엾고 헐벗은 사람들에 대한 동정심을 보여준다. 자신의 현재 상태와 더불어 가엾은 사람
들의 상황까지도 인식하고 그들을 배려하는 성숙한 인간의 모습을 보여준다. 또한 리어의 언어는
처음과는 달리 단순해지기 시작한다. '아무것도 없는' 상태에서 모든 것의 실체를 파악하기 시작하
는 리어의 정신적인 여정이 감동적이다.

3.2.60. 지은 죄 이상의 대가를 치른 사람

벌벌 떨어라, 가련한 자여,
그대 안에 남모르는 죄를 품고,
정의의 신이 내리는 채찍을 피해온 놈아. 숨어라, 피 묻은 손아,
위증자여, 근친상간을 범하고도 덕 있는 체하는 위선자여.
그럴듯한 허위의 가면을 쓰고
인간의 생명을 노려 음모를 꾀하는 비열한 놈아,
온몸이 산산조각이 나도록 떨어봐라. 깊이 감춰진 죄악이여,
네 죄를 숨겨주는 가슴을 쪼개 열어 본모습을 보이고
이 무서운 심판자들의 자비를 빌어라.
난 내가 지은 죄 이상의 대가를 치른 사람이다. (…)
돌아버릴 것 같구나!
이리 오너라, 얘야. 얘야, 어떠냐? 추우냐?
나도 춥구나. 여봐라, 그 오두막은 어디 있느냐?
궁핍이라는 마법은 신기하기도 하지.
천한 것도 귀한 것으로 만들 수가 있으니까. 가자, 오두막으로!
불쌍한 바보광대 녀석아, 내 마음 한구석에서
이제 네가 불쌍하다는 생각이 드는구나.

3.4.8. Where the greater malady is fixed

Thou think'st 'tis much that this contentious storm

Invades us to the skin: so 'tis to thee;

But where the greater malady is fixed,

The lesser is scarce felt. Thou'ldst shun a bear;

But if thy flight lay toward the raging sea,

Thou'ldst meet the bear i' the mouth. When the mind's free,

The body's delicate: the tempest in my mind

Doth from my senses take all feeling else

Save what beats there. Filial ingratitude!

Is it not as this mouth should tear this hand

For lifting food to't? But I will punish home:

No, I will weep no more. In such a night

To shut me out! Pour on; I will endure.

In such a night as this! O Regan, Goneril!

Your old kind father, whose frank heart gave all, −

O, that way madness lies; let me shun that.[14]

---

14) 켄트가 잔인한 폭풍우를 피해 움막으로 들어가라고 하자 딸들의 배신으로 고통스러운 리어가 하는 말로, 큰 고통 앞에서 작은 일들은 고통으로 느껴지지 않는다는 말이다. "큰 병에 걸려 있으며 작은 병은 느껴지지 않는 법"(The greater grief drives out the less)이라는 속담에서 가져온 구절이다. 리어는 "인내의 귀감"이 되어 더 이상 울지 않을 것이라고 하지만, 딸들의 배신을 생각하면 미칠 것 같다. 리어는 견디기 힘든 육체적 고통과 정신적 고통으로 실성할 지경에 이른다. 그러나 리어는 이런 고통을 통해 지혜를 체득한다. 사악한 딸들조차 자신의 살이며 피라는 것을 인식하고 그 딸들의 악행에 대한 책임이 자신에게도 있다는 걸 깨닫기 때문이다.

3.4.8. 큰 병을 앓고 있으면

넌 우리 피부를 엄습하는 이 거센 폭풍우를
대단한 것으로 생각하고 있구나. 그래, 그렇겠지.
그러나 큰 병을 앓고 있으면, 사소한 병은
거의 느껴지지 않는 법. 넌 곰을 보면 도망치겠지.
하지만 그 길에 으르렁대는 바다가 놓여 있으면,
그 곰과 정면으로 대결할 거야. 마음이 편할 땐,
육신이 고통에 민감하지만, 마음속에 폭풍이 몰아치면
그곳에서 고동치는 고통을 제외하고는
감각기관에서 모든 느낌이 사라지지. 불효막심한 것!
이건 마치, 음식을 입에 넣어주는 손을 입으로
물어뜯는 짓과 같지 않은가? 하지만 난 철저히 보복할 거야.
아니야. 난 더 이상 울지 않을 거야. 이런 밤에
날 내쫓다니! 억수같이 퍼부어라. 나는 참을 거야.
이런, 이런 밤에! 아, 리건, 거너릴!
사심 없이 모든 걸 준 늙고 인자한 아비가 아니냐.
아, 그리 생각하니 미칠 것 같구나. 그런 생각은 그만하자.

3.4.28. Poor naked wretches

Prithee, go in thyself: seek thine own ease:
This tempest will not give me leave to ponder
On things would hurt me more. But I'll go in.
[To the Fool]
In, boy; go first. You houseless poverty, —
Nay, get thee in. I'll pray, and then I'll sleep.
[Fool goes in]
Poor naked wretches, whereso'er you are,
That bide the pelting of this pitiless storm,
How shall your houseless heads and unfed sides,
Your looped and windowed raggedness, defend you
From seasons such as these? O, I have ta'en
Too little care of this! Take physic, pomp;
Expose thyself to feel what wretches feel,
That thou mayst shake the superflux to them,
And show the heavens more just.[15]

---

15) 비바람이 몰아치는 폭풍우 속에서 켄트가 리어에게 먼저 움막에 들어가라고 하자 리어가 하는 말
이다. 리어는 폭풍우 속에서 고통받으면서 자신이 부귀영화를 누릴 때는 알지 못했던 헐벗은 자들
의 고통을 이해하고 동정한다. 그리하여 그들에게 너무 무심했던 것을 후회하고 부자들에게 남는
것을 헐벗은 자들에게 주라고 외친다. 외양에서 가장 밑바닥에 떨어졌을 때 리어의 실체는 가장
높은 경지로 상승하고, 진정으로 제왕다운 모습을 드러낸다. 이기적인 모습을 벗어나 주위의 고통
받는 모든 인간들을 배려하기 때문이다. 고통을 통해 각성에 이른 리어 왕의 모습이 인상적이다.

3.4.28. 불쌍하고 헐벗은 자들아

제발 너나 들어가라. 너나 편히 쉬도록 해.
이 폭풍우 덕분에 날 더욱 쓰라리게 할 것들을
생각하지 않아도 되는구나. 하지만, 안으로 들어가야지.
(광대에게)
애야, 먼저 들어가라. 너희, 집도 없는 가난한 자들아….
아니다, 들어가라. 나는 기도하고 잠들겠다.
(광대, 안으로 들어간다)
불쌍하고 헐벗은 자들아! 지금 너희들이 어디에 있든
이 잔인한 폭풍을 참아 견뎌야 할 것이다.
머리를 누일 집도 없이, 허기진 배를 움켜잡고,
창문처럼 구멍 난 누더기를 걸치고,
어찌 이런 고약한 날씨를 견디겠느냐? 아, 난 지금까지
이들에게 너무 무관심했어. 부귀영화를 누리는 자들아,
이를 약으로 삼고, 헐벗은 자들의 고통을 몸소 느껴 보아라.
너희들에게 남는 것을 훌훌 털어내어
하늘이 좀 더 공평하다는 것을 보여주어라.

3.4.108. A poor, bare, forked animal

Death, traitor! nothing could have subdued nature

To such a lowness but his unkind daughters.

Is it the fashion, that discarded fathers

Should have thus little mercy on their flesh?

Judicious punishment! 'twas this flesh begot

Those pelican daughters.

(…)

Why, thou wert better in thy grave than to answer

with thy uncovered body this extremity of the skies.

Is man no more than this? Consider him well.

Thou owest the worm no silk, the beast no hide, the

sheep no wool, the cat no perfume. Ha! here's three

on 's are sophisticated! Thou art the thing itself:

unaccommodated man is no more but such

a poor bare, forked animal as thou art.

Off, off, you lendings! come unbutton here.

[Tearing off his clothes]16)

---

16) 미친 거지 톰으로 변장한 에드가가 비바람 속에서 초라한 몰골로 떠는 것을 보고 리어가 한 말이다. 리어는 불효막심한 딸년들이 없는데, 어떻게 그런 천박한 지경에 떨어졌느냐고 묻는다. 배은망덕한 딸들에 대한 분노가 사그라지지 않았지만 그런 딸을 낳은 것이 자신이라는 말을 통해 자신도 그들의 악행에 책임이 있음을 드러낸다. 리어는 에드가를 보고 벌거벗은 짐승 같은 인간의 적나라한 모습을 직시한다. 딸들에게 버림받은 리어의 모습 또한 가련하고 헐벗은 짐승처럼 보인다. 그러나 그는 각성을 통해 진실을 덮은 위선의 실체를 파악하고 점차 왕다운 위엄을 드러내기 시작한다.

3.4.108. 가련하고 벌거벗은 두 발 짐승

죽일 놈, 반역자! 불효막심한 딸년들이 없는데,
어찌 그리 천박한 지경에 떨어졌단 말이냐.
버림받은 아비들이 자신의 몸을
저렇게 무자비하게 학대하는 게 유행이란 말인가?
당연한 벌이다! 저런 펠리컨 같은 딸년들을
낳은 것은 바로 그 몸뚱이니까.
(…)
알몸으로 이 극심한 하늘의 비바람을 견디느니,
차라리 무덤 속에 들어가 있는 게 낫겠다. 인간이란 존재가
이 정도밖에 되지 않는단 말인가? 저자를 잘 봐.
넌 누에 덕택에 비단을, 짐승 덕에 가죽을, 양 덕택에 양모를,
고양이 덕에 사향을 얻지도 못했단 말이냐.
하! 여기 우리 셋은 옷으로 치장이라도 했지만,
넌 네 모습 그대로구나. 외관을 갖추지 않으면, 인간은
단지 너처럼 가련하고 벌거벗은 두 발 짐승에 지나지 않아.
벗어, 벗어버려, 이 빌려 입은 옷들을! 자, 단추를 좀 끌러다오.
(옷을 찢는다)

4막. 두 눈이 있을 때는 넘어졌어!

4.1.19. I stumbled when I saw

EDGAR: Yet better thus, and known to be contemned,

Than still contemned and flattered. To be worst,

The lowest and most dejected thing of fortune,

Stands still in esperance, lives not in fear:

The lamentable change is from the best;

The worst returns to laughter. Welcome, then,

Thou unsubstantial air that I embrace!

The wretch that thou hast blown unto the worst

Owes nothing to thy blasts.

But who comes here? (…)

GLOUCESTER: I have no way, and therefore want no eyes;

I stumbled when I saw: full oft 'tis seen,

Our means secure us, and our mere defects

Prove our commodities. O dear son Edgar,

The food of thy abused father's wrath!

Might I but live to see thee in my touch,

I'ld say I had eyes again![17]

---

17) 이복동생인 에드먼드의 계략에 빠져 쫓기는 신세가 된 에드가는 황야에서 폭풍우에 시달리면서도 "가장 나쁜 상황도 웃을 상황으로 바뀔 수 있다"고 말한다. 에드가는 모진 운명의 고통을 겪지만 절망에 빠지지 않고 희망을 갖고 자신의 운명을 담담하게 받아들이는 인물로 황야에서 소경이 된 아버지를 만난다. 글로스터는 리어 왕에게 친절을 베풀었다는 이유로 리건과 그녀의 남편에 의해 장님이 되었다. 그러나 글로스터는 눈이 있을 때, 에드먼드에게 속아 진실과 허위를 구별하지 못했지만, 소경이 된 지금 진실과 허위를 분간할 수 있게 되었다. 맹목의 통찰인 셈이다.

4.1.19. 두 눈이 있을 때는 넘어졌어!

에드가: 늘 멸시당하면서 겉으로 좋은 소리만 듣기보단
　　이렇게 드러내놓고 멸시당하는 걸 아는 게 낫지.
　　최악의 상황이 되어, 가장 천하고 처참한 운명에 빠지더라도
　　두려움 속에 살지 말고 늘 희망을 갖고 살아야지.
　　가장 좋은 상황도 슬픈 상황으로 바뀔 수 있고
　　가장 나쁜 상황도 웃을 상황으로 바뀔 수 있지.
　　그러니 환영한다. 나를 껴안은 그대 실체 없는 바람이여!
　　그대가 최악의 상태로 몰아넣은 이 처참한 몸은
　　그대에게 신세진 게 없으니 아무리 거세도 두렵지 않아.
　　그런데 여기로 누가 오는 거지? (…)
글로스터: 나는 길을 잃었어. 그러니 눈도 필요 없지.
　　두 눈이 있을 때는 넘어졌어. 우린 매우 자주 보게 돼.
　　잘 나갈 때는 방심하고, 어려움에 처해서야, 그게 오히려
　　덕이 되는 경우를 말이야. 아! 사랑하는 아들 에드가!
　　넌 배신당한 아비의 노여움에 희생이 되었구나!
　　살아서 내 손으로 널 만져볼 수만 있다면,
　　나는 눈을 다시 찾았다고 하겠다.

4.1.36. As flies to wanton boys

EDGAR: [Aside] O gods! Who is't can say 'I am at the worst'?

I am worse than e'er I was. (···)

And worse I may be yet: the worst is not

So long as we can say 'This is the worst.'

(···)

GLOUCESTER: Is it a beggar-man?

Old Man: Madman and beggar too.

GLOUCESTER: He has some reason, else he could not beg.

I' the last night's storm I such a fellow saw;

Which made me think a man a worm: my son

Came then into my mind; and yet my mind

Was then scarce friends with him: I have heard more since.

As flies to wanton boys, are we to the gods.

They kill us for their sport.

EDGAR: [Aside] Bad is the trade that must play fool to sorrow,

Angering itself and others.18)

---

18) 리건과 그녀의 남편에 의해 장님이 된 가련한 아버지를 본 에드가는 "이것이 최악(this is the worst)
이라고 말할 수 있는 한 실제로 최악의 상태"가 아니라고 하는데, 사실 "이게 최악"이라고 말할 수
있다면 최악의 상황을 벗어날 수 있는 여지가 있다. 정말 최악의 상황에 처하면 "이게 최악"이라고
말할 수 있는 여유조차 없기 때문이다. 글로스터가 보았던 그 벌레 같은 놈은 다름 아닌 미친 거
지 행색으로 가장한 큰아들 에드가이다. 글로스터는 신들을 장난꾸러기 아이들에 비유하고, 인간
을 그들의 잔인한 장난의 대상으로 전락한 존재, 즉 하찮은 파리에 비유한다. 신의 잔인성과 야만
성을 지적하고 있는 이 구절은 셰익스피어 작품 가운데 가장 비관적인 구절 중의 하나이다. 사실
이 작품이 비추어내는 세상은 어둡고 비관적인 세상이다.

4.1.36. 장난꾸러기 애들이 파리를 다루듯

에드가: (방백) 오, 신들이시여! 누가 "난 최악의 상황에 있다"고
　　　말할 수 있습니까? 전 그 이전 어느 때보다도 비참합니다. (⋯)
　　　지금보다 더 비참해질지도 몰라.
　　　"이것이 최악"이라고 말할 수 있는 한, 최악의 상태는 아니니까.
　　　(⋯)
글로스터: 거지인가?
노인: 미친 사람이고 또한 거지이기도 합니다.
글로스터: 완전히 미친 건 아니겠지. 그럼 구걸도 못 했을 거니까.
　　　지난밤 폭풍 속에서 그런 놈 하나를 봤지.
　　　놈을 보니 인간이 벌레 같다는 생각이 들더군.
　　　그때 아들놈 생각이 났지만, 그때까진 마음속으로
　　　그를 선뜻 받아들이지 못했어. 후에 난 더 많은 소문을 들었지.
　　　신들은, 장난꾸러기 애들이 파리를 다루듯,
　　　우릴 다루고 장난삼아 우릴 죽이곤 하지.
에드가: (방백) 못할 짓이로군. 슬픔에 잠긴 사람을 위해
　　　바보 노릇을 해야 하다니. 자신이나 남들을 화나게 하면서까지.

4.1.70. So distribution should undo excess

Know'st thou the way to Dover?

(…)

Here, take this purse, thou whom the heavens' plagues

Have humbled to all strokes: that I am wretched

Makes thee the happier: heavens, deal so still!

Let the superfluous and lust-dieted man,

That slaves your ordinance, that will not see

Because he doth not feel, feel your power quickly;

So distribution should undo excess,

And each man have enough. Dost thou know Dover?

(…)

There is a cliff, whose high and bending head

Looks fearfully in the confined deep:

Bring me but to the very brim of it,

And I'll repair the misery thou dost bear

With something rich about me: from that place

I shall no leading need.[19]

---

19) 절벽에 떨어져 죽기 직전, 거지로 변장하여 초라한 모습으로 글로스터를 수행하는 에드가에게 돈을 주면서 글로스터가 하는 말이다. 불공평한 세상의 모습을 직시하게 된 글로스터가 헐벗은 자에 대한 연민을 드러내는 대사로, 자신이 부귀영화를 누릴 때는 알지 못했던 헐벗은 자들의 고통을 이해하고 동정을 표했던 리어를 연상시킨다. 리어 역시 비바람이 몰아치는 광야에서 부자들에게 남는 것을 털어 헐벗은 자들에게 주라고 외치면서 가난한 자들에 대해 연민을 표했다.

4.1.70. 그리하여 지나치게 많이 가진 것을 나누어

도버로 가는 길을 아느냐?

(…)

자, 돈 주머니를 받아라. 하늘의 재앙을 겸허하게 받아들여
모든 불행을 참아 견디는구나. 내가 비참하다는 게
너를 덜 불행하게 만드는 것 같다. 하늘이시여, 항상 공평하소서!
가진 게 넘치고 어떤 욕망이든 맘껏 채울 수 있는 자,
그래서 하늘의 뜻을 업신여기고, 스스로 겪지 않았다고 남의 불행을
거들떠보지도 않는 자로 하여금 당장 하늘의 힘을 느끼도록 하소서.
그리하여 지나치게 많이 가진 것을 나누어,
각자가 넉넉하게 가지게 하소서. 넌 도버를 아느냐?

(…)

도버엔 절벽이 있어. 그 높고 툭 튀어나온 꼭대기가,
절벽에 둘러싸인 까마득한 바다를 보는 자의 간담을 서늘하게 하지.
나를 바로 그 벼랑의 가장자리까지만 데려다주게.
그럼, 내 몸에 지닌 값진 것들로
너의 그 처량한 팔자를 고쳐주마.
거기서부터는 안내할 필요가 없을 거야.

4.6.107. Every inch a king

Ay, every inch a king:
When I do stare, see how the subject quakes.
I pardon that man's life. What was thy cause? Adultery?
Thou shalt not die: die for adultery! No:
The wren goes to 't, and the small gilded fly
Does lecher in my sight.
Let copulation thrive; for Gloucester's bastard son
Was kinder to his father than my daughters
Got 'tween the lawful sheets.
To 't, luxury, pell-mell! for I lack soldiers.
(…)
Down from the waist they are Centaurs,
Though women all above:
But to the girdle do the gods inherit,
Beneath is all the fiends';
There's hell, there's darkness, there's the sulphurous pit,
Burning, scalding, stench, consumption;[20]

---

20) 눈먼 글로스터가 리어의 목소리를 듣고 "국왕 폐하가 아닌가"를 묻자, 리어는 "어느 모로 보나 왕"이라고 답하면서 간통을 일삼는 인간들에 대한 저주를 퍼붓는다. 리어의 행색은 남루하지만, 그는 이제 진정한 왕의 모습을 드러낸다. 리어는 자신도 "학질을 면할 수 없는 존재"(I am not ague-proof)라는 것을 인정한다. 왕일 때는 허세를 부리고 진실을 인지하지 못했던 리어가 권력을 상실한 후, 육체적 고통과 정신적 고통을 통해 도리어 성숙하고 타인의 아픔을 이해하기 때문이다. "어느 모로 보나 왕"이라는 표현은 왕의 전기 제목으로 흔히 채택되었던 유명한 표현이다.

4.6.107. 어느 모로 보나 왕

그래, 어느 모로 보나 왕이지.
내가 한번 노려보면, 모든 사람들이 얼마나 떠는지 봐라.
저놈 목숨은 살려주마. 네놈 죄목은 뭐냐? 간통인가?
죽이진 않겠다. 간통죄로 사형이라니! 아니지.
굴뚝새도 그 짓을 하고, 조그만 금빛 파리도
내 눈앞에서 음란한 짓을 하는 걸.
얼마든지 교미를 해라. 글로스터의 사생아는
정실부인에게서 태어난 내 딸들보다도
제 아비에게 더 효도를 했으니까. 호색이여,
얼마든지 멋대로 음란한 짓을 해라! 난 병사가 필요하니까.
(…)
그년은 상반신만 여자일 뿐, 허리부터 그 아래는
말의 형상을 한 반인반마의 괴물이야.
허리까지는 신들의 영역이지만,
그 아래는 모두 악마의 영역이지.
거긴 지옥이요 암흑이요 유황불 이글거리는 구덩이야. 불길은
타오르고, 물은 끓어오르고, 악취 진동하고, 썩어 문드러진 곳이야.

4.6.153. Which is the justice, which is the thief?

What, art mad? A man may see how this world goes
with no eyes. Look with thine ears: see how yond
justice rails upon yond simple thief. Hark, in
thine ear: change places; and, handy-dandy, which
is the justice, which is the thief? Thou hast seen
a farmer's dog bark at a beggar?

(···)

And the creature run from the cur? There thou
mightst behold the great image of authority:
a dog's obeyed in office.
Thou rascal beadle, hold thy bloody hand!
Why dost thou lash that whore? Strip thine own back;
Thou hotly lust'st to use her in that kind
For which thou whipp'st her. The usurer hangs the cozener.
Through tattered clothes small vices do appear;
Robes and furred gowns hide all. Plate sin with gold,
And the strong lance of justice hurtless breaks:
Arm it in rags, a pigmy's straw does pierce it.
None does offend, none, I say, none.[21]

---

21) 미친 리어 왕이 모의재판을 진행하면서 글로스터에게 하는 말이다. 고통을 통해 진실과 권력의 속
성을 깨달은 리어는 창녀보다 더 음탕한 자들의 욕정과 "금도금을 한 죄"(plate sin with gold), 즉
권력을 가진 자들의 죄는 정죄되지 않는 불공평한 세상을 개탄한다.

4.6.153. 어느 쪽이 재판관이고 어느 쪽이 도둑놈이냐?

뭐라고! 미쳤구나? 눈이 없이도
세상 돌아가는 쯤은 볼 수 있어. 귀로 보아라.
저기 저 재판관이 좀도둑을 어떻게 꾸짖고 있는지를 봐.
귀로 들어보고 자리를 바꿔봐. 가려내봐.
어느 쪽이 재판관이고 어느 쪽이 도둑놈이냐?
농부의 개가 거지 보고 짖는 걸 본 적이 있지?
(…)
또 그 거지가 개를 보고 달아나는 걸 본 적이 있지?
거기서 권위의 위대한 모습을 볼 수 있을 거야.
개도 감투를 쓰면 사람을 복종시킬 수 있어.
고약한 순경 놈아, 잔인한 손을 멈춰라!
너는 왜 그 창녀를 매질하느냐? 네놈의 등이나 벗겨서 때려라.
창녀를 매질하고 있다만, 네놈도 범하고 싶은 욕정을
불태우고 있지 않느냐? 고리대금업자가 사기꾼을 목매다는 격이지.
누더기 옷을 입으면 작은 악행도 드러나고, 법관복과
모피로 만든 가운은 모든 걸 숨겨줘. 금으로 된
갑옷으로 감싼 죄는 정의의 강한 창도 맥없이 부러뜨리고
허술한 누더기로 감싼 죄는 난쟁이 지푸라기도 뚫을 수 있어.
그럼 죄짓는 사람은 아무도 없겠지. 아무도, 아무도 없다고 했다.

4.6.183. This great stage of fools

EDGAR: O, matter and impertinency mixed!

Reason in madness!

LEAR: If thou wilt weep my fortunes, take my eyes.

I know thee well enough; thy name is Gloucester:

Thou must be patient; we came crying hither:

Thou know'st, the first time that we smell the air,

We wawl and cry. I will preach to thee: mark.

GLOUCESTER: Alack, alack the day!

LEAR: When we are born, we cry that we are come

To this great stage of fools: this a good block;

It were a delicate stratagem, to shoe

A troop of horse with felt: I'll put 't in proof;

And when I have stol'n upon these sons-in-law,

Then, kill, kill, kill, kill, kill, kill![22]

---

22) 글로스터에게 눈이 없어도 "마음으로" 세상 돌아가는 걸 보라고 충고하는 리어를 본 에드가는 "실성한 가운데서도 이치"(reason in madness)가 있다고 감탄한다. 리어는 실성했지만 지금 소경이 된 글로스터를 알아본다. 리어 역시 자식들에게 배반당했지만, 그는 글로스터에게 우리 인간은 어차피 세상이라는 무대 위에 울면서 태어났으니 고통을 참아 견뎌야 한다고 말하고 있다. 리어가 생각하기에, 인간들은 '바보들의 거대한 무대' 위에, 즉 세상이라는 무대에 울면서 등장하여 연기하는 가련한 배우들이다. 셰익스피어는 흔히 세상을 무대에 비유하고 있는데, 가장 잘 알려진 비유는 『맥베스』 5막 5장("인생이란 걸어 다니는 그림자에 지나지 않을 뿐. 무대 위에 서 있을 땐 뽐내고 떠들어대지만, 시간이 지나면 말없이 사라지는 가련한 배우에 불과할 뿐")과 『좋으실 대로』 2막 7장["이 세상 모두가 하나의 무대요(All the world's a stage), 모든 남녀는 단지 배우에 불과할 뿐. 각각 무대에 등장했다가 시간이 지나면 퇴장을 하지. 인간은 살아생전 여러 가지 역을 맡는데, 나이에 따라 7막으로 나눌 수 있어"]의 비유이다.

4.6.183. 이 거대한 바보들의 무대

에드가: 오! 뜻이 있는 말과 없는 말이 뒤섞여 있고,
　실성한 가운데서도 이치가 있구나!
리어: 그대가 내 운명을 생각하고 울겠다면, 내 눈을 가져라.
　난 그대를 잘 알고 있다. 네 이름은 글로스터.
　넌 참아야 해. 인간은 울면서 이 세상에 태어났지.
　넌 알 거야. 우리가 처음 공기 냄새를 맡았을 때,
　울면서 소리를 질렀다는 걸. 내가 설교할 테니 들어봐.
글로스터: 아아, 슬픈 날이구나!
리어: 태어날 때, 우리는 이 거대한 바보들의 무대에
　나온 것이 슬퍼서 우는 거야. 이건 멋진 모자로구나!
　기병대 말발굽에 양털 천으로 만든 덧신을 신기는 건
　정말 기막힌 전술이겠지. 난 그걸 시험해볼 테다.
　그래서 내가 몰래 숨어들어 이 사위 놈들을 기습하면,
　그땐, 죽여, 죽여, 죽여, 죽여, 죽여, 죽이는 거야!

4.7.61. I am a very foolish fond old man

Where have I been? Where am I? Fair daylight?

I am mightily abused. I should e'en die with pity,

To see another thus. I know not what to say.

I will not swear these are my hands: (···)

Pray, do not mock me:

I am a very foolish fond old man,

Fourscore and upward, not an hour more nor less;

And, to deal plainly,

I fear I am not in my perfect mind.

Methinks I should know you, and know this man;

Yet I am doubtful for I am mainly ignorant

What place this is; and all the skill I have

Remembers not these garments; nor I know not

Where I did lodge last night. Do not laugh at me;

For, as I am a man, I think this lady

To be my child Cordelia. (···)

You must bear with me:

Pray you now, forget and forgive: I am old and foolish.[23]

---

23) 잠에서 깨어난 리어는 코델리어에게 자신이 "불수레"(a wheel of fire)에 결박되어 고통받고 있다고
말한다. 코델리어의 진심을 제대로 파악하지 못하고 모질게 대했던 리어는 이제 그녀 앞에서 자신
의 잘못을 반성하고 스스로 자신을 "어리석고 못난 늙은이"라고 규정한다. 리어의 자기인식을 보
여주는 지점이다. 그러나 리어의 인식은 여전히 불완전하다. 리어 자신이 말하는 것처럼 그의 정
신은 온전하지 않다.

4.7.61. 난 너무나도 어리석고 못난 늙은이

내가 어디 있었지? 여긴 어디지? 화창한 대낮이네?
난 엄청나게 속고 있어. 다른 사람이 이 지경이 된 걸 봤다면
불쌍해서 죽었을 거야. 뭐라 해야 할지 모르겠어.
이것이 내 손인지도 모르겠어. (…)
제발, 날 놀리지 마라.
난 너무나도 어리석고 못난 늙은이다.
한 시간도 더도 덜도 아닌
막 팔십을 넘긴 몸이다. 그리고 솔직히 말해,
내 정신이 온전하지 않은 것 같아 두렵구나.
너와 이 사람을 알 것도 같다.
하지만 확실치 않아. 여기가 어딘지 전혀 알 수 없으니까.
또한 아무리 생각해 봐도
이 옷은 기억이 나지 않고, 지난 밤 어디서
묵었는지도 모르겠어. 날 비웃지 마라.
내가 살아 있음이 분명하다면, 이 숙녀는
내 딸 코델리어라고 생각되니까. (…)
내가 했던 일을 참아다오. 제발 부탁이니,
모든 걸 잊고 용서해다오. 난 늙고 어리석은 사람이다.

5막. 과연 어느 쪽을 택해야 하지?

5.1.57. Which of them shall I take?

To both these sisters have I sworn my love;
Each jealous of the other, as the stung
Are of the adder. Which of them shall I take?
Both? one? or neither? Neither can be enjoyed,
If both remain alive: to take the widow
Exasperates, makes mad her sister Goneril;
And hardly shall I carry out my side,
Her husband being alive. Now then we'll use
His countenance for the battle; which being done,
Let her who would be rid of him devise
His speedy taking off. As for the mercy
Which he intends to Lear and to Cordelia,
The battle done, and they within our power,
Shall never see his pardon; for my state
Stands on me to defend, not to debate.[24]

---

24) 코델리어가 끌고온 프랑스 군과 일전을 치르기 전 거너릴과 리건 가운데 누구를 택해 재미를 볼지 저울질하고 있는 에드먼드의 대사이다. 그는 반성의 여지가 전혀 없이 악으로 행한 일을 악으로 마무리하려는 사악한 인물이다. 5막 2장에서 전투가 개시되고 리어와 코델리어는 에드먼드의 포로가 된다. 이를 알게 된 글로스터가 절망하여 삶을 포기하려 한다. 이때 에드가는 태어나는 것도 죽는 것도 모두 신의 섭리의 일부이고 "모든 일에는 때가 있는 법"(Ripeness is all, 5.2.11)이니 마음의 준비를 하고 기다리면서 현재의 고통을 참아 견디라고 위로한다. 아무런 잘못도 없이 희생되어 극심한 고통을 당하고 있는 에드가이지만 그는 결코 운명과 신을 원망하지 않는다. 그는 인내를 최고의 덕목으로 삼는 르네상스 시대 견인주의의 표상이다.

5.1.57. 과연 어느 쪽을 택해야 하지?

난 두 자매 모두에게 사랑을 맹세했지.
그들은 마치 독사에 물려본 자가 독사를 의심하듯
서로를 의심하고 있어. 과연 어느 쪽을 택해야 하지?
둘 다? 하나만? 아니면 둘 다 포기할까? 둘 다 살아 있고서야
어느 쪽도 재미를 볼 수 없을 거야. 과부를 택하면
언니인 거너릴이 격노하여 미쳐 날뛸 것이고,
그녀의 남편이 살아 있으면 내 계획이
성공하기는 어려울 거야. 그러니 지금은
전쟁을 위해 공작의 위세를 이용하고, 전쟁이 끝나면
남편을 없애려고 안달인 그녀를 통해서
올버니를 즉시 없애 버려야지. 그는
리어 왕과 코델리어에게 자비를 베풀려고 생각하고 있어.
전투가 끝나고 부녀가 우리 손아귀에 들어왔을 때
그들에게 어떤 자비도 베풀 수 없도록 해야 해.
지금은 나 자신이나 보호해야지, 시비를 가릴 여가가 없어.

5.3.9. Like birds i' the cage

No, no, no, no! Come, let's away to prison:
We two alone will sing like birds i' the cage:
When thou dost ask me blessing, I'll kneel down,
And ask of thee forgiveness: so we'll live,
And pray, and sing, and tell old tales, and laugh
At gilded butterflies, and hear poor rogues
Talk of court news; and we'll talk with them too,
Who loses and who wins; who's in, who's out;
And take upon's the mystery of things,
As if we were God's spies: and we'll wear out,
In a walled prison, packs and sects of great ones,
That ebb and flow by the moon.
(…)
Upon such sacrifices, my Cordelia,
The gods themselves throw incense. Have I caught thee?
He that parts us shall bring a brand from heaven,
And fire us hence like foxes. Wipe thine eyes;
The good-years shall devour them, flesh and fell,
Ere they shall make us weep: we'll see 'em starve first.[25]

---

25) 코델리어와 함께 포로가 되어 감옥에 끌려가기 전 리어가 하는 말이다. 그는 이제 세월의 흐름을 운명처럼 받아들이고 달이 차고 기우는 자연의 변화무쌍한 신비를 간파한다. 삶과 죽음의 문제조차도 담담한 마음으로 받아들이는 리어의 모습이 돋보이는 지점이다.

5.3.9. 새장 속의 새들처럼

아니, 아니, 아니, 아니다! 자, 감옥으로 가자.
우리 둘이 새장 속의 새들처럼 노래 부르자.
네가 나에게 축복을 청하면, 난 무릎을 꿇고
너의 용서를 구하겠다. 그렇게 살면서
기도하고 노래하고 옛날 얘기를 하고, 나비처럼 반질하게 차려입은
조신들을 비웃고, 가련한 자들이 궁궐 소식 들먹이는 걸
들어보자. 또한 그들과 함께 얘기도 해보자.
누가 지고 누가 이기는지를, 누가 득세하고 실세하는지를.
또한 우리가 신들의 첩자라도 된 것처럼,
이 세상의 불가사의를 아는 체하자. 벽으로 둘러싸인
감옥에서 살아남아, 달에 따라 차고 기우는 조수처럼,
대단한 자들의 파벌이 모였다가는 흩어지는 걸 보자꾸나.
(…)
이렇게 산 재물이 되어 세상을 하직할 때, 코델리어야,
신들이 손수 향을 피워주실 거다. 내가 널 되찾았느냐?
우리를 갈라놓으려는 놈은 하늘에서 횃불을 가져와
여우를 내쫓듯 불을 놓아 우릴 몰아내야 할 거다. 눈물을 닦아라.
거너릴과 리건이 우리를 울리기 전에, 좋은 날이 와, 그들을
완전히 집어삼킬 거야. 그들이 먼저 굶어 죽는 꼴을 봐야 해.

5.3.175. The wheel is come full circle

EDMUND: What you have charged me with, that have I done;

And more, much more; the time will bring it out:

'Tis past, and so am I. But what art thou

That hast this fortune on me? If thou'rt noble,

I do forgive thee.

EDGAR: Let's exchange charity.

I am no less in blood than thou art, Edmund;

If more, the more thou hast wronged me.

My name is Edgar, and thy father's son.

The gods are just, and of our pleasant vices

Make instruments to plague us:

The dark and vicious place where thee he got

Cost him his eyes.

EDMUND: Thou hast spoken right, 'tis true;

The wheel is come full circle: I am here.

ALBANY: Methought thy very gait did prophesy

A royal nobleness: I must embrace thee:[26]

---

26) 이제 운명의 수레바퀴가 완전히 한 바퀴를 돌아, 에드먼드는 자신이 저지른 악행으로 인해 자승자 박을 당한 형국이 되었다. 글로스터는 리어 왕의 적들 때문에 소경이 되었지만, 에드가는 이를 글 로스터 자신의 탓으로 돌린다. 서자 에드먼드를 낳게 한 글로스터의 욕정, 즉 "즐거운 악행"이 그 로 하여금 눈을 잃는 대가를 치르도록 했다고 말하고 있다. 계속 도는 운명의 수레바퀴(the wheel of fortune) 맨 밑바닥에 떨어져서야 인간이 비로소 실체를 깊이 인식할 수 있다는 것은 모든 인간 이 직면한 슬픈 진실이다.

5.3.175. 운명의 수레바퀴가 완전히 한 바퀴를 돌아

에드먼드: 난 공작께서 나의 짓이라고 고발한 죄들을 범했소.
　아니, 훨씬 더 많은 죄를 범했소. 때가 되면 밝혀질 거요.
　모두가 과거지사, 나 역시 끝장이 났군. 그런데 날 제치고
　이런 행운을 잡은 넌 누구냐? 고귀한 신분의 사람이라면
　네가 너를 용서하겠다.
에드가: 서로 용서하도록 하자.
　에드먼드, 내 혈통도 너 못지않아. 내가 더 훌륭한
　혈통에 속한 사람이라면, 내게 지은 네 죄가 더 커지겠지.
　내 이름은 에드가, 네 아버지의 아들이다.
　신들은 공평하셔서, 쾌락을 탐하는 악행들을
　우리를 벌주시는 도구로 삼으신다.
　아버님은 음침하고 부정한 잠자리에서 널 배게 한
　죄의 대가로 두 눈을 잃으셨다.
에드먼드: 옳은 말이오. 그건 사실이오.
　운명의 수레바퀴가 완전히 한 바퀴를 돌아 이 지경이 되었소.
올버니: 그대의 행동거지나 걸음걸이가
　고귀한 가문 태생답다고 생각했소. 그대를 포옹해야겠소.

5.3.309. Never, never, never, never, never!

Howl, howl, howl, howl! O, you are men of stones:
Had I your tongues and eyes, I'd use them so
That heaven's vault should crack. She's gone for ever!
I know when one is dead, and when one lives;
She's dead as earth. Lend me a looking-glass;
If that her breath will mist or stain the stone,
Why, then she lives.
(⋯)
And my poor fool is hanged! No, no, no life!
Why should a dog, a horse, a rat, have life,
And thou no breath at all? Thou'lt come no more,
Never, never, never, never, never!
Pray you, undo this button: thank you, sir.
Do you see this? Look on her, look, her lips,
Look there, look there! [Dies][27]

---

27) 리어 왕의 마지막 대사이다. 리어는 짐승들도 목숨을 부지하는데, 왜 선한 코델리어가 죽어야 하는
지를 이해할 수 없다. 이 작품의 결말은 선한 인간조차 세상의 사악한 힘의 희생자로 전락하여 의
미 없이 죽어가는 부조리한 인간 조건을 투사한다. "없어, 없어, 없어"라는 리어의 절규처럼 인간
존재의 의미는 어디에도 없다. 위선의 가면을 덮어쓴 인간을 믿은 죄로 고통스러운 체험을 한 리
어에게 이 세상은 부조리한 세상이며, 인간 모두는 "이 거대한 무대"에서 슬픈 역을 연기하다가 사
라지는 "운명의 노리개"이다. 인간은 "파리 목숨"처럼 죽어가고 인간의 아픔을 어루만져 치유해주
는 자비로운 신의 모습은 쉽게 보이지 않는다.

5.3.309. 절대로, 절대로, 절대로, 절대로, 절대로!

울부짖어, 통곡해, 울부짖어, 통곡해! 오! 너희 돌덩이 같은
인간들아. 내가 너희들의 혀와 눈을 가졌다면, 혀로 울부짖고
온통 눈물을 흘려 온 하늘의 지붕이 산산조각 났을 것이다.
이 아이는 영영 가버렸다. 난 사람이 죽었는지 살았는지를 알아.
이 아이는 죽어 흙덩이처럼 되었어. 나에게 거울을 다오.
만약 입김이 거울을 뿌옇게 하거나 얼룩지게 한다면,
이 애가 살아 있는 것일 테니.
(…)
불쌍한 내 바보는 교수형을 당했어! 없어, 없어, 없어, 생명이!
개도, 말도, 쥐도, 생명이 있거늘,
너는 어찌 숨을 쉬지 않느냐? 넌 두 번 다시 돌아오지 않겠지.
절대로, 절대로, 절대로, 절대로, 절대로!
제발 이 단추를 좀 벗겨다오. 고맙구나.
이게 보이느냐? 이 애를 좀 봐! 그녀 입술을 봐!
저길 봐, 저길 봐! (죽는다)

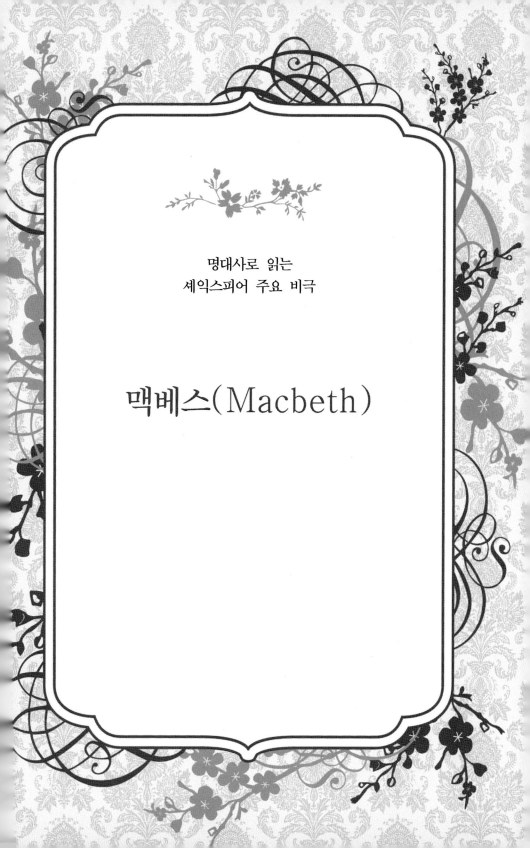

명대사로 읽는
셰익스피어 주요 비극

맥베스(Macbeth)

1막. 천둥과 번개 치고 비가 내릴 때

1.1.2. In thunder, lightning, or in rain

First Witch: When shall we three meet again

In thunder, lightning, or in rain?

Second Witch: When the hurlyburly's done,

When the battle's lost and won.

Third Witch: That will be ere the set of sun.

First Witch: Where the place?[1]

---

1) 『맥베스』는 3명의 마녀의 대사로 시작한다. 마녀들은 "좋은 것은 나쁘고 나쁜 것은 좋은 것"(Fair is foul, and foul is fair)이라는 애매한 말을 하면서 맥베스가 전쟁터에서 돌아올 때 황야에서 다시 만나자고 약속하는데, 이는 외양과 내실, 선과 악, 정의와 불의의 경계가 모호해지리라는 것을 암시하면서 가치관의 전도를 드러내는 말이다.

1.1.2. 천둥과 번개 치고 비가 내릴 때

　마녀 1: 우리 셋 언제 다시 만날까?
　천둥과 번개 치고 비가 내릴 때.
　마녀 2: 난리가 끝장나고,
　싸움이 결판날 때.
　마녀 3: 해지기 전엔 끝나겠지.
　마녀 1: 어디서 만날까?

1.3.58. If you can look into the seeds of time

First Witch: All hail, Macbeth! hail to thee, thane of Glamis!

Second Witch: All hail, Macbeth, hail to thee, thane of Cawdor!

Third Witch: All hail, Macbeth, thou shalt be king hereafter!

BANQUO: Good sir, why do you start; and seem to fear

    Things that do sound so fair? I' the name of truth,

    Are ye fantastical, or that indeed

    Which outwardly ye show? My noble partner

    You greet with present grace and great prediction

    Of noble having and of royal hope,

    That he seems rapt withal: to me you speak not.

    If you can look into the seeds of time,

    And say which grain will grow and which will not,

    Speak then to me, who neither beg nor fear

    Your favours nor your hate. (···)

First Witch: Lesser than Macbeth, and greater.

Second Witch: Not so happy, yet much happier.

Third Witch: Thou shalt get kings, though thou be none:[2]

---

2) 마녀들은 "글래미스 영주 만세! 코오더 영주 만세! 앞으로 왕이 되실 분"이라고 하면서 전쟁터에서 돌아오는 맥베스를 영접한다. 환상인지 실재인지 모를 애매한 존재인 마녀들은 애매한 말을 늘어놓고, 뱅코우는 이들을 질책한다. 뱅코우가 미래를 볼 수 있는 능력이 있다면 좀 더 말하라고 명령하자, 마녀들은 뱅코우 자신이 왕이 되진 못하지만, 그의 자손들이 왕이 될 것이라는 애매한 말을 늘어놓으면서 뱅코우를 현혹한다.

1.3.58. 시간의 씨앗을 볼 수 있다면

마녀 1: 맥베스 만세! 글래미스 영주 만세!

마녀 2: 맥베스 만세! 코오더 영주 만세!

마녀 3: 맥베스 만세! 앞으로 왕이 되실 분.

뱅코우: 장군, 왜 그리 놀라시오? 듣기 좋은 말 같은데,
두려워하는 것 같소. 진심으로 묻겠다.
너희들은 환상이 빚어낸 허깨비냐,
아니면 지금 눈앞에 보이듯 살아 있는 존재냐?
너희들이 내 귀한 동료를 현재의 신분으로 맞이하고,
장차 귀인이 되고, 왕까지 되리라고 예언하여,
그는 지금 어리둥절한 상태에 있다. 그런데 내겐 왜
말이 없느냐. 만약 너희들이, 시간의 씨앗을 볼 수 있어서,
자랄 수 있는 씨앗과 그렇지 못할 걸 분간할 수 있다면,
내게도 말해라. 난 너희들에게 아부할 생각도 없거니와
너희들이 미워한다고 겁낼 사람도 아니다. (…)

마녀 1: 맥베스만 못하지만, 더 위대하신 분.

마녀 2: 맥베스만 못하지만, 더 큰 행운을 누리실 분.

마녀 3: 왕이 되진 못하지만, 왕들의 선조가 되실 분.

1.3.124. The instruments of darkness

MACBETH: [Aside] Glamis, and thane of Cawdor!

The greatest is behind.

[To ROSS and ANGUS]

Thanks for your pains.

[To BANQUO]

Do you not hope your children shall be kings,

When those that gave the thane of Cawdor to me

Promised no less to them?

BANQUO: That trusted home

Might yet enkindle you unto the crown,

Besides the thane of Cawdor. But 'tis strange:

And oftentimes, to win us to our harm,

The instruments of darkness tell us truths,

Win us with honest trifles, to betray's

In deepest consequence.

Cousins, a word, I pray you.[3]

---

3) 전쟁터에서 돌아오는 맥베스와 뱅코우는 맥베스가 코오더 영주로 봉해졌다는 전갈을 받는다. 마녀들의 예언 중 일부가 성취된 셈이다. 맥베스가 뱅코우에게 그의 자손들이 왕이 되리라고 했던 마녀의 예언을 상기시키면서, 그 예언이 이루어지길 기대해도 좋지 않겠느냐고 말하지만, 마녀들을 "악마의 앞잡이"로 간주하는 뱅코우는 그들의 말을 믿지 않는다. 뱅코우는 이 "악마의 앞잡이"들이 더러는 진실을 알려주지만 결국에는 사람을 유혹하고 속여 치명상을 입히는 존재이니 조심하라고 경고한다. 맥베스더러 왕관을 탐하지 말라는 말이다.

1.3.124. 악마의 앞잡이

맥베스: (방백) 글래미스, 그리고 코오더 영주라.
　가장 큰 것이 남아 있구나.
　(로스와 앵거스에게)
　경들의 노고를 치하하오.
　(뱅코우에게)
　당신 자손들이 왕이 될 거라고 기대할 수 있지 않겠소?
　내가 코오더 영주가 되리라고 예언했던 자들이
　당신에게 그리 약속을 했으니 말이오?
뱅코우: 그런 걸 말 그대로 믿게 되면
　장군은 코오더 영주로 만족하지 않고,
　불타는 야망으로 인해 왕관까지 탐내게 될 거요
　하지만 이상한 일이오. 악마의 앞잡이들은 더러 진실을
　알려주기도 하죠. 우릴 유혹해 함정에 빠뜨리려고 말이죠.
　대수롭지 않은 일에는 정직하게 행동하지만,
　아주 중요한 일을 두곤 우릴 속여 치명상을 입히죠.
　잠깐. 할 말이 있소이다.

1.3.128. The swelling act of the imperial theme

[Aside] As happy prologues to the swelling act

Of the imperial theme. —I thank you, gentlemen.

[Aside] This supernatural soliciting

Cannot be ill, cannot be good: if ill,

Why hath it given me earnest of success,

Commencing in a truth? I am thane of Cawdor:

If good, why do I yield to that suggestion

Whose horrid image doth unfix my hair

And make my seated heart knock at my ribs,

Against the use of nature? Present fears

Are less than horrible imaginings:

My thought, whose murder yet is but fantastical,

Shakes so my single state of man that function

Is smothered in surmise, and nothing is

But what is not.[4]

---

4) 마녀들의 말에 현혹되지 말라는 뱅코우의 경고에도 불구하고 맥베스는 그 유혹에서 자유롭지 못하다. 맥베스는 마녀들의 예언 중 일부가 이루어진 것을 좋은 징조로 받아들이고 다음 단계를 상상한다. 맥베스는 자신이 "대권을 주제로 한 웅대한 연극"의 주인공이 될 수 있다고 생각하지만, 자연의 섭리를 벗어나 왕이 되겠다는 부자연스러운 상상은 그의 머리털을 곤두서게 하고, 시역이란 섬뜩한 환영은 마음의 평형을 깨뜨린다. 그리고 분별력이 사라진 맥베스의 눈앞에 "존재하지도 않는 환영(nothing is but what is not)"만이 어른거린다. 맥베스는 마침내 운명이 그를 왕이 되도록 해준다면 자신은 애쓰지 않아도 왕이 될 것이라는 헛된 희망을 갖기에 이른다. 시역은 아직 맥베스의 마음속에 오락가락하는 상상에 불과하지만, 그의 머리털은 곤두서고 가슴은 두근거린다. 맥베스의 상상 속에 진행되는 이 무시무시한 생각은 곧 잔인한 행동으로 이어진다.

1.3.128. 대권을 주제로 한 웅대한 연극

(방백) 대권을 주제로 한 웅대한 연극의
멋진 서막으로 이제 두 가지 진실이 밝혀졌다. ─두 분, 수고하셨소
(방백) 이 괴상한 징조는 나에게
나쁠 것도 없고, 그리 좋을 까닭도 없다.
나쁜 징조라면, 왜 진실을 예언하여 내게
앞날의 영광을 확신시켜준단 말인가? 난 지금 코오더 영주다.
만약 좋은 징조라면, 왜 이렇게 날 홀리게 하여
그 섬뜩한 환영이 내 머리털을 곤두서게 한단 말인가?
왜 평온했던 내 심장이, 자연의 섭리를 벗어나,
갈빗대를 방망이질하여 날 숨차게 한단 말인가?
현재의 두려움은 상상 속의 공포에 비하면 아무것도 아니다.
시역은 아직 공상에 불과하지만,
그 공상으로 인해 마음의 평형은 깨어지고
온갖 억측으로 나의 분별력은 질식되어,
존재하지도 않는 환영만이 눈앞에 어른거리는구나.

1.3.143. Chance may crown me

BANQUO: Look, how our partner's rapt.

MACBETH: [Aside]

If chance will have me king, why, chance may crown me,

Without my stir.

BANQUO: New honors come upon him,

Like our strange garments, cleave not to their mould

But with the aid of use.

MACBETH: [Aside] Come what come may,

Time and the hour runs through the roughest day.

BANQUO: Worthy Macbeth, we stay upon your leisure.

MACBETH: Give me your favour: my dull brain was wrought

With things forgotten. Kind gentlemen, your pains

Are registered where every day I turn

The leaf to read them. Let us toward the king.

Think upon what hath chanced, and, at more time,

The interim having weighed it, let us speak

Our free hearts each to other.[5]

---

5) 마녀의 예언대로 맥베스는 이제 코오더 영주가 되었다. 그는 마녀의 예언대로 왕이 될 것 또한 기대한다. 맥베스는 왕이 될 운명이면, 애쓰지 않아도 세월이 흐르면 왕이 되리라고 기대하고 넋이 빠져 있다. 뱅코우는 "새로 얻은 영예는 새 옷과도 같아서" 자꾸 입어야 몸에 맞을 것이라고 하는데, 여기서 "새로 얻은 영예"란 맥베스가 새로 얻은 코오더 영주라는 작위이다. 맥베스에게 내려진 코오더 영주라는 새로운 영예는 자꾸 입어서 몸에 익혀야 하는 새 옷처럼 맥베스에게 아직은 어색한 옷이다.

1.3.143. 운명이 왕관을 씌워줄지도 모를 일

뱅코우: 보시오, 맥베스 장군이 저렇게 넋이 빠져 있소.

맥베스: (방백)

　왕이 될 운명이라면, 글쎄, 애쓰지 않아도

　왕관은 나의 것이 되겠지.

뱅코우: 새로 얻은 영예는 새 옷과도 같아,

　한동안 입어 익숙해질 때까지는

　몸에 잘 맞지 않는 법이지.

맥베스: (방백) 될 대로 되어라.

　아무리 거친 날씨라도 세월은 흘러가는 법이니.

뱅코우: 장군, 출발하시죠.

맥베스: 이거 참 미안하게 됐소.

　잊어먹은 일들을 헤아리느라 넋이 빠져 있었소.

　당신들이 수고한 일을 내 마음의 수첩에 기록하고,

　날마다 그걸 넘기면서 읽겠소. 그럼 폐하를 뵈러 갑시다.

　아까 있었던 일을 잘 기억하시오.

　곰곰이 생각했다가 시간이 나면,

　서로 가슴을 터놓고 얘기해보도록 합시다.

1.5.17. Too full of the milk of human kindness

Glamis thou art, and Cawdor; and shalt be

What thou art promised: yet do I fear thy nature;

It is too full o' the milk of human kindness

To catch the nearest way: thou wouldst be great;

Art not without ambition, but without

The illness should attend it: what thou wouldst highly,

That wouldst thou holily; wouldst not play false,

And yet wouldst wrongly win: thou'ldst have, great Glamis,

That which cries 'Thus thou must do, if thou have it;

And that which rather thou dost fear to do

Than wishest should be undone.' Hie thee hither,

That I may pour my spirits in thine ear;

And chastise with the valour of my tongue

All that impedes thee from the golden round,

Which fate and metaphysical aid doth seem

To have thee crowned withal.[6]

---

6) 맥베스로부터 마녀들이 "코오더 영주"라는 칭호를 가지고 자신을 반겼고, 또한 "장차 왕이 되실 분"
라고 예언했다는 내용의 편지를 받은 맥베스 부인은 "인정이란 젖"을 언급하면서 "가장 빠른 방
법"(the nearest way)으로 왕관을 낚아챌 수 있는 길을 택하지 못하는 맥베스의 유약한 기질을 염려
한다. 그녀가 생각하고 있는 가장 빠른 길이란 던컨 왕을 살해하는 것이다. 맥베스 부인은 유약한
맥베스와는 달리 목적을 이루기 위해서라면 그 어떤 사악한 짓도 마다하지 않는 강인한 인물이다.
목적을 위해서라면 아이가 얼굴에 미소를 띠고 있어도 아기의 잇몸에서 젖꼭지를 빼내 머리를 박살
낼 수 있는 잔인한 인물이다. 남편을 나쁜 길로 유인하고 살해하기를 망설이는 남편을 계속 자극하
여 살인을 실행에 옮기도록 하는 또 다른 마녀가 다름 아닌 맥베스 부인이다.

1.5.17. 인정이란 젖이 넘쳐흘러

당신은 글래미스 영주, 또한 코오더 영주까지 되셨으니,
장차 당신께 약속된 왕의 자리에도 오르실 분. 하지만
당신 성품이 걱정이죠. 당신에겐 인정이란 달콤한 젖이 넘쳐흘러,
가장 빠른 길을 찾지 못해요. 위대한 인물이 되길 바라고,
야망이 없는 것도 아니지만, 그 뜻을 이루는 데 필요한
잔인한 짓은 하지 못하시죠. 무척이나 바라고 있지만,
그걸 점잖게 얻으려 해요. 부정한 짓은 하지 않으려 하면서,
부정한 걸 손에 넣으려 하죠. 위대한 글래미스 영주님,
당신께서 바라는 것이 외치고 있어요. "그것을 원한다면,
이렇게 해야 한다"고. 하지만 당신은 실행하는 것을 두려워하죠.
하고 싶지 않은 게 아니면서도…. 자, 이리로 오세요.
당신 귀에 내 강인한 혼을 불어넣어 드리죠.
그리하여, 운명과 초자연이 힘을 합하여
당신께 씌워주려는 황금의 왕관과
당신 사이를 가로막아 방해하는 모든 걸
내 이 용감한 혀로 꾸짖어 쫓아버리겠어요.

1.5.41. Unsex me here

The raven himself is hoarse

That croaks the fatal entrance of Duncan

Under my battlements. Come, you spirits

That tend on mortal thoughts, unsex me here,

And fill me from the crown to the toe top-full

Of direst cruelty! make thick my blood;

Stop up the access and passage to remorse,

That no compunctious visitings of nature

Shake my fell purpose, nor keep peace between

The effect and it! Come to my woman's breasts,

And take my milk for gall, you murdering ministers,

Wherever in your sightless substances

You wait on nature's mischief! Come, thick night,

And pall thee in the dunnest smoke of hell,

That my keen knife see not the wound it makes,

Nor heaven peep through the blanket of the dark,

To cry 'Hold, hold!'7)

---

7) 남편에게서 왕이 자신의 성에 오리라는 전갈을 받고 왕을 살해하기로 결심한 맥베스 부인은 여성의 약한 본성을 제거하여 잔인하게 해달라고 악령과 어둠의 힘에 호소한다. 죽음과 악의 주제를 드러내는 어둠의 이미지가 지배적이다. 온몸을 "무시무시한 잔인성"으로 가득 채워 달라고 하면서 자신의 '성'을 파기할 만큼 잔인한 맥베스 부인은 주저하는 맥베스를 끊임없이 부추겨 국왕을 시해하도록 만든다. 마녀들이 제공한 유혹의 불씨에 기름을 뿌리는 자가 바로 맥베스 부인이다.

1.5.41. 여기 내 가슴에서 여자의 마음을 없애다오

까마귀조차 목쉰 소리로 외쳐대고 있군.
던컨 왕이 죽음을 맞이하러 이 성에 들어선다고.
오너라! 살인이란 흉계를 일삼는 악령들아.
여기 내 가슴에서 여자의 마음을 없애고,
머리 꼭대기에서 발끝까지
무시무시한 잔인성으로 가득 채워다오!
내 피를 탁하게 하여, 동정심의 입구와 통로를 막아다오.
그리하여 인간의 측은지심이 날 찾아와, 잔인한 목표를
흔들어 놓지 않도록 해다오. 목표를 이룰 때까진
그 어떤 것도 방해하지 못하도록 해다오! 오너라!
살인을 일삼는 악령들아! 내 가슴으로 찾아와,
달콤한 젖을 담즙으로 바꾸어라. 너희들은 모습을 감추고
자연의 재앙을 기다리는 자들이 아니냐. 오너라! 시커먼 밤이여!
검고 검은 지옥의 연기 속에 그 모습을 감추어,
날카로운 내 칼날이 만드는 상처를 보지 못하게 하고,
하늘이 암흑의 장막 사이로 그 얼굴을 내밀어,
"안 돼! 이제 그만!"이라고 외치지 못하도록 하라.

1.5.65. Look like the innocent flower

MACBETH: My dearest love,

  Duncan comes here to-night.

LADY MACBETH: And when goes hence?

MACBETH: To-morrow, as he purposes.

LADY MACBETH: O, never

  Shall sun that morrow see!

  Your face, my thane, is as a book where men

  May read strange matters. To beguile the time,

  Look like the time; bear welcome in your eye,

  Your hand, your tongue: look like the innocent flower,

  But be the serpent under't. He that's coming

  Must be provided for: and you shall put

  This night's great business into my dispatch;

  Which shall to all our nights and days to come

  Give solely sovereign sway and masterdom.

MACBETH: We will speak further.

LADY MACBETH: Only look up clear;

  To alter favour ever is to fear:

  Leave all the rest to me.[8]

---

8) 가식을 모르는 남편의 기질을 염려하는 맥베스 부인은 맥베스더러 순진한 꽃 아래 몸을 감춘 독사처럼 마음속의 검은 야심이 드러나지 않도록 태연하게 행동하라고 주문한다. 이 작품 전편에 드러난 외양과 내실의 괴리라는 주제를 잘 부각시키고 있는 표현이다.

1.5.65. 천진난만한 꽃처럼 보여라

맥베스: 사랑하는 부인,
   던컨 왕이 오늘 저녁 이리 오실 것이오.
맥베스 부인: 언제 이곳을 떠나시죠?
맥베스: 예정대로라면 내일이오.
맥베스 부인: 아! 절대로. 태양이 내일을 보지 못할 거야!
   영주님, 당신 얼굴은 마치 책장과 같아서
   그곳엔 온갖 미심쩍은 일들이 적혀 있어요.
   세상 사람들을 속이려면 그들과 같이 태연한 표정을 하세요.
   눈에는 환영의 뜻을, 손과 혀에도 환영의 뜻을 드러내세요.
   천진난만한 꽃처럼 보이시되,
   꽃 아래 몸을 감춘 독사가 되셔야 해요.
   오시는 손님을 맞이할 준비를 해야겠죠.
   오늘밤의 중대한 일을 모두 제 손에 맡기세요.
   이 일만 치르고 나면, 앞으로 긴 세월 동안
   우리만이 이 나라를 지배하고 권력을 쥐게 될 겁니다.
맥베스: 나중에 다시 얘기합시다.
맥베스 부인: 명랑한 표정을 지으세요.
   안색이 변하면 겁먹고 있다는 표시가 되니까요.
   나머지 모든 일은 제가 알아서 처리하겠어요.

1.7.5. If it were done when 'tis done

If it were done when 'tis done, then 'twere well
It were done quickly: if the assassination
Could trammel up the consequence, and catch
With his surcease success; that but this blow
Might be the be-all and the end-all here,
But here, upon this bank and shoal of time,
We'ld jump the life to come. But in these cases
We still have judgment here; that we but teach
Bloody instructions, which, being taught, return
To plague the inventor: this even-handed justice
Commends the ingredients of our poisoned chalice
To our own lips. He's here in double trust;
First, as I am his kinsman and his subject,
Strong both against the deed; then, as his host,
Who should against his murderer shut the door,
Not bear the knife myself.[9]

---

9) 자신의 성을 방문한 던컨 왕을 살해하려고 생각하는 맥베스의 독백으로 어지러운 마음의 상태가 잘
드러나 있다. 맥베스는 왕을 살해함으로써 모든 일이 끝난다면 문제될 게 아무것도 없을 것이라고
생각한다. 그러나 "시간의 기슭과 여울에서" 현세의 삶과 다가올 삶을 예측할 수 없다. 맥베스는 암
살이 "뒤따라올 모든 것을 그물로 거둬들일 수 있을지"를 의심하고 왕이 됨으로써 모든 것이 끝이
날 수 있을지를 의심한다. 또한 맥베스는 독배를 준비한 놈의 입에 그 독배를 다시 부어넣는 "공정
한 정의의 신"(even-handed justice)의 존재를 두려워한다. 맥베스가 살해하려는 던컨 왕은 유순하며
그의 친척이요 선한 왕이며 성을 방문한 손님이다. 그러므로 그를 살해하고 왕이 되려는 날뛰는 야
심을 정당화할 수 있는 명분은 그 어디에도 없다.

1.7.5. 해치워 당장 끝낼 수 있다면

해치워 당장 끝낼 수 있다면,
빨리 해치울수록 좋을 거다. 만약 암살을 함으로써,
뒤따라올 모든 걸 그물로 거둬들일 수 있고,
던컨의 죽음과 함께 내 목적을 이룰 수 있다면,
만약 이 한 칼에 이 세상 모든 일을 이룰 수 있다면,
여기, 이 시간의 기슭과 여울에서 세상만사가 끝장이 난다면,
저 세상에서의 일은 내가 알 바 아니다. 하지만
이런 일은 항상 이 세상에 살아 있는 동안 심판받기 마련.
살인이란 잔인한 짓을 한번 배우게 되면,
그것을 배운 놈이 가르쳐준 놈을 다시 괴롭히는 법.
공정한 정의의 신은 독배를 준비한 놈의 입에 그 독배를 부어넣지.
던컨 왕은 날 이중으로 믿고 여기 와 있다.
첫째, 난 친척이고 신하이니,
그런 짓을 할 리가 없다고 해야겠지. 둘째, 난 이 집의 주인이니,
손님을 죽이려는 자를 막는 것이 마땅하고,
주인 스스로 칼을 뽑는 일은 당치않은 일이겠지.

1.7.27. But only vaulting ambition

Besides, this Duncan

Hath borne his faculties so meek, hath been

So clear in his great office, that his virtues

Will plead like angels, trumpet-tongued, against

The deep damnation of his taking-off;

And pity, like a naked new-born babe,

Striding the blast, or heaven's cherubim, horsed

Upon the sightless couriers of the air,

Shall blow the horrid deed in every eye,

That tears shall drown the wind. I have no spur

To prick the sides of my intent, but only

Vaulting ambition, which o'erleaps itself

And falls on the other.[10]

---

10) 맥베스는 던컨의 살해를 두려워한다. 그를 시해하면 덕망 높은 그에 대한 동정심이 "광풍을 걸터 탄 갓 난 벌거숭이 아기"처럼 그 악행을 만천하에 고발하여 사람들의 연민을 자아낼 것이라고 상상하기 때문이다. 맥베스에게는 살해할 명분도, 그 야심을 실행에 옮길 만한 '박차'도 없다. 맥베스는 계속 양심의 가책을 느끼면서 살해하기를 주저한다. 그러나 그의 부인은 계속 맥베스를 자극하고 이미 생겨난 검은 야심의 옆구리에 '박차'를 가해 마침내 살해를 자행하도록 만든다. 여기서 맥베스의 야심은 앞으로 나가지는 못하고 제자리에서 날뛰는 말과도 같다. 이 독백 후 등장한 부인에게 맥베스는 "모든 사람들로부터 좋은 평판"(Golden opinion)을 받고 있고 지금 "찬란한 광채로 윤이 나는 옷과 같은 영예"를 누리고 있으니 시해 계획을 중단하자고 한다. 물론 맥베스 부인이 이를 받아들일 리가 없다. 여기서 주시할 점은 '옷'에 관련된 이미지이다. 맥베스는 스스로 자신에게 주어진 코오더 영주라는 새로운 칭호가 "빌린 옷"(borrowed robes)처럼 자연스럽지 못하다고 생각한다. 여기서 "맞지 않는 옷"의 이미지는 왕위찬탈이라는 주제와 관련을 맺는다. 살인을 통해 맥베스가 얻게 될 왕이란 타이틀은 맥베스에게는 "맞지 않는 옷"과 같고 더 나아가 "훔친 옷"과 같기 때문이다.

1.7.27. 다만 있는 것은 날뛰는 야심뿐

더구나, 던컨 왕은
인자하고, 대권의 행사에 공평무사하지 않았던가?
그러니 그를 죽이면 그의 높은 덕망은,
나팔을 불고 오는 천사들처럼,
시역의 무도한 죄를 만천하에 호소할 것이다.
그리하여 동정심은 광풍을 걸터탄 갓 난 벌거숭이 아기처럼,
혹은 보이지 않는 하늘의 준마를 탄 동자처럼,
그 몸서리치는 악행을 모든 사람의 눈 속에 불어넣겠지.
그럼 넘쳐흐르는 눈물로 폭풍마저 누그러질 거야.
나에게는 박차가 없으니
마음먹고 있는 이 계획의 옆구리에 박차를 가할 수도 없고,
다만 있는 것은 날뛰는 야심뿐,
야심이 지나쳐 반대편으로 나가떨어질 지경이구나.

1.7.35. Was the hope drunk?

Was the hope drunk
Wherein you dressed yourself? hath it slept since?
And wakes it now, to look so green and pale
At what it did so freely? From this time
Such I account thy love. Art thou afeard
To be the same in thine own act and valour
As thou art in desire? Wouldst thou have that
Which thou esteem'st the ornament of life,
And live a coward in thine own esteem,
Letting 'I dare not' wait upon 'I would,'
Like the poor cat i' the adage? (⋯)
What beast was't, then,
That made you break this enterprise to me?
When you durst do it, then you were a man;
And, to be more than what you were, you would
Be so much more the man. Nor time nor place
Did then adhere, and yet you would make both:
They have made themselves, and that their fitness now
Does unmake you.[11]

---

11) 맥베스가 시해 계획을 중단하자고 하자, 맥베스 부인은 우왕좌왕하는 남편을 강력하게 질책한다. 맥베스는 시역이 아니라면 사내에게 어울릴 그 어떤 일이라도 하겠다고 하지만, 그녀는 왕이 되는 일이야말로 사내에게 가장 어울리는 일이라고 하면서 맥베스를 설득하고 자극한다.

1.7.35. 당신의 희망은 술에 취했던가요?

당신이 여태껏 걸치고 있던 희망은
술에 취했던가요? 희망은 그 후 잠자고 있었던가요?
그렇게 거리낌 없이 생각했던 일을 이제 깨어나서는,
그렇게 창백하게 바라보고 있다는 말씀인가요?
전 지금부터 당신의 애정도 그런 것으로 알겠어요.
그렇게 애타게 바라던 것을 성취할 수 있는
행동과 용기를 보여주기가 두렵단 말씀이죠?
인생의 꽃이라고 생각하는 왕관을 쓰고 싶으면서도,
스스로 겁쟁이라 생각하고 한평생을 살겠단 말씀인가요?
속담의 불쌍한 고양이처럼, "생선을 먹어야지" 하고 벼르고는
곧바로 "난 감히 그럴 순 없어"라고 말하는 것과 같죠. (…)
그럼, 저에게 그 계획을 털어놓았을 때
당신은 짐승이었단 말인가요?
대담하게 그 일을 하려 했을 때,
당신은 사내 중 사내였죠. 더욱더 대범해지신다면
당신은 그만큼 더 사내다운 사람이 되시겠죠.
시간도 장소도 여의치 않았을 땐, 그 둘을 짜맞추려 했죠.
이제 시간과 장소가 적당히 맞아떨어지니,
당신은 그만 용기를 잃고 말았어요.

1.7.61. Screw your courage to the sticking-place

LADY MACBETH: I have given suck, and know

How tender 'tis to love the babe that milks me:

I would, while it was smiling in my face,

Have plucked my nipple from his boneless gums,

And dashed the brains out, had I so sworn as you

Have done to this.

MACBETH: If we should fail?

LADY MACBETH: We fail!

But screw your courage to the sticking-place,

And we'll not fail. When Duncan is asleep —

(⋯) his two chamberlains

Will I with wine and wassail so convince

That memory, the warder of the brain,

Shall be a fume, and the receipt of reason

A limbeck only.[12]

---

12) 맥베스 부인은 목적을 위해서라면 웃으면서 젖꼭지를 빨고 있는 아이라도 잇몸에서 젖꼭지를 빼
내고 대갈통을 부숴버릴 수도 있다고 말하면서 잔인성을 드러낸다. 여기서 맥베스 부인은 은유적
으로 아이를 임신하고 낳아 양육할 수 있는 여성의 기능을 거부한다. 그녀는 젖, 연민의 정, 양심
등을 여성의 속성으로 생각하고 있으며, 권력과 지배욕을 성취하기 위해서는 이런 여성의 속성을
말살하고 잔인성과 용맹성 같은 남성의 속성으로 빈자리를 메워야 한다고 믿고 있다. 젖을 빠는
아기를 젖꼭지에서 빼내어 대갈통을 박살낼 수 있는 잔인한 맥베스 부인은 바로 파괴적인 어머니
상을 드러내는 마녀의 이미지와 중첩된다. 이 작품에 등장하는 마녀들은 자식이 없으며, 마녀들이
끓이는 가마솥에는 유아가 살해된 내용물로 가득하다. 이는 마녀가 바로 파괴적인 어머니상과 연
결되고 있음을 드러낸다. 잔인한 맥베스 부인은 실패할까봐 두려워하는 맥베스에게 "용기를 있는
대로 짜내 보라고" 종용하여 마침내 맥베스가 악을 실행하도록 만든다.

1.7.61. 용기를 있는 대로 짜내다

맥베스 부인: 전 갓난아이에게 젖을 먹여본 일이 있어요.
  그래서 젖을 빠는 아기가 얼마나 사랑스러운지를 잘 알고 있죠.
  하지만 난, 당신처럼 이 일을 하겠다고 맹세했다면,
  아이가 내 얼굴을 보며 웃음 짓고 있을지라도,
  그 부드러운 잇몸으로부터 젖꼭지를 뽑아내고
  대갈통을 박살냈을 겁니다.
맥베스: 실패라도 한다면?
맥베스 부인: 실패라고요!
  용기를 있는 대로 짜내 보세요.
  그럼 실패를 할 까닭이 없죠. 던컨 왕이 잠들어 있을 때,
  (…) 그의 방을 지키는 호위병 둘에게
  술을 먹여 녹초가 되게 만들 겁니다.
  그럼 두뇌를 지켜주는 파수병인 기억력은
  안개처럼 희미해지고, 이성을 담는 그릇은
  증류관처럼 증기로 꽉 차게 되겠죠.

2막. 마음속의 단도

2.1.38. A dagger of the mind

Is this a dagger which I see before me,

The handle toward my hand? Come, let me clutch thee.

I have thee not, and yet I see thee still.

Art thou not, fatal vision, sensible

To feeling as to sight? or art thou but

A dagger of the mind, a false creation,

Proceeding from the heat-oppressed brain?

I see thee yet, in form as palpable

As this which now I draw.

Thou marshall'st me the way that I was going;

And such an instrument I was to use.

Mine eyes are made the fools o' the other senses,

Or else worth all the rest; I see thee still,

And on thy blade and dudgeon gouts of blood,

Which was not so before. There's no such thing:

It is the bloody business which informs

Thus to mine eyes. (…) [A bell rings]

I go, and it is done; the bell invites me.[13]

---

13) 부인의 자극으로 맥베스는 던컨 왕의 살해를 결심하고 "그럴듯한 얼굴로 세상 사람들을 속이
자"(mock the time with fairest show, 1.7.81)고 부인에게 말하지만 여전히 마음이 편치 않다. 위의
대사는 어지러운 마음 때문에 피 묻은 단검의 환상을 본 맥베스가 하는 말이다. 여기서 종소리는
맥베스 부인이 왕의 침소를 지키는 병사들에게 의식을 잃게 하는 약을 먹였기에 살해를 개시할
시점이란 신호이다.

2.1.38. 마음속의 단도

눈앞에 보이는 이것은 단도가 아닌가?
칼자루가 내 손 쪽을 향해 있군? 그럼 한번 잡아보자.
아직도 눈앞에 보이는데 잡을 수가 없구나.
살인을 일삼는 환영이여!
눈에는 보이는데, 어찌하여 잡을 수 없단 말이냐?
이건 열에 들뜬 머리에서 생겨난 헛된 환영이고,
마음속의 단도일 뿐이란 말인가?
아직도 보이는구나. 손에 잡힐 듯한 그 모양이
지금 뽑아서 들고 있는 이 단도와 흡사하구나.
내가 지금 가려는 방향으로 날 인도하고 있군.
그래. 이것이야말로 내가 쓰려고 했던 무기지.
다른 모든 감각기관이 내 눈을 조롱하고 있든지,
다른 감각은 마비되고 눈만이 온전하든, 둘 중 하나겠지?
아직도 보이는군. 지금까진 없었는데, 칼날과 칼자루에
굵은 핏방울이 엉켜 있구나. 이런 것이 있을 까닭이 없어.
마음속에 피비린내 나는 일을 품고 있으니
이런 것이 내 눈앞에 나타나는 거야. (…) (종이 울린다)
자, 이제 간다. 그럼 끝난다. 저 종소리가 날 부르고 있다.

2.2.33. Macbeth does murder sleep!

MACBETH: Methought I heard a voice cry 'Sleep no more!

Macbeth does murder sleep', the innocent sleep,

Sleep that knits up the ravelled sleeve of care,

The death of each day's life, sore labour's bath,

Balm of hurt minds, great nature's second course,

Chief nourisher in life's feast, —

(…)

Still it cried 'Sleep no more!' to all the house:

'Glamis hath murdered sleep, and therefore Cawdor

Shall sleep no more; Macbeth shall sleep no more.'

LADY MACBETH: Who was it that thus cried? Why, worthy thane,

You do unbend your noble strength, to think

So brainsickly of things. Go get some water,

And wash this filthy witness from your hand.

Why did you bring these daggers from the place?

They must lie there: go carry them; and smear

The sleepy grooms with blood.

MACBETH: I'll go no more.[14]

---

14) 던컨 왕의 살해 이후 맥베스의 귀에는 환청이 들리고, 맥베스는 불안한 마음으로 인해 잠에 들지 못한다. 던컨 왕을 죽인 맥베스가 정작 죽여버린 것은 그 자신의 달콤한 잠이다. 단도를 살해 현장에 다시 갖다 놓으라는 부인의 말에 맥베스는 그러기 싫다고 답하고, 두려워하는 맥베스를 부인은 "참으로 나약한 양반"(Infirm of purpose)이라고 조롱한다.

2.2.33. 맥베스는 잠을 죽여버렸어!

맥베스: 어디선가 이렇게 외치는 소리가 들렸소.
　"더 이상 잠들 수 없어! 맥베스는 잠을 죽여버렸어."
　그 죄 없는 잠을, 명주타래처럼 얽히고설킨 근심을 풀어주는 잠,
　하루하루 삶의 종착역이고, 고달픈 노동의 피로를 씻어주는 물이고,
　상처받은 마음을 달래주는 향유이고, 대자연이 베푸는 맛좋은
　음식이고, 인생의 향연에서 으뜸가는 자양분인 잠을….
　(…)
　아직도 온 집안에 외치고 있소. "더 이상 잠들 수 없다!"고.
　"글래미스는 잠을 죽였고, 코오더는 더 이상 잠을 이루지 못하며,
　맥베스는 영영 잠을 이루지 못하리라"고….
맥베스 부인: 누가 그런 소리를 외쳤단 말이죠?
　저 좀 보세요, 영주님. 매사를 그렇게 정신없이 생각하시면
　귀한 기력을 잃게 됩니다. 자, 어서 물을 가져다가
　그 더러운 죄의 증거를 말끔히 씻어버리세요.
　단도를 왜 여기에 가져오셨나요?
　그건 거기 놓고 오셔야죠. 다시 가져가
　잠든 시종들 몸에 피를 칠해두세요.
맥베스: 난 다시 가기 싫소.

2.2.59. The multitudinous seas incarnadine

MACBETH: Whence is that knocking?

How is't with me, when every noise appals me?

What hands are here? ha! they pluck out mine eyes.

Will all great Neptune's ocean wash this blood

Clean from my hand? No, this my hand will rather

The multitudinous seas in incarnadine,

Making the green one red. (···)

LADY MACBETH: My hands are of your colour; but I shame

To wear a heart so white. [Knocking] I hear a knocking

At the south entry: retire we to our chamber;

A little water clears us of this deed:

How easy is it, then! Your constancy

Hath left you unattended. [Knocking] Hark! more knocking.

Get on your nightgown, lest occasion call us,

And show us to be watchers. Be not lost

So poorly in your thoughts.

MACBETH: To know my deed, 'twere best not know myself.

[Knocking] Wake Duncan with thy knocking![15]

---

15) 던컨 시해 후 맥베스는 피가 묻은 자신의 붉은 손이 초록빛 대양을 주홍빛으로 바꿔 놓을 것이라고 상상한다. 그리고 맥베스는 손에서 피를 씻어낸다고 해도 자신의 죄는 결코 씻길 수 없다고 생각한다. 계속 들려오는 문을 두드리는 소리에 맥베스는 극도로 불안한 심경을 드러낸다. 그 소리는 마치 죄지은 맥베스의 양심을 두드리는 소리처럼 들린다. 그리하여 맥베스는 "문을 두드려" 죽은 던컨 왕을 다시 깨우라고 소리친다.

2.2.59. 넓은 바다를 핏빛으로 물들이다

맥베스: 어디서 문 두드리는 소리가 들리지?
 뭔 소리만 나면 이렇게 놀라다니, 내가 대체 왜 이럴까?
 이 손이 뭐지? 아! 보기만 해도 눈알이 튀어나올 것 같구나.
 위대한 넵튠이 다스리는 온 바다의 물을 다 퍼부으면
 이 손에서 피를 깨끗이 씻어낼 수 있을까?
 아니야. 도리어 나의 이 손이 넓고 넓은 바다를 피로 물들여,
 바닷물의 푸른빛을 주홍빛으로 바꿔놓고 말 거야. (…)
맥베스 부인: 제 손도 당신과 같은 색깔이 됐군요.
 하지만 심장은 당신처럼 창백하지 않아요. (문 두드리는 소리)
 남문 쪽에서 문 두드리는 소릴 들었어요. 방으로 가시죠.
 물만 조금 있으면 우리가 저지른 범행을 씻어버릴 수 있죠.
 이 얼마나 쉬운 일인가요! 태연한 담력은 어디 가 버렸나요?
 (문 두드리는 소리) 저 소리! 또 문을 두드리고 있어.
 잠옷으로 갈아입어요. 불려갈지도 모르는데,
 자지 않고 있었다는 걸 눈치 채지 않게.
 제발 처량하게 얼빠진 꼴을 하지 마세요.
맥베스: 저지른 죄를 생각하느니, 얼이 빠져 잊어버리는 게 낫겠소.
 (문 두드리는 소리) 문을 두드려 덩컨 왕을 깨워라!

2.3.3. Knock, knock, knock! Who's there?

Here's a knocking indeed! If a man were porter of hell-gate,

he should have old turning the key. [Knocking]

Knock, knock, knock! Who's there, i' the name of

Beelzebub? Here's a farmer, that hanged

himself on the expectation of plenty: come in

time; have napkins enow about you; here

you'll sweat for't. [Knocking]

Knock, knock! Who's there, in the other devil's

name? Faith, here's an equivocator, that could

swear in both the scales against either scale;

who committed treason enough for God's sake,

yet could not equivocate to heaven:

O, come in, equivocator. [Knocking]

Knock, knock, knock! Who's there? Faith, here's an

English tailor come hither, for stealing out of

a French hose: come in, tailor; here you may

roast your goose. [Knocking]

Knock, knock; never at quiet! What are you?[16]

---

16) 맥베스가 왕을 살해한 직후 문지기를 깨우는 문 두드리는 소리가 들린다. 그러나 이 소리는 마치 맥베스 부부의 양심을 두드리는 소리처럼 들린다. "탕, 탕, 탕! 게 누구냐?"라는 표현은 불안한 마음을 반영하는 인기 있는 표현이다. 여기서 한 입으로 "이 말 저 말 늘어놓는 놈"(equivocator)이란 사기꾼을 말하며, 사기꾼이란 다름 아닌 맥베스 부부이다.

2.3.3. 탕, 탕, 탕! 게 누구냐?

정말 무섭게 두드리네! 지옥의 문지기라면,
열쇠가 불이 나도록 돌려야 할 판이군. (문 두드리는 소리)
탕, 탕, 탕! 염라대왕 비엘저버브를 대신해서 묻나니,
게 누구냐? 농사꾼이군. 곡식 값이 오를 거라고 생각했다가
풍년이 들어 값이 떨어지자 목매어 죽은 놈이구나.
마침 잘 왔다. 수건이나 넉넉히 준비해라. 여긴 지옥이라
땀깨나 흘리게 될 것이니까. (문 두드리는 소리)
탕, 탕! 또 다른 악마의 이름으로 묻나니, 게 누구냐?
옳지, 혓바닥을 놀려 이 말 저 말을 늘어놓는 놈이군.
네놈은 저울대 양쪽에다 혓바닥을 걸어 놓고, 누이 좋고 매부 좋은
거짓 맹세를 했지. 하느님을 위해 역적 노릇을 했다고 주장했지만,
하늘나라에선 애매한 말이 통하지 않았던 모양이구나.
자! 어서 들어오너라. 거짓말쟁이! (문 두드리는 소리)
탕, 탕, 탕! 게 누구냐? 그래, 이번엔 영국 놈 재단사로군.
불란서식 바지를 만들어준다고 옷감을 속여먹었지.
어서 오너라. 재단사 놈아! 여기 지옥 불로 네놈의
다리미를 달구기 좋을 게다. (문 두드리는 소리)
탕, 탕! 잠시도 조용할 사이가 없구나! 넌 또 누구냐?

2.3.140. The near in blood, the nearer bloody

MALCOLM: What will you do? Let's not consort with them:

To show an unfelt sorrow is an office

Which the false man does easy. I'll to England.

DONALBAIN: To Ireland, I; our separated fortune

Shall keep us both the safer: where we are,

There's daggers in men's smiles: the near in blood,

The nearer bloody.

MALCOLM: This murderous shaft that's shot

Hath not yet lighted, and our safest way

Is to avoid the aim. Therefore, to horse;

And let us not be dainty of leave-taking,

But shift away: there's warrant in that theft

Which steals itself, when there's no mercy left.[17]

---

17) 덩컨이 살해되었다는 소식이 전해진 후 사람들 앞에서 과장된 슬픔을 드러내는 맥베스를 두고 덩컨 왕의 장남인 맬컴은 "위선자들은 흔히 마음에도 없는 슬픔"을 드러낸다고 말한다. 그는 동생인 도날베인에게 과녁을 향한 화살이 아직 땅에 떨어지지 않았으니 서둘러 도망가는 게 상책이라고 말한다. 덩컨 왕을 죽인 맥베스가 곧 자기들도 죽일 것이라는 말이다. 그러므로 도날베인의 말처럼 "인간의 웃음 속에 시퍼런 비수"(daggers in men's smiles)가 숨겨진 맥베스의 성을 벗어나는 게 급선무이다. 그리하여 맬컴은 잉글랜드로 도날베인은 아일랜드로 달아난다. 맥베스는 달아난 덩컨 왕의 아들들에게 국왕 살해자라는 혐의를 덮어씌우고 스코틀랜드의 왕으로 등극한다. 후에 맬컴은 맥더프의 도움으로 맥베스를 물리치고 스코틀랜드 왕위에 오른다.

2.3.140. 핏줄이 가까울수록 더욱더 위험

맬컴: 넌 어떻게 하겠느냐? 저 사람들과 상종하지 말자.
　위선자들은 흔히 마음에도 없는 슬픔을 드러내곤 하지.
　난 잉글랜드로 가겠다.
도날베인: 난 아일랜드로 가겠소. 우리가
　서로 떨어져 있는 것이 좀 더 안전할 것 같습니다.
　이곳은 인간의 웃음 속에 시퍼런 칼날이 숨어 있는 곳이죠.
　핏줄이 가까울수록 더욱더 위험한 곳이지요.
맬컴: 시위를 떠난 살해의 화살은
　아직 땅에 떨어지지 않았다.
　가장 안전한 길은 그 과녁에서 피하는 일이다.
　그러니 구차한 작별 인사는 그만두고, 말을 타고
　빨리 이곳을 빠져나가자. 자비 없는 세상에 위험이 닥칠 때
　최선책은 목숨을 부지하기 위해 달아나는 것이다.

3막. 열매도 맺지 못할 왕관

3.1.60. A fruitless crown

Our fears in Banquo [s]tick deep; and in his royalty of nature

Reigns that which would be feared: 'tis much he dares;

And, to that dauntless temper of his mind,

He hath a wisdom that doth guide his valour

To act in safety. There is none but he

Whose being I do fear: and, under him,

My Genius is rebuked; as, it is said,

Mark Antony's was by Caesar. He chid the sisters

When first they put the name of king upon me,

And bade them speak to him: then prophet-like

They hailed him father to a line of kings:

Upon my head they placed a fruitless crown,

And put a barren sceptre in my gripe,

Thence to be wrenched with an unlineal hand,

No son of mine succeeding. If 't be so,

For Banquo's issue have I filed my mind;

For them the gracious Duncan have I murdered.[18)]

---

18) 맥베스는 스코틀랜드 왕에 등극했지만 여전히 불안하다. 마녀들이 뱅코우의 자손들이 왕이 될 것
이라고 예언했기 때문이다. 또한 맥베스는 뱅코우의 타고난 기품과 대담한 기질이 두렵다. 그리하
여 맥베스는 불안감을 없애기 위해 자객들에게 뱅코우와 그의 아들을 살해하라고 지시한다. 피가
또 다른 피를 부르는 형국이다. 악으로 시작한 일을 또 다른 악으로 무마하려는 맥베스가 뱅코우
부자를 죽이고 나면 과연 불안하지 않을까? 맥베스와 그의 부인은 악몽에 시달리고 불안하며, 그
불안감은 영원히 사라지지 않는다.

3.1.60. 열매도 맺지 못할 왕관

내가 뱅코우를 두려워하는 것은 그 뿌리가 깊다.
그의 타고난 고귀한 기품이 두렵다.
또한 그는 담대하기 그지없다.
그는 대담한 기질의 소유자일 뿐만 아니라
용기를 안전하게 행동으로 옮길 수 있는 지혜도 갖추고 있어.
뱅코우 말고는 그 어떤 사람도 두렵지 않아.
그자를 만나면 날 지켜주는 수호신도 꼼짝 못해.
시저 앞에서 마크 앤토니의 수호신이 꼼짝하지 못했듯이….
마녀들이 처음으로 나를 왕이라고 불렀을 때 그는
마녀들을 꾸짖고 자기에게도 말하라고 명령했지. 그러자
마녀들은 예언자처럼, 그를 역대 왕들의 조상이라고 축복했어.
내 머리 위엔 열매도 맺지 못할 왕관을 씌워주고,
내 손에는 후계자도 없는 왕홀을 쥐어준 거야.
내 자손이 아니라 남의 자손에게
빼앗겨 버릴 홀을 말이다. 그럼 나는
뱅코우의 자손들을 위해 마음을 더럽히고,
그들을 위해 인자한 던컨 왕을 죽인 셈이지.

3.2.12. What's done is done

LADY MACBETH: Nought's had, all's spent,

　　Where our desire is got without content:

　　'Tis safer to be that which we destroy

　　Than by destruction dwell in doubtful joy.

　　[Enter MACBETH] (…)

　　Things without all remedy

　　Should be without regard: what's done is done.

MACBETH: We have scotched the snake, not killed it:

　　She'll close and be herself, whilst our poor malice

　　Remains in danger of her former tooth.

　　But let the frame of things disjoint, both the worlds suffer,

　　Ere we will eat our meal in fear and sleep

　　In the affliction of these terrible dreams

　　That shake us nightly: better be with the dead,

　　Whom we, to gain our peace, have sent to peace,

　　Than on the torture of the mind to lie

　　In restless ecstasy. Duncan is in his grave.[19]

---

19) 왕이 되면 모든 걸 이룰 줄 알았지만, 맥베스 부부는 여전히 불안에 시달린다. 그 불안은 그들이
저지른 행위의 대가이다. 맥베스 부인도 이 지점에서 "뜻대로 되었으나 마음은 불안하니, 얻은 것
은 없고 모든 것이 허사"라고 하면서 만족이 주어지지 않는 자신들의 행위에 의문을 표한다. 부정
한 방법으로는 결코 진정한 만족을 얻을 수 없고, 만족이 없으니 모든 일이 허사일 것이다. 맥베스
부인은 미망(迷妄)에 시달리는 맥베스에게 "이미 지난 일은 어쩔 수 없는 일"이니 잊어버리라고 충
고한다. 그러나 맥베스는 죽은 자가 차라리 마음의 평화를 누릴 수 있다고 생각한다.

3.2.12. 이미 지난 일은 어쩔 수 없는 일

맥베스 부인: 뜻대로 되었으나 마음은 불안하니,

　얻은 것은 없고 모든 것이 허사로다.

　살인으로 인해 의혹에 찬 기쁨밖에 남은 것이 없다면,

　차라리 내가 죽인 사람의 처지가 되는 게 더 낫겠군.

　(맥베스 등장) (…)

　돌이킬 수 없는 일은 생각할 필요가 없는 법.

　이미 지난 일은 어쩔 수가 없는 일이죠.

맥베스: 뱀에게 상처를 내긴 했지만, 죽이진 못했소.

　상처가 아물어 몸이 회복되면, 섣불리 해를 입힌 우리가

　상처를 내기 전의 그 독한 이빨에 물릴지도 모를 일.

　공포에 떨면서 음식을 먹고 밤마다 무서운 악몽에 시달리느니,

　차라리 우주의 모든 것이 산산조각이 나고,

　하늘과 땅 모두가 사라져버리는 것이 낫겠소.

　마음의 고통으로 미칠 듯이 불안에 떨고 있느니,

　마음의 평화를 누리려면 내가 무덤 속의 평화로

　보내 버린 던컨처럼 이 세상을 하직하는 것이 낫겠소.

　던컨은 무덤 속에 잠들어 있소.

3.2.46. Come, seeling night

Let your remembrance apply to Banquo;
Present him eminence, both with eye and tongue:
Unsafe the while, that we
Must lave our honours in these flattering streams,
And make our faces vizards to our hearts,
Disguising what they are.

(···)

Be innocent of the knowledge, dearest chuck,
Till thou applaud the deed. Come, seeling night,
Scarf up the tender eye of pitiful day;
And with thy bloody and invisible hand
Cancel and tear to pieces that great bond
Which keeps me pale! Light thickens; and the crow
Makes wing to the rooky wood:
Good things of day begin to droop and drowse;
While night's black agents to their preys do rouse.
Thou marvell'st at my words: but hold thee still;
Things bad begun make strong themselves by ill.[20]

---

20) 이 작품에서 모든 악은 어둠 속에서 진행되는데, 맥베스는 악을 자행하기 위해 또다시 어둠의 힘을 끌어들인다. 맥베스는 지금 뱅코우와 그의 아들 플리언스를 살해할 생각을 갖고 있다. 뱅코우의 자손들이 왕이 될 것이라고 했던 마녀들의 예언이 두렵기 때문이다. 그리하여 맥베스는 또 다른 살해를 통해 악으로 시작한 일을 끝내려고 한다. 피가 또 다른 피를 부르는 형국이다.

3.2.46. 오너라! 눈을 가리는 장막이여!

뱅코우를 특별히 관심 있게 봐주시오.
눈으로도 입으로도 극진하게 대해주시오.
당분간은 마음을 놓을 수 없으니,
아첨의 냇물에 명예를 씻어 간수하고,
얼굴을 가면으로 삼아 우리의 본심을 가리고,
그 속셈을 감출 수밖에 없질 않겠소.
(…)
귀여운 당신은 아무것도 모르고 있다가,
나중에 일이 끝나면 칭찬이나 해주시오. 오너라!
눈을 가리는 밤의 장막이여! 자비로운 낮의 부드러운 눈을
덮어 가리고, 눈에 보이지 않는 네 잔인한 손으로,
나를 겁에 질리게 하는 크나큰 생명의 증서를 취소하고
갈기갈기 찢어버려라! 날은 어두워지고
까마귀는 날개를 펴 숲 속의 보금자리로 돌아간다.
낮의 선한 존재들이 머리를 수그린 채 졸고 있고,
밤의 시커먼 무리들은 먹이를 찾아 고개를 쳐들고 있다.
내 말을 듣고 놀란 것 같은데, 잠자코 있으시오.
악으로 시작한 일이니 악의 힘을 빌려 견고하게 할 수밖에.

3.4.123. Blood will have blood

It will have blood; they say, blood will have blood:
Stones have been known to move and trees to speak;
Augurs and understood relations have
By magot-pies and choughs and rooks brought forth
The secret'st man of blood.
(···)
I will to-morrow,
And betimes I will, to the weird sisters:
More shall they speak; for now I am bent to know,
By the worst means, the worst. For mine own good,
All causes shall give way: I am in blood
Stepped in so far that, should I wade no more,
Returning were as tedious as go o'er:
Strange things I have in head, that will to hand;
Which must be acted ere they may be scanned.
(···)
My strange and self-abuse
Is the initiate fear that wants hard use:
We are yet but young in deed.[21]

---

21) 맥베스는 이제 더 이상 망설이지 않는다. 피비린내 나는 일에 너무나 깊이 발을 들여놓아서, 도저히 원상복구를 할 수 없다고 판단하기 때문이다. 그는 "피가 피를 부를 것"임을 잘 알고 있다. 그리하여 그는 "최악의 수단"을 써서라도 자신의 운명을 알기 위해 마녀들을 다시 찾아간다.

3.4.123. 피가 피를 부를 것

피를 보고 말 거야. 피가 피를 부를 거야.
돌이 움직여 들통이 나고, 나무도 말을 한다고 했지.
점쟁이들은, 원인과 결과의 이치를 알고 있어서,
까치나 갈까마귀나 땅까마귀를 통해
비밀스러운 살인자를 폭로하곤 했지.
(…)
날이 새면 당장 마녀들에게 달려가서
좀 더 말해 달라고 해볼 생각이오. 결심했소.
최악의 수단을 써서라도 최악의 결과를 알아내야겠소.
내 이익을 위해 세상 모든 일들이
뒷전으로 물러나야 할 거요. 피비린내 나는 일에 이렇게
깊이 발을 들여놓았으니, 더 이상 건너려고 하지 않아도,
되돌아오는 일이 건너가는 일 못지않게 힘들 것이오.
머릿속에 이상한 생각이 떠오르는데, 행동으로 옮기고 싶군.
이것저것 더 생각할 것 없이 해치우겠소.
(…)
내가 본 괴상한 허깨비는
충분한 훈련을 쌓지 못한 초범자의 공포로부터 생겨난 것,
이런 일에는 우린 아직 어린애에 지나지 않소.

3.5.22. Great business must be wrought ere noon

And I, the mistress of your charms,
The close contriver of all harms,
Was never called to bear my part,
Or show the glory of our art?
And, which is worse, all you have done
Hath been but for a wayward son,
Spiteful and wrathful, who, as others do,
Loves for his own ends, not for you.
But make amends now: get you gone,
And at the pit of Acheron
Meet me i' the morning: thither he
Will come to know his destiny:
Your vessels and your spells provide,
Your charms and every thing beside.
I am for the air; this night I'll spend
Unto a dismal and a fatal end:
Great business must be wrought ere noon: (…)
He hopes 'bove wisdom, grace and fear:
And you all know, security
Is mortals' chiefest enemy.[22]

---

22) 마녀들의 여왕 헤카테는 맥베스에게 애매한 환영을 보여주면서 그가 다시 헛된 희망을 품게 만든다.

3.5.22. 큰일은 오전 중에 해치워야 해

나야말로, 마술에 관한 한 너희들 스승이고,
남 몰래 온갖 악한 일을 꾸며 내는 일에 고수가 아니더냐.
그런데 멋진 재주를 써먹을 기회도 주지 않고
이렇게 날 따돌릴 수가 있단 말이냐?
더구나 너희들이 지금까지 해놓은 일이란 모두,
짓궂고 성질부리는 변덕쟁이를 위한 일뿐이니….
그자도, 다른 사람과 마찬가지로,
제 일만 생각할 뿐 너희들은 아랑곳없다.
지난 일을 반성하고, 이제 어서 가보도록 해라.
지옥의 강변 애커론의 동굴에서 만나자.
내일 아침에 거기서 만나자. 맥베스는
제 운명을 알아보기 위해 거기로 올 것이다.
그릇과 마약을 준비하고
그 밖에 주문과 필요한 모든 것을 준비해라.
나는 이제 날아가서 오늘 밤을 보내겠다.
무섭고도 무서운 일을 하면서….
큰일은 오전 중에 해치워야 해. (…)
지혜도 은총도 두려움도 무시하고
그는 헛된 희망을 품게 될 것이다.
알다시피 과신은 인간의 가장 큰 적이다.

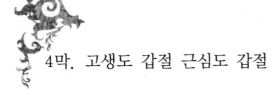

4막. 고생도 갑절 근심도 갑절

4.1.35. Double, double toil and trouble

ALL: Double, double toil and trouble;

  Fire burn and cauldron bubble.

Second Witch: Cool it with a baboon's blood,

  Then the charm is firm and good.

  (…)

  By the pricking of my thumbs,

  Something wicked this way comes.

  Open, locks,

  Whoever knocks!

[Enter MACBETH]

MACBETH: How now, you secret, black, and midnight hags!

  What is't you do?

ALL: A deed without a name.

MACBETH: I conjure you, by that which you profess,

  Howe'er you come to know it, answer me.23)

---

23) 세 마녀들은 독기 서린 내장, 도마뱀 눈알, 개구리의 발톱 등을 가마솥에 던져넣고, "고생도 갑절, 근심도 갑절"이란 주문을 외우면서 자신의 미래를 묻기 위해 오게 될 맥베스를 기다린다. 그런데 이 주문은 불법으로 왕이 된 후 불어나는 맥베스의 근심과 고통을 지시하고 있다. 마녀 2는 엄지 손가락이 따끔따끔한 것을 "웬 고약한 놈"이 오는 징조로 생각한다. 마녀들은 "여자가 낳은 그 어느 누구도 맥베스를 헤치지 못할 것"이라는 애매한 예언을 하여 맥베스를 현혹시킨다. 그러나 맥베스는 5막에서 제왕절개로 태어난 맥더프에게 살해된다.

4.1.35. 고생도 갑절, 근심도 갑절

마녀 일동: 고생도 갑절로, 근심도 갑절로.
　타거라 불꽃아, 끓어라 가마솥아!
마녀 2: 원숭이의 피로 죽을 식히면,
　마술이 통하고 그 효력은 확실해.
　(…)
　엄지손가락이 따끔따끔한 걸 보니,
　웬 고약한 놈이 이리로 오는가 보다.
　어느 누가 문을 두드리든
　자물쇠를 열어라.
(맥베스 등장)
맥베스: 어둠을 틈타 흉측하고 비밀스런 음모를 꾸미는 마녀들아!
　지금 뭘 하고 있느냐?
마녀 일동: 말할 수 없는 비밀.
맥베스: 엄숙하게 묻는다. 미래를 점치는 힘을 가지고
　어떻게 알아내든 상관없으니, 대답을 좀 해다오.

4.1.117. The crack of doom

Thou art too like the spirit of Banquo: down!

Thy crown does sear mine eye-balls. And thy hair,

Thou other gold-bound brow, is like the first.

A third is like the former. Filthy hags!

Why do you show me this? A fourth! Start, eyes!

What, will the line stretch out to the crack of doom?

Another yet! A seventh! I'll see no more:

And yet the eighth appears, who bears a glass

Which shows me many more; and some I see

That two-fold balls and treble scepters carry:

Horrible sight! Now, I see, 'tis true;

For the blood-boltered Banquo smiles upon me,

And points at them for his.

[Apparitions vanish] What, is this so?

(…)

Where are they? Gone? Let this pernicious hour

Stand aye accursed in the calendar!24)

---

24) 1막에서 맥베스가 왕이 될 것이라고 예언했던 마녀들은 뱅코우 또한 새로운 왕조의 조상이 될 것이라고 예언한 바 있다. 이 예언은 맥베스의 머리에서 결코 사라지질 않는다. 뱅코우를 살해했지만 그의 아들은 여전히 살아 있기 때문이다. 맥베스가 마녀들을 다시 찾아가 그의 자손들이 정말 왕이 될 것인지를 묻자, 여덟 왕의 행렬이 그의 눈앞에 펼쳐진다. 8명의 왕은 뱅코우의 8대손인 스코틀랜드의 로버트(Robert) 2세부터 제임스(James) 6세에 이르기까지 왕들(Robert II, Robert III, James I, II, III, IV, V, VI)을 뜻한다. 스코틀랜드의 왕 제임스 6세는 1603년 엘리자베스 여왕이 서거하자, 웨스트민스터 사원에서 대관식을 거행하고 제임스 1세에 등극함으로써 스코틀랜드와 동시에 앵글랜드의 왕으로 등극하였다. 왕권을 상징하는 "두 개의 구슬"은 이를 말한다. 위의 대사는 왕들의 행렬을 보고 절망한 맥베스가 하는 말이다.

4.1.117. 최후 심판일의 뇌명

네놈은 뱅코우의 유령과 흡사하구나. 꺼져라!
네놈이 쓴 왕관을 보니 눈알이 타는 것 같구나.
또 다른 금관을 쓰고 있는 놈, 네 머리털이 첫째 놈과
비슷하구나. 셋째 놈도 비슷하구나. 이 더러운 마귀할멈들!
왜 이런 것을 내 눈앞에 보여주느냐? 넷째 놈이로구나! 눈알이
튀어나올 것 같다! 뭐야, 최후의 심판을 알리는 나팔 소리가
울릴 때까지 이 행렬을 계속할 셈인가? 또 한 놈! 일곱째 놈이군!
이제 더 보기 지겹다. 하지만 여덟째 놈이 나타나는군.
뒤따라올 놈이 많다는 걸 보여주려고 손에 거울을 들고.
어떤 놈은 두 개의 구슬과 세 개의 왕홀을 들고 있군.
몸서리치는 광경이다! 이제 알 만하다. 사실이군.
머리카락에 피가 엉긴 뱅코우가 나를 보고 웃으면서
저것들이 제 자손이라고 가리키고 있는 걸 보니.
(환영들 사라진다) 아니! 이 모두가 사실이란 말인가?
(…)
그들은 어디 있느냐? 사라져버렸나?
불길한 시간아, 역사에 영원히 기록되어 저주를 받아라!

4.3.32. Bleed, bleed, poor country!

MALCOLM: Why in that rawness left you wife and child,

  Those precious motives, those strong knots of love,

  Without leave-taking? I pray you,

  Let not my jealousies be your dishonours,

  But mine own safeties. You may be rightly just,

  Whatever I shall think.

MACDUFF: Bleed, bleed, poor country!

  Great tyranny! lay thou thy basis sure,

  For goodness dare not cheque thee: wear thou thy wrongs;

  The title is affeered! Fare thee well, lord:

  I would not be the villain that thou think'st

  For the whole space that's in the tyrant's grasp,

  And the rich East to boot.

MALCOLM: Be not offended:

  I speak not as in absolute fear of you.

  I think our country sinks beneath the yoke;

  It weeps, it bleeds; and each new day a gash

  Is added to her wounds.[25]

---

25) 맥베스는 자신의 안위에 장애가 될 맥더프를 살해하려고 했지만, 도망친 맥더프를 죽이지는 못하고 그의 아들과 아내를 살해한다. 맥더프는 잉글랜드에 피신한 맬컴 왕자를 찾아가고, 그들은 함께 힘을 모아 맥베스를 물리친다. 맥베스의 압제 아래 신음하는 스코틀랜드를 피를 흘리고 눈물을 흘리는 사람처럼 묘사하고 있다.

4.3.32. 가련한 조국이여! 피를 흘려라, 피를!

맬컴: 아직 의문이오. 왜 경이 작별을 고할 겨를도 없이 그렇게 급히
　　처자식을 버리고 왔을까? 살아갈 힘을 주는 소중한 존재이고,
　　사랑으로 굳게 맺어진 처자식을 말이오.
　　내가 의심한다고 해서 경을 모욕한다고 생각지는 마시오.
　　다만 나의 안전 때문이오. 경은 아마 정의로운 사람일 것이오.
　　내가 경을 어떻게 생각하든….
맥더프: 가련한 조국이여! 피를 흘려라, 피를!
　　몸서리치는 폭정이여! 그 기반을 확고부동하게 다져라.
　　어떠한 미덕도 널 제어할 수 없으니. 마음대로 악을 행하라.
　　그 권리가 법적으로 확인되었으니! 안녕히 계십시오, 왕자님.
　　전 당신께서 생각하는 그런 악당이 될 순 없습니다.
　　저 폭군의 손아귀에 있는 전 국토와
　　동방의 기름진 나라를 덤으로 준다고 해도….
맬컴: 화를 내진 마시오.
　　경을 전혀 믿지 못해 하는 말이 아니오.
　　조국이 압제의 멍에 아래 있다는 걸 잘 알고 있소.
　　조국은 눈물을 흘리고, 피를 흘리고, 날이 갈수록 그 상처에
　　새로운 상처를 더해가고 있소.

5막. 없어져라, 저주받을 흔적이여!

5.1.35. Out, dammed spot!

Out, damned spot! out, I say!—One: two:
why, then, 'tis time to do't.—Hell is murky!—
Fie, my lord, fie! a soldier, and afeard? What need we
fear who knows it, when none can call our power to
account?—Yet who would have thought the old man
to have had so much blood in him.

(…)

Here's the smell of the blood still: all the
perfumes of Arabia will not sweeten this little
hand. Oh, oh, oh!

(…)

Wash your hands, put on your nightgown; look not
so pale.—I tell you yet again, Banquo's buried;
he cannot come out on's grave.

(…)

To bed, to bed! there's knocking at the gate:
come, come, come, come, give me your hand.
What's done cannot be undone.[26]

---

26) 맥베스 부인은 덩컨 왕을 살해한 것을 후회하지만 이제 돌이킬 수 없다. 자신이 저지른 죄에 대한
양심의 가책으로 몽유병에 걸린 맥베스 부인은 걸어 다니면서, 덩컨 왕 살해를 모의하던 밤을 상
기시키는 말을 중얼거린다. 남편에게 아무것도 두려울 게 없다고 했지만, 정작 그녀 자신은 덩컨이
흘린 피를 생각하고 두려워하면서 "저주받을" 피의 흔적이 사라지라고 거듭 외친다. 그러나 그녀
자신의 말처럼 "엎지른 물"을 다시 담을 수는 없는 일이다.

5.1.35. 없어져라, 저주받을 흔적이여!

없어져라, 저주받은 흔적이여! 사라지라니까! 하나, 둘.
자, 이젠 해치워야 할 시간이다. 지옥은 컴컴하구나!
아니, 폐하, 뭐죠! 용감한 무사께서 겁을 먹었나요?
아무도 우리 권세에 감히 맞설 자가 없는데, 누가 알까 봐
겁낼 필요가 있을까요? 하지만 그 누가 저 늙은이의 몸에
그렇게도 많은 피가 있으리라고 생각했겠어요?
(…)
아직도 여기서 피 냄새가 나는구나.
아라비아의 온갖 향수를 다 뿌려도
이 작은 손에 찌든 냄새를 지울 수가 없구나. 아, 아, 아!
(…)
손을 씻고, 잠옷으로 갈아입으세요. 그렇게 창백한 모습을
하지 마세요. 다시 말씀드리지만, 뱅코우는 땅속 깊이 묻혔어요.
무덤에서 살아나올 순 없지요.
(…)
침실로, 침실로 가세요! 문 두드리는 소리군요.
자, 자, 자, 자, 손을 이리 주세요.
엎지른 물을 다시 담을 순 없답니다.

5.3.41. Pluck from the memory a rooted sorrow

MACBETH: How does your patient, doctor?

Doctor: Not so sick, my lord,

As she is troubled with thick coming fancies,

That keep her from her rest.

MACBETH: Cure her of that.

Canst thou not minister to a mind diseased,

Pluck from the memory a rooted sorrow,

Raze out the written troubles of the brain

And with some sweet oblivious antidote

Cleanse the stuffed bosom of that perilous stuff

Which weighs upon the heart?

Doctor: Therein the patient

Must minister to himself.

MACBETH: Throw physic to the dogs; I'll none of it.[27]

---

27) 양심의 가책으로 몽유병에 걸린 맥베스 부인이 하는 말을 엿들은 시의는 맥베스 부부가 덩컨 왕뿐
만 아니라 뱅코우 장군까지도 살해했다는 것을 알고 놀란다. 시의는 몽유병에 걸린 맥베스 부인을
보고 "부자연스런 행동(unnatural deeds)은 부자연스런 고통(unnatural troubles)을 초래하는 법"이라고
언급한다. "온갖 향수를 다 뿌려도 이 작은 손에 찌든 피 냄새를 지울 수가 없다"고 외쳐대는 부인
의 몽유병이 뿌리 깊은 죄의식에 연유하고 있다는 걸 알고 있는 맥베스가 부인의 병을 고쳐달라고
하자, 시의는 양심의 고통에 시달리는 사람을 치료하기 위해서는 약이 아니라 "환자 스스로 고치
려고 마음먹어야 한다"(The patient must minister to himself)고 답한다. 시의는 그 전에도 몽유병에
걸린 왕비에게 의사보다는 신부님이 더 필요할 것 같다고 말한 적이 있다.

5.3.41. 뿌리 깊은 근심을 기억으로부터 뽑아내고

맥베스: 시의, 그대가 돌보고 있는 환자는 어떠하오?

시의: 폐하, 왕비님께서 편히 주무시지 못하는 것은
　신체적인 병 때문이 아니라
　엄습해오는 환영에 시달리기 때문입니다.

맥베스: 바로 그걸 고쳐달라는 말이오.
　그대는 교란된 마음의 병을 고칠 수가 없단 말이냐?
　뿌리 깊은 근심을 기억으로부터 뽑아내고
　뇌수에 스며든 고통을 지워버리고,
　모든 일을 잊게 하는 달콤한 망각제를 써서,
　답답한 가슴으로부터, 가슴을 짓누르는 위험한 생각들을
　깨끗이 씻어내 후련하게 해줄 수 없단 말이냐?

시의: 그런 병은 환자 스스로
　고치려고 마음먹어야 합니다.

맥베스: 그따위 의술은 개에게나 던져주어라. 그런 건 필요 없다.

5.5.24. Life's but a walking shadow

She should have died hereafter;

There would have been a time for such a word.

To-morrow, and to-morrow, and to-morrow,

Creeps in this petty pace from day to day

To the last syllable of recorded time,

And all our yesterdays have lighted fools

The way to dusty death. Out, out, brief candle!

Life's but a walking shadow, a poor player

That struts and frets his hour upon the stage

And then is heard no more: it is a tale

Told by an idiot, full of sound and fury,

Signifying nothing.

(···)

I pull in resolution, and begin

To doubt the equivocation of the fiend

That lies like truth.[28]

---

28) 맥베스는 아내가 "언젠가는 죽을 목숨"이었다고 하면서 담담하게 맥베스 부인의 사망 소식을 받아들인다. 그는 자신의 삶이 헛되다는 것을 깨닫고 자신의 인생을 "걸어 다니는 그림자"에 비유한다. 그에게 인생은 "짧은 촛불"이 드리우는 그림자에 불과할 뿐이고, 헛소리와 분노로 가득 찬 아무런 의미도 없는 바보의 이야기에 불과할 뿐이다. 세상은 무대이고 인간은 자신에게 주어진 시간 동안 어설프게 연기하는 배우이다. 허무주의와 비관주의가 잘 드러나는 대사이다. 공허하고 무의미한 대사 속에 드러나는 것은 다름 아닌 '의미 없음의 의미'이다. 이제 마녀들의 예언과는 달리 버남 숲이 움직여 맥베스에게 다가오고, "여자의 몸에서 태어난 그 어느 누구도 맥베스를 해치지 못할 것"이라는 예언은 제왕절개로 태어난 맥더프의 등장으로 깨어진다. "두 갈래 혓바닥"을 가진 마녀들이 "참말 같은 거짓말"을 한 것이다. 맥베스는 마침내 맥더프의 손에 죽는다.

5.5.24. 인생은 걸어 다니는 그림자

언젠가는 죽을 목숨이었다.
내가 언젠가는 듣게 될 소식이었다.
내일, 내일, 그리고 또 내일이
기록된 시간의 마지막 음절까지
하루하루 살금살금 기어서 가고,
모든 과거의 일들은 바보들이 허망한 죽음으로 가는
길을 비추어왔다. 꺼져라, 꺼져라, 단명한 촛불이여!
인생이란 걸어 다니는 그림자에 지나지 않을 뿐.
무대 위에 있을 땐 잠시 동안 뽐내고 떠들어대지만,
시간이 지나면 말없이 사라지는 가련한 배우에 불과할 뿐.
인생이란 아무런 의미도 없는 헛소리와 분노로 가득 찬
바보의 이야기에 지나지 않을 뿐.
(…)
이젠 결심을 굳혀야겠다. 악마들이
두 갈래 혓바닥을 가지고 참말 같은 거짓말을
하는 것이 아닌지 의심해봐야겠다.

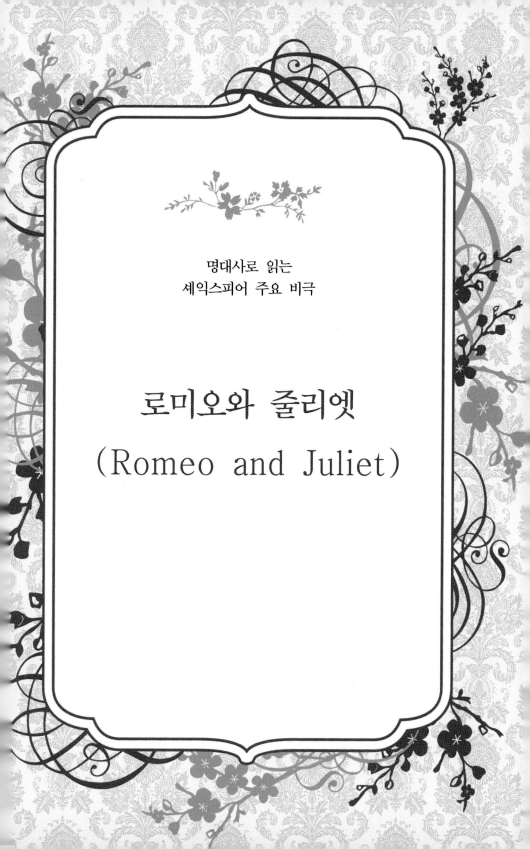

명대사로 읽는
셰익스피어 주요 비극

로미오와 줄리엣
(Romeo and Juliet)

1막. 사랑은 차가운 불꽃

1.1.180. Love, bright smoke, cold fire

Alas! that love, whose view is muffled still,

Should, without eyes, see pathways to his will.

Where shall we dine? O me! What fray was here?

Yet tell me not, for I have heard it all.

Here's much to do with hate, but more with love:

Why then, O brawling love! O loving hate!

O any thing, of nothing first create!

O heavy lightness! serious vanity!

Mis-shapen chaos of well-seeming forms!

Feather of lead, bright smoke, cold fire, sick health!

Still-waking sleep, that is not what it is!

This love feel I, that feel no love in this.

Dost thou not laugh?[1]

---

1) 코러스는 아름다운 베로나를 배경으로 원수지간인 몬태규 가문과 캐퓰럿 가문에 태어난 "한 쌍의 불운한 연인(A pair of star-crossed lovers)"의 슬픈 이야기를 상연하겠다고 예고하고, 곧 이어 등장한 로미오는 로잘라인에 대한 심경을 위와 같이 드러낸다. 로잘라인을 짝사랑하지만 그녀는 로미오를 거절하고, 이는 로미오를 고통스럽게 만든다. 그리하여 로미오는 짝사랑하는 자신의 심경을 밝은 연기요 차가운 불꽃으로 묘사한다.

1.1.180. 사랑은 밝은 연기요 차가운 불꽃

슬픈 일이야! 아, 항상 눈을 가리고 다니는 사랑은
눈 없이도 사랑의 과녁을 잘도 쏘아 맞히곤 하지.
식사는 어디서 하지? 아니, 여기 웬 소동이 있었나?
말하지 않아도 좋아. 다 들었으니까.
여긴 증오로 인한 소동도 크지만, 사랑으로 인한 소동은 더 크지.
그럼 아, 싸우는 사랑! 아, 사랑하는 증오여!
아, 원래는 무에서 창조된 유!
아, 무겁고도 가벼운 것! 진실한 허영!
겉치레는 근사하나 꼴사나운 혼돈이여!
납처럼 무거운 솜털, 밝은 연기, 차가운 불꽃, 병든 건강!
실체 아닌 실체로 항상 깨어 있는 잠이여!
이게 내가 느끼는 사랑이지만, 이런 혼돈 속에
어찌 사랑의 만족이 있겠나. 우습지 않니?

1.1.190. Love is a smoke made with the fume of sighs

Why, such is love's transgression.
Griefs of mine own lie heavy in my breast,
Which thou wilt propagate, to have it prest
With more of thine: this love that thou hast shown
Doth add more grief to too much of mine own.
Love is a smoke raised with the fume of sighs;
Being purged, a fire sparkling in lovers' eyes;
Being vexed a sea nourished with lovers' tears:
What is it else? a madness most discreet,
A choking gall and a preserving sweet.
(…)
She hath Dian's wit;
And, in strong proof of chastity well arm'd,
From love's weak childish bow she lives unharm'd.
She will not stay the siege of loving terms,
Nor bide the encounter of assailing eyes,
Nor ope her lap to saint-seducing gold:
O! she is rich in beauty; only poor
That, when she dies, with beauty dies her store.[2]

---

2) 줄리엣을 만나기 전에 로미오는 로잘라인이란 여인을 짝사랑하고 있었다. 자신의 마음을 받아주지
않는 로잘라인을 두고 로미오가 사촌인 벤볼리오에게 탄식하는 말로, 짝사랑의 괴로움과 안타까움
이 잘 드러나 있다. 받아들여지지 않는 사랑은 탄식과 한숨을 자아내고, 마음대로 손에 잡을 수 없
는 연기이다.

1.1.190. 사랑, 한숨으로 이루어진 연기

아니야. 그건 빗나간 사랑 때문이야.
내 슬픔만 해도 가슴이 무거운데,
네 슬픔마저 덧붙여 무겁게 짓누를 참인가?
네가 보여준 그런 애정은
그렇잖아도 벅찬 내 슬픔에 설상가상이야.
사랑이란 한숨으로 이루어진 연기,
개이면 연인들의 눈 속에서 번쩍이는 불꽃이요
흐리면 연인들의 눈물로 불어난 바다가 되지.
그 밖에 뭐가 있겠나? 그건 가장 분별 있는 광증이요 숨이
막히도록 쓴 약인 동시에 활력을 주는 감로라고 할 수 있을 거야.
(…)
그녀는 달의 여신처럼 분별력을 가지고 있고,
순결이란 갑옷으로 단단히 무장하고 있어서,
애들 장난감 같은 약한 사랑의 화살엔 끄떡도 하지 않아.
그 여인은 구애의 말로 공격해도 굴복하지 않고
구애의 눈빛으로 공격을 해도 끄덕하지 않고
성자도 유혹하는 황금에도 무릎을 벌리질 않아.
아! 그녀는 굉장한 미인이야. 하지만 가련한 일이지.
아이 없이 죽게 되면 아름다움도 함께 사라지게 될 테니까.

1.2.46. One pain is lessened by another's anguish

Tut, man, one fire burns out another's burning,

One pain is lessened by another's anguish;

Turn giddy, and be holp by backward turning;

One desperate grief cures with another's languish:

Take thou some new infection to thy eye,

And the rank poison of the old will die.

(…)

At this same ancient feast of Capulet's,

Sups the fair Rosaline, whom thou so lov'st,

With all the admired beauties of Verona:

Go thither; and, with unattainted eye

Compare her face with some that I shall show,

And I will make thee think thy swan a crow.

(…)

You saw her fair, none else being by,

Herself pois'd with herself in either eye;

But in that crystal scales let there be weigh'd

Your lady's love against some other maid

That I will show you shining at this feast,

And she shall scant show well that now shows best.[3]

---

3) 벤볼리오가 로미오에게 로잘라인을 잊어버리고 새로운 애인을 찾아보라고 권유하면서 하는 말이다. 로잘라인과 견줄 만한 미인은 없을 것이라는 로미오의 말을 받아 벤볼리오는 로미오가 다른 미인을 보면 로잘라인에 대한 미련을 버릴 수 있을 것이라고 말한다.

1.2.46. 다른 고통으로 덜어지는 고통

하나의 불을 다른 불로 꺼지고
하나의 고통은 다른 고통이 오면 덜어지는 법.
맴돌아 어지러운 것도 거꾸로 돌면 좋아지고,
하나의 깊은 슬픔도 다른 슬픔으로 치유되는 법.
형이 어떤 새 눈병에 걸려봐.
고약한 옛날 눈병은 가져버릴 거야.
(…)
오랜 전통을 자랑하는 이 캐퓰럿 집안의 잔치에
형이 그토록 연모하는 로잘라인도 참석한다고 하더군.
베로나에서 칭송받는 뭇 미녀들과 함께….
그러니 거기 가서 공정하게 비교해봐.
그녀 얼굴과 내가 보여줄 몇몇 여인들 얼굴을 비교해봐.
형이 백조라고 생각했던 여인이 까마귀로 보일 걸.
(…)
미인으로 보일 수밖에. 옆에 아무도 없이
양쪽 눈에 그 여자만 얹어놓고 저울질했으니까 말이지.
그 수정 같은 두 눈의 저울판에 놓고 달아봐.
형이 연모하는 여인과 내가 오늘 연회에서 보여줄
눈부시게 아름다운 다른 처녀들을 저울질해보란 말이야.
그럼 지금 최고로 보이는 그녀가 별것 없는 여자로 보일 테니.

1.5.47. Beauty, for earth too dear!

What lady is that which doth enrich the hand
Of yonder knight?
(…)
O, she doth teach the torches to burn bright!
It seems she hangs upon the cheek of night
Like a rich jewel in an Ethiope's ear;
Beauty too rich for use, for earth too dear!
So shows a snowy dove trooping with crows,
As yonder lady o'er her fellows shows.
The measure done, I'll watch her place of stand,
And, touching hers, make blessed my rude hand.
Did my heart love till now? forswear it, sight!
For I ne'er saw true beauty till this night.[4]

---

4) 무도회에서 줄리엣을 보고 첫눈에 반한 로미오의 대사이다. 로미오에게 줄리엣은 어둠속의 빛이고
별이다. 그 빛은 너무나 눈부셔 모든 어두움을 일순간에 해소시키면서 밝게 빛나고는 사라진다. 로
미오에게 아름다운 줄리엣은 세상에서 가장 화려한 '보석'이고 '눈처럼 흰 비둘기'이다.

1.5.47. 속세에 두기엔 너무 귀한!

저기 저 기사의 손을 잡아
빛내주고 있는 저 숙녀는 누구지?
(…)
아, 그녀는 횃불이 더 밝게 타오르는 법을 가르치고 있어.
밤의 **뺨**에 매달린 그녀의 모습은
에티오피아 여인의 귀에 달린 값진 보석과도 같아.
쓰려고 하니 너무 값지고 속세에 두기엔 너무 귀하고 아름답구나!
친구들 틈에서 아름다움으로 빛나는 저 여인은
까마귀 떼에 섞인 눈처럼 하얀 비둘기 같아.
춤이 끝나면, 그녀가 있는 곳을 잘 봐두었다가
그녀의 손을 잡아, 내 거친 손이 축복받도록 해야지.
지금까지 나 로미오가 사랑을 했다고? 눈이여 그걸 부정하라!
오늘밤 전까진 난 정말 아름다운 여인을 본 적이 없었으니까.

1.5.109. O trespass sweetly urged?

Romeo: [To JULIET.] If I profane with my unworthiest hand
　　This holy shrine, the gentle sin is this;
　　My lips, two blushing pilgrims, ready stand
　　To smooth that rough touch with a tender kiss.
Juliet: Good pilgrim, you do wrong your hand too much,
　　Which mannerly devotion shows in this;
　　For saints have hands that pilgrims' hands do touch,
　　And palm to palm is holy palmers' kiss.
Romeo: Have not saints lips, and holy palmers too?
Juliet: Ay, pilgrim, lips that they must use in prayer.
Romeo: O! then, dear saint, let lips do what hands do;
　　They pray, grant thou, lest faith turn to despair.
Juliet: Saints do not move, though grant for prayers' sake.
Romeo: Then move not, while my prayers' effect I take.
　　Thus from my lips, by thine, my sin is purg'd. [Kissing her.]
Juliet: Then have my lips the sin that they have took.
Romeo: Sin from my lips? O trespass sweetly urg'd!
　　Give me my sin again.[5]

---

5) 무도회에서 처음 만난 로미오와 줄리엣이 나누는 대사인데, 로미오는 줄리엣을 성자로 자신을 순례
　자로 비유하면서 종교적인 언어로 상대에 대한 끌림을 드러낸다. 이렇게 종교적인 언어로 연인을
　비유하는 것은 '궁정연애'의 특징이다. 로미오가 줄리엣에게 키스하자 줄리엣은 자신의 입술이 죄를
　짊어진다고 질책하는데, 로미오는 이를 "달콤한 책망"으로 받아들인다.

1.5.109. 아, 이 얼마나 달콤한 책망인가!

로미오: (줄리엣에게) 천하고 천한 이 손으로
　그 거룩한 성전 더럽혔다면, 그 점잖은 죄의 대가로
　제 입술이 수줍은 두 순례자처럼 기다리고 있다가
　부드러운 키스로 거친 손자국을 씻고자 하나이다.
줄리엣: 착한 순례자여, 당신 손을 너무 욕되이 하지 마세요.
　당신 손은 그처럼 점잖게 신앙심을 보여주고 있잖아요.
　성자의 손은 순례자가 만지기 위해 있는 것이고,
　손바닥을 맞대는 건 거룩한 순례자의 입맞춤이지요.
로미오: 성자나 순례자도 입술이 있질 않소?
줄리엣: 아, 순례자여. 그건 기도를 하기 위한 입술이랍니다.
로미오: 아! 그럼 성자님, 손이 하는 걸 입술로 대신하게
　해주시고, 입술이 기도하니 허락하소서 신앙이 절망으로 변치 않게…
줄리엣: 기도는 들어줄지언정 성자가 먼저 움직이진 않아요.
로미오: 그럼 움직이지 말아요. 제 기도의 효험을 받는 동안,
　그대 입술이 내 입술의 죄를 씻어주지요. (그녀에게 키스한다)
줄리엣: 그럼 제 입술이 그 죄를 짊어지는데요.
로미오: 내 입술로부터 죄를? 아, 이 얼마나 달콤한 책망인가!
　그럼 내 죄를 다시 돌려주시오.

1.5.140. Prodigious birth of love

Juliet: Go, ask his name.─If he be married,

My grave is like to be my wedding bed.

Nurse: His name is Romeo, and a Montague;

The only son of your great enemy.

Juliet: My only love sprung from my only hate!

Too early seen unknown, and known too late!

Prodigious birth of love it is to me,

That I must love a loathed enemy.[6]

1.5.140. 사랑의 불길한 탄생

줄리엣: 그분 이름을 물어봐. 그가 결혼한 분이라면
　내 무덤이 신방처럼 될지도 몰라.
유모: 그분 이름은 로미오. 몬태규 집안사람이죠.
　불구대천 원수 집안의 외아들이죠.
줄리엣: 하나뿐인 내 사랑이 증오에서 솟아나다니!
　알지도 못한 채 너무 일찍 보았고, 알고 보니
　이제 너무 늦어버렸구나! 내 사랑의 불길한 탄생이여!
　가증스런 원수를 사랑해야 하다니.

2막. 줄리엣은 태양

2.2.2. Juliet is the sun

He jests at scars, that never felt a wound.

[JULIET appears above at a window.]

But, soft! what light through yonder window breaks?

It is the east, and Juliet is the sun.

Arise, fair sun, and kill the envious moon,

Who is already sick and pale with grief,

That thou her maid art far more fair than she:

Be not her maid, since she is envious;

Her vestal livery is but sick and green

And none but fools do wear it; cast it off.

It is my lady; O! it is my love:

O! that she knew she were.[7]

---

7) 줄리엣이 발코니에 나타났을 때, 로미오에게 줄리엣은 빛을 반사하는 달빛이 아니라 태양처럼 보인다. 그녀의 두 눈은 별처럼 반짝이고 그녀의 볼은 별보다 더 빛난다. 그녀를 처음 보았을 때 로미오는 줄리엣이 "횃불이 더 밝게 타오르는 법을 가르친다"고 말한 바 있는데, 줄리엣에게 눈이 먼 로미오에게 줄리엣은 그의 인생을 비추는 찬란한 빛이고 별이며 태양이다.

2.2.2. 줄리엣은 태양이다

상처가 나본 적이 없는 자는 남의 상처를 비웃는 법.
(줄리엣, 창문 위로 등장)
하지만 조용! 저기 저 창문을 터져 나오는 빛은 뭐지?
저기가 동쪽, 그럼 줄리엣은 태양이다. 찬란한 태양이여,
밝게 떠올라 시샘하는 달을 죽여다오.
달은 이미 병들고 슬픔으로 창백한 모습이오.
달의 시녀인 그대가 달보다 한층 더 어여쁘구려.
달이 시샘을 하고 있으니 달의 시녀노릇은 그만두시오.
달님께 마음을 바친 처녀 옷은 창백한 초록빛인데
바보 아니면 어느 누가 그런 옷을 입겠소 그걸 벗어버리시오.
저 사람은 내 아가씨, 아! 저 사람은 나의 애인!
아! 저 아가씨가 내가 그녀의 애인이란 걸 알아주었으면!

2.2.14. Two of the fairest stars

She speaks yet she says nothing: what of that?

Her eye discourses; I will answer it.

I am too bold, 'tis not to me she speaks:

Two of the fairest stars in all the heaven,

Having some business, do entreat her eyes

To twinkle in their spheres till they return.

What if her eyes were there, they in her head?

The brightness of her cheek would shame those stars,

As daylight doth a lamp; her eyes in heaven

Would through the airy region stream so bright

That birds would sing and think it were not night.

See, how she leans her cheek upon her hand!

O, that I were a glove upon that hand,

That I might touch that cheek!

(…)

O! speak again, bright angel; for thou art

As glorious to this night, being o'er my head,

As is a winged messenger of heaven

Unto the white-upturned wond'ring eyes

Of mortals, that fall back to gaze on him

When he bestrides the lazy-pacing clouds,

And sails upon the bosom of the air.[8]

---

8) 사랑에 빠져 눈이 먼 로미오에게 줄리엣의 두 눈은 하늘에 찬란하게 빛나는 가장 아름다운 별이다. 그리하여 로미오는 줄리엣 손에 낀 장갑을 두고도 질투를 느낀다.

2.2.14. 가장 아름다운 두 개의 별

입을 여는군. 하지만 아무 말도 하지 않아. 그래도 상관없어.
저 여인의 눈이 말을 하고 있으니, 답을 해보자.
그런데 그것은 너무 뻔뻔스러워. 내게 말을 거는 것도 아닌데.
온 하늘에서 가장 아름다운 두 개의 별이,
볼일이 있어서, 저 여인의 두 눈에 간청하고 있어.
그들이 돌아올 때까지 그들 별자리에서 대신 반짝여달라고….
만약 저 여인의 두 눈과 저 별이 자리를 바꾼다면 어떻게 될까?
그녀의 찬란한 볼이 저 별들을 무색하게 만들어버릴 거야.
햇빛이 등불을 무색하게 만드는 것처럼….
하늘로 간 저 여인의 두 눈이 창공을 빛나게 비추니
새들도 밤이 아닌 줄 알고 노래하게 될 거야.
저것 봐! 손으로 볼을 괴고 있는 모습을!
아! 내가 그녀 손에 낀 장갑이라면 얼마나 좋을까.
그럼 저 여인의 볼에 닿아볼 수 있을 테니….
(…)
아! 다시 말해보시오, 빛나는 천사여!
그대는 오늘밤, 날개 돋친 하늘의 사자처럼
내 머리 위에서 찬란히 빛나고 있소.
천사가 서서히 피어오르는 구름을 밟고
하늘 한복판을 성큼성큼 걸어갈 때, 이를 본 사람들은
놀라 뒷걸음치고 눈이 허옇게 뒤집히는 것처럼,
당신이 꼭 그 천사와 같군요.

2.2.33. Wherefore art thou Romeo?

O Romeo, Romeo! wherefore art thou Romeo?
Deny thy father and refuse thy name;
Or, if thou wilt not, be but sworn my love,
And I'll no longer be a Capulet.
(⋯)
'Tis but thy name that is my enemy;
Thou art thyself, though not a Montague.
What's Montague? it is nor hand, nor foot,
Nor arm, nor face, nor any other part
Belonging to a man. O, be some other name!
What's in a name? that which we call a rose
By any other name would smell as sweet;
So Romeo would, were he not Romeo called,
Retain that dear perfection which he owes
Without that title. Romeo, doff thy name,
And for that name which is no part of thee
Take all myself.[9]

---

9) 줄리엣이 발코니에서 외치는 유명한 대사이다. 로미오의 몬태규 집안과 줄리엣의 캐퓰럿 집안은 원수지간이다. 줄리엣은 로미오가 이름을 버리면 그들의 사랑이 문제가 되지 않을 것이라고 생각한다. 그녀에 따르면, "장미꽃을 다른 이름으로 불러도 그 향기는 그대로 남는 것"처럼 로미오가 몬태규라는 성을 버려도 그는 그대로 남는다. 그러니 이름을 버리라는 것이다.

2.2.33. 그대는 왜 로미오인가요?

오, 로미오, 로미오! 그대는 왜 로미오인가요?
그대 아버질 부정하고 그 이름을 버리세요.
그게 어렵다면 제발 저를 사랑한다고 맹세하세요.
그럼 저도 캐퓰럿 가문의 이름을 버리겠어요.
(…)
당신의 이름만이 내 원수랍니다.
몬태규란 이름이 아니어도 당신은 당신.
몬태규가 도대체 무엇이죠? 손도 발도 아니고
팔도 얼굴도 아니고, 사람의 신체 그 어느 부분도 아니죠.
제발 다른 이름을 택하세요.
대체 이름이 뭐죠? 장미꽃을 다른 이름으로 불러도
그 향기는 그대로 남을 게 아니겠어요?
그러니 당신이 로미오란 이름으로 불리지 않아도,
당신의 본래 미덕은 그 이름과는 상관없이
그대로 남을 게 아닌가요? 로미오,
당신과 아무런 상관없는 그 이름을 버리시고
대신 나의 몸 전부를 가지세요.

2.2.51. Call me but love

I take thee at thy word:

Call me but love, and I'll be new baptized;

Henceforth I never will be Romeo.

(…)

By a name I know not how to tell thee who I am:

My name, dear saint, is hateful to myself,

Because it is an enemy to thee;

Had I it written, I would tear the word.[10]

---

10) 로미오라는 이름을 버리라는 줄리엣의 대사를 엿듣던 로미오가 하는 말이다. 로미오는 줄리엣이 자신을 사랑한다고 말하면, 로미오라는 이름을 버리겠다고 대답한다. 그러나 이름을 버리든 아니든, 로미오와 줄리엣이 원수 집안의 자제들이라는 점에는 변함이 없고, 두 집안의 불화는 쉽게 끝날 기미가 없어 불운한 사랑을 예고한다.

2.2.51. 사랑의 이름으로 불러주시오

당신 말대로 당신을 가지겠소.
날 사랑의 이름으로 불러주시오, 그럼 다시 세례를 받고,
지금부턴 로미오란 이름을 영영 버리겠소.
(…)
이름을 드러내어 제가 누구인지
당신께 말씀드릴 수가 없습니다.
사랑하는 성녀님, 저도 제 이름을 싫어하니까요.
그 이름이 당신 원수 집안의 이름이기 때문이랍니다.

2.2.66. With love's light wings

With love's light wings did I o'er-perch these walls;
For stony limits cannot hold love out,
And what love can do that dares love attempt;
Therefore thy kinsmen are no let to me.
(···)
And but thou love me, let them find me here:
My life were better ended by their hate,
Than death prorogued, wanting of thy love.
(···)
By love, who first did prompt me to inquire;
He lent me counsel and I lent him eyes.[11]

---

11) 어떻게 사람들의 눈을 피해 위험을 무릅쓰고 자신의 집에 들어왔느냐고 묻는 줄리엣에게 캐퓰럿 집의 담을 넘어 들어간 로미오가 하는 말이다. 줄리엣에 대한 로미오의 사랑은 죽음을 각오할 만큼 격정적이고 그 어떤 모험도 마다하지 않는다.

2.2.66. 사랑의 가벼운 날개를 타고

사랑의 가벼운 날개를 타고 담을 넘어왔죠.
돌담이 어찌 사랑을 막을 수 있겠습니까?
또한 사랑은 해낼 수 있는 일이라면 뭐든 해내죠.
그러니 어찌 당신 친척들이 날 막을 수 있겠소.
(…)
당신 사랑을 받지 못하면 여기서 들켜버리는 게 낫겠소.
당신 사랑을 받지 못하고 죽음을 미루며 사느니
차라리 그들 증오심으로 생명을 끝장내는 게 더 낫겠소.
(…)
사랑이 이곳으로 안내했지요. 처음에 찾으라고 재촉한 것도,
충고를 해준 것도 사랑이죠. 난 사랑에게 눈만 빌려준 셈이죠.

2.2.97. If thou thinkest I am too quickly won

Fain would I dwell on form, fain, fain deny
What I have spoke: but farewell compliment!
Dost thou love me? I know thou wilt say 'Ay;'
And I will take thy word; yet, if thou swear'st,
Thou mayst prove false; at lovers' perjuries,
They say, Jove laughs. O gentle Romeo!
If thou dost love, pronounce it faithfully:
Or if thou think'st I am too quickly won,
I'll frown and be perverse an say thee nay,
So thou wilt woo; but else, not for the world.
In truth, fair Montague, I am too fond,
And therefore thou mayst think my 'havior light:
But trust me, gentleman, I'll prove more true
Than those that have more cunning to be strange.
I should have been more strange, I must confess,
But that thou overheard'st, ere I was ware,
My true love's passion: therefore pardon me,
And not impute this yielding to light love,
Which the dark night hath so discovered.12)

---

12) 자신이 로미오를 열렬히 사랑한다는 것을 들킨 줄리엣이 로미오가 자신을 경박한 여자로 생각할까
봐 걱정하면서 하는 말이다. 이에 로미오는 달을 두고 자신의 사랑을 맹세하겠다고 한다. 그러나 줄
리엣은 "변덕스런 달"을 두고 맹세하지 말고 로미오 자신을 두고 사랑을 맹세하라고 종용한다.

2.2.97. 너무 쉽게 손에 넣었다고 생각하신다면

저는 체면도 차리고 싶고, 제가 했던 말을
정말 취소하고 싶어요. 하지만 체면 같은 건 상관없어!
당신은 정말 절 사랑하시나요? 물론 "그렇다"고 말하시겠죠.
저도 그 말씀을 믿겠어요. 하지만 아무리 맹세를 해도
언젠가 거짓으로 밝혀질는지도 모를 일이죠. 애인들의 거짓말은
제우스신께서도 웃어넘긴다고들 하죠. 아 그리운 로미오님!
사랑하신다면 솔직히 사랑한다고 말씀하세요.
절 너무 쉽게 손에 넣었다고 생각하나요? 그럼 저는
얼굴을 찌푸리고 짜증을 내면서 당신을 거절하겠어요.
그럼 다시 구애를 하셔야 합니다. 아니면 그리 할 순 없죠.
멋진 몬태규님, 바보처럼 당신을 너무 좋아하고 있답니다.
제 행동이 경박하다고 생각할지도 모르겠네요. 하지만
믿어주세요. 수줍은 체하면서 수를 부리는 여자들보다,
제가 더 진실한 여자라는 걸 보여드리겠어요.
고백합니다. 저도 모르는 사이에
제 진실한 사랑 고백을 엿듣지 않았다면
제가 당신을 좀 더 쌀쌀맞게 대했을 겁니다.
그러니 용서하시고, 이렇게 마음 털어놓는 걸
경솔한 사랑이라고 꾸짖지는 마세요.
밤의 어둠 때문에 이렇게 탄로가 난 사랑이니까요.

2.2.154. A thousand times good night

JULIET: If that thy bent of love be honourable,

Thy purpose marriage, send me word tomorrow,

By one that I'll procure to come to thee,

Where, and what time, thou wilt perform the rite;

And all my fortunes at thy foot I'll lay,

And follow thee my lord throughout the world.

(…)

A thousand times good night! [Exit, above]

ROMEO: A thousand times the worse, to want thy light.

Love goes toward love, as schoolboys from their books,

But love from love, toward school with heavy looks.

[Re-enter JULIET, above]

JULIET: Hist! Romeo, hist! O, for a falconer's voice,

To lure this tassel-gentle back again!

Bondage is hoarse, and may not speak aloud;

Else would I tear the cave where Echo lies,

And make her airy tongue more hoarse than mine,

With repetition of my Romeo's name.

ROMEO: It is my soul that calls upon my name:

How silver-sweet sound lovers' tongues by night,

Like softest music to attending ears![13]

---

13) 발코니 장면에서 줄리엣은 로미오에게 내일 전갈을 보낼 것이라고 말하면서 "천 번이라도 안녕"이
라고 작별 인사를 한다. 연인들이 아쉬운 작별을 할 때 흔히 사용하는 유명한 표현이다. 작별인사
를 하고 나서려던 로미오가 줄리엣의 목소리를 다시 듣고는 그녀의 목소리를 "은방울처럼 감미로
운 목소리"라고 감탄한다.

2.2.154. 천 번이라도 안녕

줄리엣: 당신의 사랑이 진정이고,

　　당신이 저와 결혼할 뜻이 있다면 내일 알려주십시오.

　　당신에게 사람을 보내도록 할 것이니,

　　언제 어디서 결혼식을 올릴 건지를 알려주십시오.

　　그럼 저는 제 운명을 송두리째 당신 발치 아래 바치고,

　　주인이신 당신을 따라 이 세상 어디라도 갈 작정입니다.

　　(…)

　　그럼 천 번이라도 안녕! (줄리엣, 위에서 퇴장)

로미오: 그대의 빛을 잃어, 천 배나 더 아쉬운 밤이오.

　　연인을 보러 갈 땐 수업 마친 학생들처럼 즐겁지만,

　　연인과 헤어질 땐 등교 길 학생들처럼 어두운 법.

(줄리엣, 이층 창문에 다시 등장)

줄리엣: 쉿! 로미오님, 쉿! 아! 매사냥꾼의 소리로

　　저 수컷 매를 다시 불러들였으면.

　　매여 있는 몸이라 감히 큰 소리를 낼 수가 없어.

　　아니면 저 메아리의 신이 사는 동굴을 찢고,

　　허공에 울리는 산울림이 내 목소리보다 더 쉴 때까지

　　로미오 님의 이름을 거듭 불러 보련만.

로미오: 이름을 부르는 건 바로 내 영혼 줄리엣이야.

　　밤에 듣는 연인의 은방울처럼 감미로운 목소리는

　　참으로 달콤한 음악소리처럼 들리는구나.

2.2.184. Parting is such sweet sorrow

JULIET: 'Tis almost morning; I would have thee gone:

　　And yet no further than a wanton's bird;

　　Who lets it hop a little from her hand,

　　Like a poor prisoner in his twisted gyves,

　　And with a silk thread plucks it back again,

　　So loving-jealous of his liberty.

ROMEO: I would I were thy bird.

JULIET: Sweet, so would I:

　　Yet I should kill thee with much cherishing.

　　Good night, good night! parting is such sweet sorrow,

　　That I shall say good night till it be morrow.

Romeo: Sleep dwell upon thine eyes, peace in thy breast!

　　Would I were sleep and peace, so sweet to rest!

　　Hence will I to my ghostly father's cell,

　　His help to crave, and my dear hap to tell.[14]

---

14) 발코니 장면의 마지막 대사로 떠나려는 로미오를 두고 줄리엣은 기쁨과 고통이라는 모순적 개념
이 결합된 말을 사용하여 자신의 심정을 드러낸다. 기쁨과 슬픔의 교차 가운데 줄리엣은 "이별은
그렇게도 감미로운 슬픔"이라고 말하면서 로미오를 아쉽게 떠나보낸다.

2.2.184. 이별은 그렇게도 감미로운 슬픔

줄리엣: 벌써 날이 새고 있군요. 이제 돌아가세요. 하지만
　　장난꾸러기가 잡고 있는 새보다 더 멀리 가진 마세요.
　　장난꾸러기는 손에서 새를 풀어 놓았다가도
　　새의 자유가 너무나 샘이 나서
　　마치 사슬에 묶인 불쌍한 죄수처럼
　　얽어 매인 새의 비단실을 다시 잡아당긴다고 해요.
로미오: 나도 그런 새가 되고 싶소.
줄리엣: 로미오님, 저도 그랬으면 좋겠어요.
　　하지만 애지중지하다가 당신을 죽일까 두려워요.
　　안녕, 안녕! 이별이란 그렇게도 감미로운 슬픔,
　　그러니 날이 샐 때까지 안녕이란 말을 계속 하겠어요.
로미오: 당신의 두 눈엔 잠이 깃들고 가슴엔 평화가 깃들기를!
　　난 잠이 되고 평화가 되어 당신의 달콤한 눈과 가슴에서 쉴 수 있길!
　　이 길로 신부님의 암자로 가서 도움을 청하고
　　나에게 떨어진 행운에 대해 말씀드려야지.

2.3.17. So vile that on the earth

The earth that's nature's mother is her tomb;
What is her burying grave that is her womb,
And from her womb children of divers kind
We sucking on her natural bosom find,
Many for many virtues excellent,
None but for some and yet all different.
O, mickle is the powerful grace that lies
In herbs, plants, stones, and their true qualities:
For nought so vile that on the earth doth live
But to the earth some special good doth give,
Nor aught so good but strained from that fair use
Revolts from true birth, stumbling on abuse:
Virtue itself turns vice, being misapplied;
And vice sometimes by action dignified.
Within the infant rind of this small flower
Poison hath residence and medicine power:
For this, being smelt, with that part cheers each part;
Being tasted, slays all senses with the heart.
Two such opposed foes encamp them still
In man as well as herbs, grace and rude will;
And where the worser is predominant,
Full soon the canker death eats up that plant.[15]

---

15) 실의에 빠진 로미오에게 로렌스 신부가 충고하는 말이다. 신부는 자연의 어머니인 대지가 자연의 무덤이기도 하고, 약이든 독약이든 미덕이든 악덕이든 사용하기에 따라 인간에게 해를 끼칠 수도 득이 될 수도 있다고 말한다. 사실 세상에서 아무리 보잘것없는 것이라도 그 존재 의의를 가지지 않은 것은 아무것도 없다. 초목뿐만 아니라 우리 인간의 내부에도 미덕과 악덕이 공존하고 있다.

2.3.17. 세상에서 아무리 보잘것없는 것이라도

자연의 어머니인 대지는 자연의 무덤이기도 하고,
그 대지는 또한 자연의 모태이기도 하지.
그 모태에서 온갖 자식들이 태어나
대지의 가슴에서 젖을 빠는 걸 볼 수 있어.
훌륭한 여러 가지 약효를 지닌 것이 많아. 어느 하나
약효를 지니지 않은 것이 없고, 약효 또한 가지각색.
아! 약초와 식물과 돌들의 본성에는
매우 강력한 어떤 약효가 들어 있단다.
그러니 세상에서 아무리 보잘것없는 것이라도
특별한 효험을 주지 않는 건 아무것도 없어.
아무리 좋은 것이라도 잘못 사용하면
타고난 성질을 저버리고 해를 끼치게 되는 법.
덕도 잘못 사용하면 악으로 변하고
악도 활용하기에 따라 귀한 게 될 수도 있어.
이 연약한 꽃봉오리 속에는
독도 들어 있고, 약효도 들어 있단다.
이 냄새를 맡으면 신체의 각 부분이 상쾌하지만
맛을 보면 심장과 함께 신체의 모든 감각이 멈춰버리니까.
초목뿐만 아니라 우리 인간의 내부에도
서로를 적대시하는 미덕과 악덕이란 힘이
늘 진을 치고 있어서, 악이 성한 곳에서는 곧
죽음이란 벌레가 인간이란 식물을 갉아먹어 버리지.

2.3.38. Golden sleep

Benedicite!

What early tongue so sweet saluteth me?

Young son, it argues a distempered head

So soon to bid good morrow to thy bed:

Care keeps his watch in every old man's eye,

And where care lodges, sleep will never lie;

But where unbruised youth with unstuffed brain

Doth couch his limbs, there golden sleep doth reign:

Therefore thy earliness doth me assure

Thou art up-roused by some distemperature;

Or if not so, then here I hit it right,

Our Romeo hath not been in bed to-night.[16]

---

16) 이른 아침에 로미오가 줄리엣과의 결혼식을 올려달라고 부탁하기 위해 로렌스 신부를 찾아오자, 놀란 신부가 하는 말이다. 로미오가 마음의 병이 있는 것은 아닌지를 염려하는 신부의 마음이 드러나는 대목이다. 로렌스 신부는 잠과의 관련성을 통해 노년과 젊음을 대비하는데, 로미오가 줄리엣과 사랑에 빠진 것을 모르는 신부는 여전히 로미오가 줄리엣 이전의 연인인 로잘라인에 대한 근심 걱정 때문에 잠들지 못하는 것으로 생각한다.

2.3.38. 황금과 같은 달콤한 잠

그대에게 하느님의 축복이!
이렇게 일찍 날 반기면서 인사하는 그대는 누구신가?
젊은이, 이렇게 일찍 잠자리에서 일어나
인사하는 걸 보니 무슨 근심이 있는 것 같군.
모든 늙은이의 눈엔 근심이 깃들어 잠을 잘 이루지 못하지.
근심걱정이 있는 곳엔 잠이 깃들지 못하니까.
하지만 근심걱정 없는 젊은이가 사지를 펴고 누우면
황금과 같은 달콤한 잠이 지배하는 법이야.
하지만 이렇게 일찍 일어난 것을 보니
어떤 근심 때문에 잠을 자지 못한 게 분명해.
내가 한 번 맞춰보지. 잠들지 못했다면
로미오 넌 간밤에 잠자리에 들지도 못했어.

2.3.67. Young men's love lies in their eyes

Holy Saint Francis! what a change is here;

Is Rosaline, whom thou didst love so dear,

So soon forsaken? young men's love then lies

Not truly in their hearts, but in their eyes.

Jesu Maria, what a deal of brine

Hath washed thy sallow cheeks for Rosaline!

How much salt water thrown away in waste,

To season love, that of it doth not taste!

The sun not yet thy sighs from heaven clears,

Thy old groans ring yet in my ancient ears;

Lo, here upon thy cheek the stain doth sit

Of an old tear that is not washed off yet:

If e'er thou wast thyself and these woes thine,

Thou and these woes were all for Rosaline:

And art thou changed? pronounce this sentence then:

Women may fall, when there's no strength in men.[17]

---

17) 로미오가 신부를 찾아가 줄리엣과 맺어 달라고 부탁하자, 로잘라인을 사랑하다가 줄리엣으로 금방 사랑의 상대를 바꾼 로미오를 로렌스 신부가 책망하는 말이다. 첫눈에 반한 로미오의 사랑은 순간 적이고 맹목적이지만 한편으로는 그 어떤 것도 따지지 않는 순수성을 내포하고 있다.

2.3.67. 젊은이의 사랑은 눈 속에

프란시스 성자님! 이 무슨 변덕이람.

로잘라인은 네가 그렇게 열렬히 사랑했던 사람 아니냐?

그런데 그렇게 쉽게 저버릴 수가? 젊은이의 사랑은

마음속에 있지 않고 눈 속에 있나 보구나.

기막힌 일이구나! 네가 로잘라인 때문에

얼마나 많은 눈물로 네 창백한 뺨을 씻었느냐.

맛없는 사랑에 간을 맞추기 위해

얼마나 많은 짜디짠 눈물을 헛되이 흘렸더냐. 아직도

태양은 한숨으로 생긴 구름을 하늘에서 거두지도 않았고,

아직도 네 신음소리가 늙은 내 귀에 쟁쟁 울리고 있어.

자, 보거라! 여기 너의 볼에는 아직

전에 흘렸던 눈물 자국이 씻기지 않고 남아 있어.

네가 이전의 너 자신이고, 그 고민들이 네 것이라면

너의 이러한 고민들은 모두 로잘라인 때문이었어.

아니, 로미오 네가 변했단 말이냐? 그럼 이런 격언 한번 외어봐.

"사내자식을 못 믿을 세상이니, 타락한 여자인들 어찌 탓하리."

2.4.166. Fool's paradise

First let me tell ye, if ye should lead her into
a fool's paradise, as they say, it were a very gross
kind of behavior, as they say: for the gentlewoman
is young; and, therefore, if you should deal double
with her, truly it were an ill thing to be offered
to any gentlewoman, and very weak dealing.[18]

---

18) 아무것도 모르는 순진한 줄리엣에게 사랑을 속삭이며 접근하는 로미오에게 유모가 경고하는 말이
다. '덧없는 기쁨(fool's paradise)'이란 구절은 또한 『사랑의 헛수고』에도 나타나는 유명한 표현이다.
바보들이 뛰어노는 천국이니 그들이 누리는 기쁨은 덧없이 지나갈 것이다.

2.4.166. 덧없는 기쁨

먼저 로미오 당신에게 말해둡니다.
만약 아씨를 덧없는 기쁨으로 몰아넣는다면,
사람들이 말하듯이, 그건 정말 야비한 행동이죠. 우리 아씨는
아직도 어리니까요. 로미오 도련님께서 아씨를 농락한다면,
그건 정말 고약한 짓이 될 것이고, 정말 대단히 치사한 짓이
될 겁니다. 아씨뿐만 아니라 그 어떤 여성에게도….

2.6.15. Too swift arrives as tardy as too slow

These violent delights have violent ends
And in their triumph die, like fire and powder,
Which as they kiss consume: the sweetest honey
Is loathsome in his own deliciousness
And in the taste confounds the appetite:
Therefore love moderately; long love doth so;
Too swift arrives as tardy as too slow.
(…)
A lover may bestride the gossamer
That idles in the wanton summer air,
And yet not fall; so light is vanity.[19]

---

19) 어떤 경우에도 줄리엣을 포기하지 않겠다는 로미오를 두고 신부가 충고하는 말이다. 신부는 너무 빨리 진행되는 절도 없는 로미오의 사랑이 위험하다고 질책하고, 그 격렬한 기쁨이 격렬하게 끝날 수 있다고 경고한다. 끊어지기 쉬운 거미줄은 현재 두 연인의 위험한 사랑을 빗댄 말이다.

2.6.15. 서두르면 살펴가는 것보다 더 느린 법

이처럼 격렬한 기쁨은 격렬하게 끝이 나고,
불과 화약이 마주치는 순간 폭발하듯
승리의 절정에 이르면 기쁨도 사그라지는 법. 아무리
달콤한 꿀이라고 해도 바로 그 단맛 때문에 싫어지게 되고
맛을 보게 되면 입맛마저 망쳐버리는 법이야. 그러니
절도 있는 사랑을 해야 해. 오래가는 사랑은 다 그런 거야.
서두르면 살펴가는 것보다 더 느린 법이니까.
(…)
사랑하는 사람은 한여름 바람에 놀아나는
하늘거리는 거미줄을 타도 떨어지지 않을 거야.
속세에서 느끼는 사랑의 기쁨도 그렇게 가벼운 거야.

3막. 두 집안에 저주가 떨어져라!

3.1.99. A plague o' both your houses!

No, 'tis not so deep as a well, nor so wide as a church door;
but 'tis enough, 'twill serve: ask for me to-morrow, and you shall
find me a grave man. I am peppered, I warrant, for this world.
A plague o' both your houses! 'Zounds, a dog, a rat, a mouse, a
cat, to scratch a man to death! a braggart, a rogue, a villain, that
fights by the book of arithmetic! Why the devil came you
between us? I was hurt under your arm.

(…)

Help me into some house, Benvolio,
Or I shall faint. A plague o' both your houses!
They have made worms' meat of me: I have it,
And soundly too:─your houses![20]

---

20) 줄리엣의 사촌인 티볼트의 칼에 찔린 로미오의 친구 머큐쇼는 자신의 상처가 "샘처럼 깊지는 않지
   만(not so deep as a well)" 죽기에 충분한 상처라고 말하고, 반목하고 있는 몬태규 가문과 캐퓰럿
   가문에 저주를 퍼부으면서 죽는다. 머큐쇼가 죽고 난 후 로미오는 머큐쇼를 찌른 티볼트를 죽여
   복수하고, "난 운명의 노리개(I am fortune's fool, 3.1.136)"라고 절규하면서 추방 길에 오른다. "운
   명의 노리개"란 표현은 『리어 왕』과 『아테네의 타이몬』에도 등장하는 유명한 구절이다.

3.1.99. 두 집안에 저주가 떨어져라!

아니야, 상처가 샘만큼 깊진 않고 교회의 문만큼 넓진 않지만, 이만하면 충분해. 죽기에 충분한 상처란 말일세. 내일 날 찾게 되면 무덤 속에서나 날 찾을 수 있을 거야. 정말 이걸로 내 일생은 끝장이야. 네놈들 두 집안에 천벌이 내려라! 제기랄, 개가, 쥐가, 생쥐가, 고양이가 사람을 할퀴어 죽이다니. 산수책에 쓰인 대로 칼싸움하는 허풍선이, 부랑자, 악당 놈! 도대체 자넨 어쩌자고 우리 사이에 끼어들었는가? 나는 자네 팔 밑으로 칼에 찔렸어.

(…)

근처의 어느 집으로 날 좀 데려다줘, 벤볼리오.

기절할 것 같아. 네놈들 두 집안에 천벌이 내려라!

그놈들이 날 구더기 밥으로 만들어버렸군.

난 당했어. 완전히 당했어. 네놈들 두 집안에!

3.2.17. Till strange love, grown bold

Spread thy close curtain, love-performing night,
That runaway's eyes may wink and Romeo
Leap to these arms, untalked of and unseen.
Lovers can see to do their amorous rites
By their own beauties; or, if love be blind,
It best agrees with night. Come, civil night,
Thou sober-suited matron, all in black,
And learn me how to lose a winning match,
Played for a pair of stainless maidenhoods:
Hood my unmanned blood, bating in my cheeks,
With thy black mantle; till strange love, grown bold,
Think true love acted simple modesty.
Come, night; come, Romeo; come, thou day in night;
For thou wilt lie upon the wings of night
Whiter than new snow on a raven's back.
Come, gentle night, come, loving, black-browed night,
Give me my Romeo; and, when he shall die,
Take him and cut him out in little stars,
And he will make the face of heaven so fine.[21]

---

21) 로미오를 애타게 기다리는 줄리엣이 낮을 지루하게 느끼면서 밤이 오기를 기다리는 심경을 드러
내는 독백이다. 줄리엣은 로미오가 사람들 눈에 띄지 않고 자신에게 올 수 있고, 자신의 "수줍은
사랑이 대담해져" 거침없는 사랑을 나눌 수 있도록 밤의 장막이 드리워 달라고 축원한다.

3.2.17. 수줍은 사랑이 대담해질 때까지

사랑의 무대인 밤의 어둠아, 그대 두터운 장막을 펼쳐다오.
밝은 태양의 눈을 가려서 임께서 남의 입에도 안 오르고
남 눈에도 안 띄고 이 팔 안에 안길 수 있도록.
연인들은 자신의 아름다움을 등불 삼아
사랑의 의식을 치르는 걸 볼 수 있는 법.
사랑이 눈이 멀었다면, 거기엔 밤이 안성맞춤.
오너라! 점잖은 밤이여, 마님처럼 온통 검은 빛의
수수한 옷차림을 한 밤이여. 한 쌍의 티 없는 정조를 건
첫날밤 놀이에서 지고도 이기는 법을 가르쳐다오.
내 뺨에 퍼덕이는 끓어오르는 피를 그대 검은 망토로
가려다오. 그리하여 수줍은 사랑이 대담해져
진정한 사랑노름을 예사롭게 생각할 수 있도록.
밤이여, 오너라! 로미오님, 어서 와요! 밤을 낮같이
비추는 그대여 어서 오세요. 밤의 날개를 타신 당신은
까마귀 등에 방금 내린 눈보다 더 희겠지요.
어서 오너라! 정다운 밤이여! 사랑스런 검은 얼굴의 밤이여.
어서 나의 로미오님을 이리로 모셔오너라. 그리고
로미오님이 죽으면 그분을 조그만 별로 조각내다오.
그럼 온 하늘이 아름답게 빛나겠지.

3.3.29. Heaven is here, where Juliet lives

There is no world without Verona walls,

But purgatory, torture, hell itself.

Hence-banished is banished from the world,

And world's exile is death: then banished,

Is death mis-termed: calling death banishment,

Thou cutt'st my head off with a golden axe,

And smilest upon the stroke that murders me.

(…)

'Tis torture, and not mercy: heaven is here,

Where Juliet lives; and every cat and dog

And little mouse, every unworthy thing,

Live here in heaven and may look on her;

But Romeo may not:

(…)

O friar, the damned use that word in hell;

Howlings attend it: how hast thou the heart,

Being a divine, a ghostly confessor,

A sin-absolver, and my friend professed,

To mangle me with that word 'banished'?[22]

---

22) 신부는 티볼트를 살해한 로미오에게 죽어 마땅한 죄를 짓고도 사형을 면하고 추방당한 것을 다행
으로 생각하라고 하지만, 로미오는 줄리엣이 없는 곳으로 추방당하는 것을 사형당하는 것과 다를
바 없다고 받아들인다.

3.3.29. 줄리엣이 살고 있는 여기가 천국

베로나 성벽 밖에 세상이란 건 없어요.
연옥과 고문과 지옥이 있을 뿐이지요.
여기서 "추방"되는 건 세상에서 추방되는 것이고,
이 세상에서 추방되는 건 곧 죽는다는 말입니다.
그러니 "추방"이란 말은 죽음의 미명일 뿐이죠.
신부님은 죽음을 "추방"이라 부르면서 금도끼로
제 목을 치고는, 절 죽인 그 솜씨에 웃고 계시는 것 같아요.
(…)
추방은 고문이지 자비가 아닙니다.
줄리엣이 살고 있는 여기가 천국이니까요.
고양이와 개와 생쥐와 온갖 하찮은 것들도
여기 천국에 살면서 줄리엣을 볼 수 있는데,
로미오만은 그렇게 할 수 없지 않습니까?
(…)
아, 신부님! "추방"이란 말은 지옥에서 저주받은 자들이나
쓰는 말입니다. 그런 말엔 지옥 망령들 아우성이 따라다니죠.
성직자이시고, 참회를 들어주시는 신부님께서,
죄를 사해주시는 분이며, 제 친구라고 말씀하신 신부님께서
어찌 "추방"이란 말로 저를 난도질하실 수 있단 말입니까?

4막. 만약 이것이 독약이라면

4.3.28. What if it be a poison?

What if it be a poison, which the friar
Subtly hath ministered to have me dead,
Lest in this marriage he should be dishonoured,
Because he married me before to Romeo?
I fear it is: and yet, methinks, it should not,
For he hath still been tried a holy man.
How if, when I am laid into the tomb,
I wake before the time that Romeo
Come to redeem me? there's a fearful point!
Shall I not then be stifled in the vault,
To whose foul mouth no healthsome air breathes in,
And there die strangled ere my Romeo comes?[23]

---

23) 패리스와의 결혼을 피하도록 하기 위해 신부는 줄리엣에게 잠시 동안 죽었다가 다시 살아나는 약
을 먹으라고 권한다. 약을 먹기 직전 약을 먹으면 영영 깨어나지 못할지도 모른다고 생각하면서
불안한 심경을 드러내는 줄리엣의 독백이다.

4.3.28. 만약 이것이 독약이라면 어떡하지?

만약 이것이 독약이라면 어떡하지? 신부님은 먼저
날 로미오님과 맺어주셨어. 나를 백작과 결혼시키면
신부님의 체면이 깎이게 될 게 분명해. 이를 피하기 위해
날 죽이려고 교묘하게 조제한 독약이라면 난 어떡하지.
걱정이 돼. 하지만 그렇게 될 리가 없다는 생각이 들어.
신부님은 지금까지 성자로 존경받아온 분이니까.
그런 흉측한 생각은 하지 말아야지.
하지만 어떡하지? 내가 무덤 속에 누워서, 로미오님이
구하러 오기 전에 눈을 떠버리면…. 그건 너무 두려운 일이야!
무덤의 더러운 입구엔 신선한 공기가 들어갈 틈도 없다던데.
내가 그 지하납골당에서 숨이 막혀서
로미오님이 오시기도 전에 질식해 죽는 건 아닐까?

4.5.77. She's best married that dies married young

Peace, ho, for shame! confusion's cure lives not
In these confusions. Heaven and yourself
Had part in this fair maid; now heaven hath all,
And all the better is it for the maid:
Your part in her you could not keep from death,
But heaven keeps his part in eternal life.
The most you sought was her promotion;
For 'twas your heaven she should be advanced:
And weep ye now, seeing she is advanced
Above the clouds, as high as heaven itself?
O, in this love, you love your child so ill,
That you run mad, seeing that she is well:
She's not well married that lives married long;
But she's best married that dies married young.
Dry up your tears, and stick your rosemary
On this fair corse; and, as the custom is,
In all her best array bear her to church:
For though fond nature bids us an lament,
Yet nature's tears are reason's merriment.[24]

---

24) 줄리엣이 죽은 후 로렌스 신부가 딸의 죽음을 슬퍼하는 캐퓰럿에게 하는 말이다. 인정으로 보면 슬픈 일이지만 한편으론 로미오와 줄리엣이 죽어서 천국에서 결합되었으니 슬퍼만 할 일이 아니라는 뜻이다.

4.5.77. 결혼하고 젊어서 죽는 게 제일 잘한 결혼

모두 진정하시오! 창피한 줄 아시오!
이렇게 떠든다고 이 불행이 치유되진 않소.
이 아름다운 처녀는 하느님과 당신의 공동 소유였소.
이젠 하느님이 모두 맡으셨으니 그녀로 봐선 더 잘된 일이요.
당신은 딸에 대한 당신 몫을 죽음으로부터 지킬 수 없지만,
하느님께서는 영원한 생명 가운데 그 몫을 지켜주십니다.
당신이 그 무엇보다 바란 건 따님의 출세였지요.
따님이 출세하는 것이 당신에게는 천국이었으니까요.
그런데 이제 따님이 구름 위 하늘 높이
올라간 걸 보고 이렇게 우시는 건 어찌되신 겁니까?
아! 자식에 대한 당신 애정은 잘못된 애정입니다.
딸이 잘된 걸 보고도 그렇게 미친 듯이 슬퍼하다니.
결혼해서 오래 사는 여자가 결혼을 잘한 것이 아니라
결혼하고 젊어서 죽는 여자가 결혼을 제일 잘한 겁니다.
눈물을 거두시고 이 아름다운 시신을
로즈메리 꽃으로 장식하십시오. 그리고 관습에 따라
제일 좋은 옷을 입혀 시신을 교회로 나르도록 하십시오.
어리석은 인정으로 보면 우리 모두 슬퍼하지 않을 수 없지만
이성적인 눈으로 보면 인정의 눈물은 조롱거리에 지나지 않아요.

5막. 인간의 영혼에 더할 나위 없는 독

5.1.80. Gold, worse poison to men's souls

Art thou so bare, and full of wretchedness,
And fear'st to die? famine is in thy cheeks,
Need and oppression starveth in thine eyes,
Contempt and beggary hang upon thy back;
The world is not thy friend nor the world's law:
The world affords no law to make thee rich;
Then be not poor, but break it, and take this.
(…)
There is thy gold, worse poison to men's souls,
Doing more murders in this loathsome world,
Than these poor compounds that thou mayst not sell.
I sell thee poison; thou hast sold me none.
Farewell: buy food, and get thyself in flesh.
Come, cordial and not poison, go with me
To Juliet's grave.[25]

---

25) 로미오가 줄리엣의 사망 소식을 듣고 그녀를 따라 죽기 위해 독약을 사면서 하는 말이다. 독약 팔기를 주저하는 약제사에게 로미오는 약을 사기 위해 그에게 주는 돈이 더한 독이라고 하면서 독약 팔기를 종용한다. 줄리엣은 신부가 준 약을 먹고 잠시 동안 죽은 것처럼 보일 뿐 실제로 죽은 것은 아니다. 그러나 운명의 어긋남으로 인해 로미오는 자살하고, 죽은 그를 본 줄리엣 역시 자살한다.

5.1.80. 돈은 인간의 영혼에 더할 나위 없는 독

그렇게 궁색하고 비참한 처지에 있으면서도
죽는 게 두렵단 말이오? 양 볼에는 굶주림이 괴어 있고,
두 눈에는 모진 궁핍의 허기진 얼굴이 엿보이고,
등에는 거지꼴을 한 곤궁이 축 늘어져 있소.
세상도 세상의 법률도 당신의 친구가 아니고, 세상이
당신을 부자로 만들어줄 법을 제공하지도 않을 것이오.
그러니 궁상을 떨며 살게 아니라, 법을 무시하고 이걸 받으시오.
(…)
여기 돈이 있소. 돈이란 인간 영혼에 더할 나위 없는 독이요.
이 더러운 세상에서, 돈은 당신이 팔기를 주저하는
이 하찮은 독약보다 더 많은 살인을 저지르고 있으니까요.
독약을 판 것은 나이고, 당신은 내게 아무것도 팔지 않았소.
잘 있어요. 음식을 사서 먹고 살이나 좀 찌시오.
자, 독약이 아닌 생명의 활력소여!
이 로미오와 함께 줄리엣의 무덤으로 가자.

5.3.105. Why art thou yet so fair?

Death, that hathsuck'd the honey of thy breath,

Hath had no power yet upon thy beauty:

Thou art not conquer'd; beauty's ensign yet

Is crimson in thy lips and in thy cheeks.

(…)

Ah, dear Juliet,

Why art thou yet so fair? shall I believe

That unsubstantial death is amorous,

And that the lean abhorred monster keeps

Thee here in dark to be his paramour?

(…) O, here

Will I set up my everlasting rest,

And shake the yoke of inauspicious stars

From this world-wearied flesh. Eyes, look your last!

Arms, take your last embrace! and, lips, O you

The doors of breath, seal with a righteous kiss

A dateless bargain to engrossing death!

Come, bitter conduct, come, unsavoury guide!

Thou desperate pilot, now at once run on

The dashing rocks thy sea-sick weary bark!

Here's to my love!

[Drinks] O true apothecary!

Thy drugs are quick. Thus with a kiss I die.[26]

---

26) 줄리엣이 죽은 줄 알고 따라서 자살하는 로미오의 마지막 대사이다. 로미오는 죽음도 줄리엣의 아름다운 모습을 빼앗아가지 못했다고 생각한다. 죽음에 정복되지 않은 줄리엣의 아름다움을 두고 로미오는 "그대는 어찌하여 아직도 그리 아름답소?"라고 절규한다.

5.3.105. 그대는 어찌하여 아직도 그리 아름답소?

꿀같이 달콤한 당신의 숨결을 빨아 마신 죽음의 신도
당신의 아름다움만은 어찌할 수가 없던 모양이구나.
당신은 아직 정복당하지 않았고, 아름다움의 깃발이
당신의 입술과 볼에 아직 붉게 나부끼고 있소.
(…)
아, 사랑하는 줄리엣!
그대는 어찌하여 아직도 그리 아름답소?
혹 저 유령 같은 죽음의 신이 당신에게 반하여
그 괴물이 당신을 자신의 정부로 삼으려고
이 암흑 속에 가두어놓고 있는 건 아니오?
(…) 오! 이곳을
나의 영원한 안식처로 삼겠소.
여기 남아 세상살이에 지친 이 육신으로부터
기구한 운명을 점지하는 별들의 멍에를 떨치겠소.
두 눈아, 마지막으로 보아라! 두 팔아, 마지막으로 포옹하라!
생명의 문 두 입술아! 정당한 키스로 도장을 찍어
모든 걸 차지한 죽음의 신과 영원한 계약을 맺어라!
오너라! 쓰디쓴 저승 길잡이여! 오너라! 씁쓸한 죽음의 안내자여!
절망에 사로잡힌 뱃사공이여, 파도에 시달려 지친 배를
지금 당장 암초에 부딪혀 산산조각 내버려라!
나의 님을 위해 건배!
(독약을 마신다) 아, 정직한 약종상!
약효도 빠르구나. 이렇게 키스하며 나는 죽는다.

5.3.309. A story of more woe than this

Where be these enemies?—Capulet! Montague!
See what a scourge is laid upon your hate,
That heaven finds means to kill your joys with love;
And I, for winking at your discords too,
Have lost a brace of kinsmen: all are punish'd.
(…)
A glooming peace this morning with it brings;
The sun, for sorrow, will not show his head:
Go hence, to have more talk of these sad things;
Some shall be pardoned, and some punished:
For never was a story of more woe
Than this of Juliet and her Romeo.

5.3.309. 이보다 더 슬픈 이야기

서로 원수지간인 사람들은 어디 있소? 캐퓰럿! 몬태규!
보시오, 당신들의 증오에 어떤 천벌이 내렸는지를.
하늘은 당신들의 기쁨인 자녀들을 서로 사랑함으로써
죽게 하신 것이오. 나 역시 당신들의 불화를 등한시한 탓에
친척 두 사람을 잃었소. 우리 모두 벌을 받은 것이오.
(…)
구슬픈 평화를 가져오는 아침이오.
태양도 슬퍼서 고개를 들려고 하지 않는구려.
자, 가서 이 슬픈 사건을 좀 더 얘기합시다.
어떤 이는 용서를 받고 어떤 이는 벌을 받을 것이오.
세상에 이 로미오와 줄리엣의 이야기보다
더 슬픈 이야기가 또 어디 있겠소.

명대사로 읽는
셰익스피어 주요 비극

줄리어스 시저
(Julius Caesar)

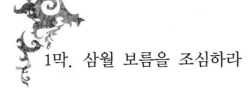

1막. 삼월 보름을 조심하라

1.2.18. Beware the ides of march

Soothsayer: Beware the ides of March.

CAESAR: What man is that?

BRUTUS: A soothsayer bids you beware the ides of March.

CAESAR: Set him before me; let me see his face.

CASSIUS: Fellow, come from the throng; look upon Caesar.

CAESAR: What say'st thou to me now? speak once again.

Soothsayer: Beware the ides of March.[1]

---

1) 삼월 보름날은 고대 로마의 풍년을 기원하는 루퍼칼리아(Lupercalia) 축제일이다. 시저가 로마 거리의 군중들 앞에 모습을 드러냈을 때 군중들 가운데 한 점쟁이가 나타나 삼월 보름을 조심하라고 경고한다. 점쟁이의 경고, 무덤들이 입을 벌려 시체를 토해내고 굉음이 하늘을 진동하는 자연계의 이변, 암살에 관한 칼퍼니아의 꿈 등 여러 가지 전조가 있었음에도 불구하고, 시저는 삼월 보름날에 아내의 만류를 뿌리치고 의사당에 출두한다. 이날 시저는 브루터스와 카시어스를 포함한 음모자들에게 암살당한다.

1.2.18. 삼월 보름을 조심하라

점쟁이: 삼월 보름날을 조심하십시오.

시저: 저자는 누구냐?

브루터스: 점쟁이가 삼월 보름을 조심하시랍니다.

시저: 내 앞에 그 사람을 불러오라. 얼굴을 봐야겠다.

카시어스: 여보시오. 앞으로 나와 얼굴을 보이시오.

시저: 방금 뭐라고 했나? 다시 말해보라.

점쟁이: 삼월 보름을 조심하십시오.

1.2.89. The name of honor

What means this shouting? I do fear the people

Choose Caesar for their king.

(⋯)

I would not, Cassius; yet I love him well.

But wherefore do you hold me here so long?

What is it that you would impart to me?

If it be aught toward the general good,

Set honour in one eye and death in the other,

And I will look on both indifferently,

For let the gods so speed me as I love

The name of honour more than I fear death.[2]

2) 명예를 중시하는 브루터스가 카시어스에게 하는 말이다. 카시어스는 모든 로마인들이 존경하는 브
   루터스를 시저 살해 음모에 끌어들이려고 하고 브루터스는 주저한다. 고결한 브루터스는 명예를 자
   신의 생명보다 더 중히 여기고 대의명분을 중시하는 인물로 아직까지는 시거를 살해할 명분을 찾지
   못했다. 그러나 계속되는 카시어스의 자극에 마음이 동요된다.

1.2.89. 명예라는 이름

이 함성이 뭘 의미하오? 혹 시민들이
시저를 왕으로 추대하려는 게 아닌가 걱정이오.
(…)
시저를 아끼긴 하지만 그가 제왕이 되길 바라진 않소.
그런데 왜 날 이리 오래 여기 잡아두고 있소?
내게 하고 싶은 말이 도대체 뭐요?
그게 공공의 이익에 관계되는 일이라면
한 눈으로는 명예를, 다른 눈으로는 죽음을 보아도 좋소.
난 양편을 공평무사하게 볼 거요.
신들께 기원하오. 명예라는 이름을 위해
죽음도 마다하지 않는 사람이 되도록 해달라고….

1.2.97. I was born free as Caesar

I know that virtue to be in you, Brutus,

As well as I do know your outward favour.

Well, honour is the subject of my story.

I cannot tell what you and other men

Think of this life; but, for my single self,

I had as lief not be as live to be

In awe of such a thing as I myself.

I was born free as Caesar; so were you:

We both have fed as well, and we can both

Endure the winter's cold as well as he:

(…)

I, as Aeneas,[3] our great ancestor,

Did from the flames of Troy upon his shoulder

The old Anchises bear, so from the waves of Tiber

Did I the tired Caesar. And this man

Is now become a god, and Cassius is

A wretched creature and must bend his body,

If Caesar carelessly but nod on him.

He had a fever when he was in Spain,

And when the fit was on him, I did mark

How he did shake: 'tis true, this god did shake.[4]

---

3) Aeneas: 그리스 신화에 등장하는 트로이의 용사로, 안키세스(Anchises)와 아프로디테(Aphrodite)의 아들
이다. 서사시 <<아에네이드(Aeneid)>>의 주인공.

4) 브루터스를 시저 암살에 끌어들이려는 카시어스의 말이다. 브루터스가 명예와 대의명분을 중시한다
는 걸 잘 알고 있는 카시어스는 시저가 왕이 되어 로마인들의 자유를 억압할 것이라고 하면서 시저
의 결점을 부각시켜 브루터스의 명예심을 자극한다.

1.2.97. 시저처럼 자유인으로 태어난

브루터스, 당신에게 그런 미덕이 있다는 걸 알고 있소.
내가 당신 얼굴을 알고 있듯이 말이오.
내가 얘기하려는 건 바로 명예에 관한 거요.
당신이나 다른 사람들이 이런 삶을
어찌 생각할지 모르겠소. 내 생각을 말씀드리겠소.
나와 비슷한 사람을 두려워하며 사느니
차라리 죽는 편이 더 낫겠소.
나나 당신이나 시저처럼 자유인으로 태어났소.
우리 또한 시저가 먹는 음식을 먹고,
시저처럼 겨울의 추위를 견딜 수 있소.
(…)
위대한 조상 아에네아스가 트로이 성의
화염 속에서, 연로한 아버지 안키세스를 어깨에 메고
구해낸 것처럼, 난 타이버 강의 격랑 속에 축 늘어진
시저를 구해줬소. 지금 그는 신과 같은 존재가 되었고
나 카시어스는 처량한 신세가 되어,
시저 앞에 허리를 굽혀야 하오.
시저가 무심히 고개라도 끄덕이면 말이오.
스페인 전쟁터에서 시저가 열병에 걸린 적이 있었소.
그가 발작을 하면서 얼마나 떠는지를 난 보았소.
이는 사실이오. 신과 같은 시저가 벌벌 떨었단 말이오.

1.2.139. Masters of their fates

Why, man, he doth bestride the narrow world
Like a Colossus; and we petty men
Walk under his huge legs, and peep about
To find ourselves dishonourable graves.
Men at some time are masters of their fates:
The fault, dear Brutus, is not in our stars,
But in ourselves, that we are underlings.
Brutus and Caesar: what should be in that 'Caesar'?
Why should that name be sounded more than yours?
Write them together, yours is as fair a name;
Sound them, it doth become the mouth as well;
Weigh them, it is as heavy; conjure with 'em,
Brutus will start a spirit as soon as Caesar.
Now, in the names of all the gods at once,
Upon what meat doth this our Caesar feed,
That he is grown so great? Age, thou art shamed!
Rome, thou hast lost the breed of noble bloods!
When went there by an age, since the great flood,
But it was famed with more than with one man?
When could they say till now, that talked of Rome,
That her wide walls encompassed but one man?
Now is it Rome indeed and room enough,
When there is in it but one only man.[5]

---

5) 브루터스에게 시저의 암살을 부추기는 카시어스의 대사이다. 그는 시저를 죽이지 않으면 노예처럼
살 것이라고 하면서, 운명의 노예가 아니라 주인이 되라고 브루터스를 부추긴다. 카시어스는 시저
가 신이 아니라 단지 인간일 뿐이며, 브루터스도 시저라는 사람 못지않게 훌륭한 사람이라고 교묘
하게 자극하고 부추기면서 브루터스가 시저 암살에 가담할 것을 종용한다.

1.2.139. 자기 운명의 주인

아니 글쎄, 시저는 마치 거상처럼
이 세상이 좁다는 듯 두 다리를 걸치고 서 있고,
하찮은 우리 인간들은 그 거대한 가랑이 밑을 걸으며
자신들의 불명예스런 무덤을 찾으려고 두리번거리고 있소.
인간은 때론 자기 운명의 주인이 될 수도 있소.
브루터스, 아랫사람이 되는 건,
운명의 별 탓이 아니라 우리 자신 탓이오.
브루터스와 시저, 대체 그 '시저'란 이름 속에 뭐가 있단 말이오?
왜 시저란 이름이 당신 이름보다 인구에 더 회자되어야 하오?
같이 써놓아 봐요. 당신 이름도 시저 이름 못지않게 훌륭하오.
이름을 불러봐요. 당신 이름도 시저 이름 못지않게 잘 어울려요.
저울에 달아보면 그 무게는 같소. 그 이름으로 신을 불러봐요.
브루터스란 이름도 시저 못지않게 당장 신을 불러낼 수 있을
것이오. 지금 당장 모든 신들의 이름으로 물어봐야겠다.
시저라는 자가 대체 뭘 먹고 자랐기에 그렇게 위대한 자가
되었느냐고. 세월이여! 그대는 치욕을 당했구나!
로마여! 그대는 그 고귀한 혈통을 잃어버렸구나!
대홍수 이래로 언제 이런 시대가 있었소?
한 사람이 온 명예를 이처럼 독점했던 때가 말이오.
로마에서 지금까지 이런 적이 있었습니까? 드넓은
로마의 성벽이 오직 한 사람만을 포용한 적이 있었습니까?
대로마여! 그 영토 참으로 넓건만,
그 안에 활개 치는 사람은 한 사람밖에 없구나.

1.3.108. Make a mighty fire begin it with weak straws

But life, being weary of those worldly bars,
Never lacks power to dismiss itself.
If I know this, know all the world besides,
That part of tyranny that I do bear
I can shake off at pleasure.
(⋯)
And why should Caesar be a tyrant then?
Poor man! I know he would not be a wolf,
But that he sees the Romans are but sheep:
He were no lion, were not Romans hinds.
Those that with haste will make a mighty fire
Begin it with weak straws: what trash is Rome,
What rubbish and what offal, when it serves
For the base matter to illuminate
So vile a thing as Caesar! But, O grief,
Where hast thou led me? I perhaps speak this
Before a willing bondman; then I know
My answer must be made. But I am armed,
And dangers are to me indifferent.[6]

---

6) 카시어스가 카스카에게 하는 말이다. 줄리어스 시저가 지금은 독재자의 면모를 강력하게 드러내지 않고 그 조짐만을 조금 드러내고 있지만, 조만간 독재자로 군림하게 될 것이라는 뜻이다.

1.3.108. 큰 불을 피우려는 사람도 처음은 약한 모닥불로 시작

그러나 세상의 속박에 싫증이 나면, 인간은
자신을 해방시킬 힘을 가지게 되는 법이오.
내가 이를 알진대, 온 세상 사람들도 이를 알아야 하오.
지금 우리가 감내하고 있는 독재도, 마음먹기에 따라서는
우리가 언제든 떨쳐버릴 수 있다는 걸 말이오.
(…)
그럼 왜 시저가 폭군이 되도록 놔두시오?
불쌍한 인간! 시저가 로마인들을 양 떼로 보지 않았다면
이리가 되려는 야심 따윈 가지지 않았을 거요.
로마인들이 암사슴이 아니었다면
시저라는 양반이 사자가 될 리도 없지.
서둘러 큰 불을 피우려는 사람도
처음은 약한 모닥불로 시작하는 법이오.
로마가 무슨 잡동사니나 쓰레기나 찌꺼기인가?
시저처럼 비열한 자를 빛내주기 위한
천한 불쏘시개로 쓰이다니! 아, 슬픔이여!
넌 나를 어디로 끌고 가느냐? 어쩜 난,
기꺼이 노예가 되기를 마다하지 않는 자에게
이런 말을 지껄이는 게 아닌지 몰라.

2막. 화창한 날에 독사가

2.1.13. It is the bright day that brings forth the adder

It must be by his death: and for my part,
I know no personal cause to spurn at him,
But for the general. He would be crowned:
How that might change his nature, there's the question.
It is the bright day that brings forth the adder;
And that craves wary walking. Crown him? — that; —
And then, I grant, we put a sting in him,
That at his will he may do danger with.
The abuse of greatness is, when it disjoins
Remorse from power: and, to speak truth of Caesar,
I have not known when his affections swayed
More than his reason. But 'tis a common proof,
That lowliness is young ambition's ladder,
Whereto the climber-upward turns his face;
But when he once attains the upmost round.
He then unto the ladder turns his back,
Looks in the clouds, scorning the base degrees
By which he did ascend. So Caesar may.[7]

---

[7] 카시어스로부터 시저를 암살하라는 종용을 받은 후 브루터스는 시저를 죽일지 말지를 고민한다. 위의 대사는 시저 살해의 명분과 정당성을 합리화하고 있는 브루터스의 독백이다. 그런데 문제는 시저가 아직은 로마 공화정과 민중의 자유에 치명적인 위협을 가하지 않고 있다는 점이다.

2.1.13. 화창한 날에 독사가 기어 나오니까

시저를 죽일 수밖에 없어. 나로서야 그를 걷어차야 할
어떤 개인적인 이유도 없어. 다만 로마의 공익을
위해서지. 줄리어스 시저는 황제가 되고 싶어 해.
황제가 되면 그 천성이 어떻게 바뀔지가 문제야.
화창한 날에 독사가 기어 나오니까. 그러니
걸을 때 조심해야 해. 시저에게 왕관을? 바로 그거야!
그럼 그건 시저에게 독 바른 이빨을 주는 셈.
자기 마음대로 사람을 해칠 수도 있겠지.
권력 남용은 권력을 믿고 자비심을 저버릴 때
생기는 법이니까. 솔직히 말하자면, 시저에게
이성보다 감정이 더 기운 적은 결코 없었어.
흔히 증명된 일이지만, 겸손이라는 건
처음에는 야심에 불타는 사람의 사다리야.
사다리를 올라갈 땐 얼굴을 돌려 주의하지만,
막상 맨 꼭대기에 오르고 나면
겸손이란 사다리에 등을 돌리고,
구름을 바라보면서, 자기가 올라왔던 발밑의
계단을 깔보기가 일쑤지. 시저가 바로 그렇게 될 거야.

2.1.32. A serpent's egg

Then, lest he may, prevent. And, since the quarrel
Will bear no colour for the thing he is,
Fashion it thus; that what he is, augmented,
Would run to these and these extremities:
And therefore think him as a serpent's egg
Which, hatched, would, as his kind, grow mischievous,
And kill him in the shell.

(…)

[Opens the letter]

Brutus, thou sleep'st: awake and see thyself.
Shall Rome, etc. Speak, strike, redress!
Brutus, thou sleep'st: awake!
Such instigations have been often dropped
Where I have took them up.
'Shall Rome, etc.' Thus must I piece it out:
Shall Rome stand under one man's awe? What, Rome?
My ancestors did from the streets of Rome
The Tarquin drive, when he was called a king.
'Speak, strike, redress!' Am I entreated
To speak, and strike? O Rome! I make thee promise;
If the redress will follow, thou receiv'st
Thy full petition at the hand of Brutus![8]

---

8) 현재 상황에서 시저를 살해할 명분을 찾지 못했던 브루터스는 시저를 알을 깨고 나와 장차 독재자가 될지도 모르는 '독사'로 비유한다. 겉모습과는 달리 사악한 본성을 숨기고 있다고 판단하는 것이다. 그리하여 브루터스는 문제를 미연에 방지한다는 명분으로 자신의 행동을 합리화하려고 노력한다.

2.1.32. 독사의 알

시저가 그리 되지 않도록 막아야겠지.
하지만 현재의 그를 탄핵할 명분이 없지 않은가.
우선 이렇게 생각해보자. 시저의 권력이 커지면
그가 분명 이런저런 폭정을 일삼을지 모른다고.
그러니 그를 독사의 알이라고 생각하자.
알을 깨고 나오면 본성을 드러내 사람을 해칠 독사 알이라고….
그러니 알 속에 있을 때 죽여야 한다고….
(…)
(편지를 개봉한다)
"브루터스여, 그대는 잠자고 있다. 깨어나 자신을 바라보라.
로마는 장차 등등. 외치라, 타도하라, 바로잡아라!
브루터스여, 그대는 잠자고 있다. 깨어나라!"
내가 이 편지를 주었던 곳에
이런 선동조의 편지들이 종종 떨어져 있었지.
"로마는 장차 등등"이라. 뒤에 말을 이렇게 보충해야겠군.
"로마는 한 사람의 독재 아래 무릎 꿇을 건가?" 아니, 로마라고?
내 조상들은 타퀸이 왕으로 불리자
그를 로마에서 추방하지 않았던가.
"외치라, 타도하라, 바로잡아라!" 날더러
외치고 타도하라고 요청하는 건가? 오 로마여! 약속하마.
그렇게 해서 바로잡을 수만 있다면
브루터스의 손으로 그대 소망을 이루어줄 거라고!

2.1.173. A dish fit for the gods

Antony is but a limb of Caesar:

Let us be sacrificers, but not butchers, Caius.

We all stand up against the spirit of Caesar;

And in the spirit of men there is no blood:

O, that we then could come by Caesar's spirit,

And not dismember Caesar! But, alas,

Caesar must bleed for it! And, gentle friends,

Let's kill him boldly, but not wrathfully;

Let's carve him as a dish fit for the gods,

Not hew him as a carcass fit for hounds:

And let our hearts, as subtle masters do,

Stir up their servants to an act of rage,

And after seem to chide 'em. This shall make

Our purpose necessary and not envious:

Which so appearing to the common eyes,

We shall be called purgers, not murderers.

And for Mark Antony, think not of him;

For he can do no more than Caesar's arm

When Caesar's head is off.9)

---

9) 카시어스가 시저와 함께 안토니도 죽이자고 하자 브루터스가 하는 말이다. "신들에게 바칠 제물"인 음식은 요리될 것이고 시저는 그 요리의 재료가 될 것이다.

2.1.173. 신들에게 바치는 제물

안토니는 시저의 팔다리일 뿐이오. 제물을 바치는
자가 되어야지 도살자가 되선 아니 되오, 카시어스.
우리가 맞서 궐기한 건 시저의 정신이기 때문이오.
인간의 정신에는 피가 흐르고 있지 않습니다.
아! 그러니 시저의 정신만 취하고
시저의 육신은 자르지 맙시다. 그러나 슬프구나!
그래서 시저가 피를 흘려야 하다니! 동지 여러분,
그를 대담하게 죽입시다. 하지만 격분하진 맙시다.
신께 바치기에 합당한 제물로서 그를 죽입시다.
사냥개에게 던져줄 먹이처럼 난도질하진 맙시다.
교활한 주인들이 그러하듯이 하인들을 충동질하여
난동 부리게 하고, 나중에는 꾸짖는 그런 마음을 간직합시다.
그래야만 이번 거사가 결코 사적인 원한이 아니라
불가피한 이유에서 행한 일이란 걸 알릴 수 있을 거요.
대중들의 눈에 그렇게 비치게 되면 우린
암살자가 아니라 시저를 숙청한 사람들로 불릴 거요.
그리고 마크 안토니는 염두에 두지 맙시다.
시저의 머리가 잘리게 되면
시저의 팔 이상의 역할은 할 수 없으니까요.

2.1.299. Strong proof of my constancy

Within the bond of marriage, tell me, Brutus,
Is it excepted I should know no secrets
That appertain to you? Am I yourself
But, as it were, in sort or limitation,
To keep with you at meals, comfort your bed,
And talk to you sometimes? Dwell I but in the suburbs
Of your good pleasure? If it be no more,
Portia is Brutus' harlot, not his wife.
(⋯)
I grant I am a woman; but withal
A woman that Lord Brutus took to wife:
I grant I am a woman; but withal
A woman well-reputed, Cato's daughter.
Think you I am no stronger than my sex,
Being so fathered and so husbanded?
Tell me your counsels, I will not disclose 'em:
I have made strong proof of my constancy,
Giving myself a voluntary wound
Here, in the thigh: can I bear that with patience.
And not my husband's secrets?[10]

---

10) 시저 살해를 모의하는 음모자들이 다녀간 후 어지러운 마음을 진정하지 못하고 홀로 고민하는 브루터스에게 아내인 포샤가 하는 말이다.

2.1.299. 내 확고부동한 뜻의 강력한 증거

브루터스, 말씀해보세요.
혼인서약에 당신에 관련된 어떤 비밀을
아내인 제가 알아선 안 된다는 조항이라도 있나요?
부부가 일심동체라는 게 말하자면 제한된 의미에서인가요?
그저 당신과 식사나 같이하고, 잠자리나 즐겁게 해주고,
가끔 말동무나 된다는 제한된 의미인가요?
전 그저 당신 애정의 언저리에만 살고 있으라는 건가요?
그럼 포샤는 브루터스의 정부일 뿐 아내가 아닙니다.
(…)
제가 아녀자란 걸 인정합니다. 하지만
저는 브루터스 당신이 아내로 삼은 여자입니다.
전 아녀잡니다. 하지만 전 케이토의 딸로서
좋은 평판을 유지하고 있는 사람입니다.
케이토라는 아버지의 딸인 제가, 브루터스 당신 같은
남편을 둔 제가 다른 아녀자들처럼 허약하다고 생각하세요?
비밀을 말씀해줘요. 절대 입 밖에 내지 않을 게요.
제 확고부동한 뜻의 강력한 증거를 보지 않으셨나요?
여기 제 허벅지에 제 손으로 낸 상처를 못 보셨나요?
그런 일도 참아낸 이 포샤가
남편의 비밀 하나도 지키지 못하겠어요?

2.2.32. Cowards die many times

CALPURNIA: The noise of battle hurtled in the air,

Horses did neigh, and dying men did groan,

And ghosts did shriek and squeal about the streets.

O Caesar! these things are beyond all use,

And I do fear them.

CAESAR: What can be avoided

Whose end is purposed by the mighty gods?

Yet Caesar shall go forth; for these predictions

Are to the world in general as to Caesar.

CALPURNIA: When beggars die, there are no comets seen;

The heavens themselves blaze forth the death of princes.

CAESAR: Cowards die many times before their deaths;

The valiant never taste of death but once.

Of all the wonders that I yet have heard.

It seems to me most strange that men should fear;

Seeing that death, a necessary end,

Will come when it will come.[11]

---

11) 시저의 아내 칼퍼니아가 시저의 암살이 진행되었던 삼월 보름날 아침, 여러 가지 불길한 징조가 있으니 시저에게 외출을 삼가라고 애원한다. 그러나 시저는 "시저 자신이 뭣보다 더 위험한 존재"라고 말하면서 이를 무시한다. 시저는 살고 죽는 것이 하늘의 뜻이고 자신은 죽음을 두려워하는 비겁한 겁쟁이가 아니라고 말하면서 마침내 의사당으로 간다.

2.2.32. 비겁한 자는 여러 번 죽지만

칼퍼니아: 전투에서의 굉음이 하늘을 진동하고,
　　군마는 울부짖고, 죽어가는 병사들은 신음하고,
　　망령들은 비명소리를 지르며 거리를 헤맸대요.
　　오, 시저! 이 모든 일들이 예사롭지 않습니다.
　　이 모든 일들이 걱정 됩니다.
시저: 어찌 우리가 피할 수 있겠소.
　　이 모든 게 위대한 신들이 하려는 일이라면?
　　하지만 시저는 가야 하오. 이 징조들은
　　시저만이 아니라 온 세상 사람들에 대한 징조니까.
칼퍼니아: 거지가 죽는다고 혜성이 나타나진 않아요.
　　귀한 사람이 죽을 때만 하늘이 불꽃을 뿜어 알려주죠.
시저: 비겁한 자는 죽기 전에 여러 번 죽지만
　　용감한 자는 단 한 번의 죽음만을 맞볼 뿐이오.
　　지금까지 들어온 놀라운 일들 중, 정말 이상한 일은
　　사람들이 죽음을 두려워한다는 것이오.
　　죽음을 맞이하는 건 불가피한 하늘의 뜻이니,
　　죽음은 올 때가 되면 오기 마련이오.

3막. 변하지 않는 북극성처럼

3.1.60. Constant as the northern star

I am constant as the northern star,

Of whose true-fixed and resting quality

There is no fellow in the firmament.

The skies are painted with unnumbered sparks,

They are all fire and every one doth shine,

But there's but one in all doth hold his place:

So in the world; 'tis furnished well with men,

And men are flesh and blood, and apprehensive;

Yet in the number I do know but one

That unassailable holds on his rank,

Unshaked of motion: and that I am he.

Let me a little show it, even in this,

That I was constant Cimber should be banished,

And constant do remain to keep him so.[12]

---

12) 카시어스가 형의 사면을 요청하자, 시저는 자신을 "북극성처럼 확고부동한" 사람이라고 하면서 사면 요청을 거절한다. 시저는 북극성처럼 단호하고 결코 자신의 결정을 바꿀 의향이 없다. 시저의 오만성이 드러나는 대목이다.

3.1.60. 북극성처럼 확고부동한

나 시저는 북극성처럼 확고부동하오.
변하지 않는 북극성처럼 말이오. 하늘에서
같은 종류를 찾아볼 수 없는 그 북극성처럼….
하늘은 수많은 별들로 수놓아져 있고
그 모두가 불덩어리고 그 하나하나가 반짝이고 있소.
하지만 제자리를 굳게 지키고 있는 별은 오직 하나.
우리 인간 세상도 이와 마찬가지요. 세상에는 수많은
사람이 있고, 사람마다 살과 피와 분별력을 지니고 있소.
그러나 내가 알고 있는 수많은 사람 가운데
어떤 이도 범할 수 없는 지위를 지키면서
동하지 않는 사람은 단 한 사람뿐이오. 그건 바로 나 시저요.
그걸 좀 보여주겠소. 이 문제에 있어서도 그러하오.
심버는 추방되어야 한다는 게 내 확고부동한 뜻이었고,
그 확고부동한 뜻은 지금도 변함이 없소.

3.1.77. Et tu, brute?

CINNA: O Caesar,—

CAESAR: Hence! wilt thou lift up Olympus?

DECIUS: Great Caesar,—

CAESAR: Doth not Brutus bootless kneel?

CASCA: Speak, hands for me!

  [stab CAESAR]

CAESAR: Et tu, Brute! Then fall, Caesar.

  [Dies]

CINNA: Liberty! Freedom! Tyranny is dead!

  Run hence, proclaim, cry it about the streets.

CASSIUS: Some to the common pulpits, and cry out

  'Liberty, freedom, and enfranchisement!'

BRUTUS: People and senators be not affrighted;

  Fly not; stand still; ambition's debt is paid.[13]

---

13) 시저가 카시어스의 사면 요청을 거절하고 자신을 올림포스 신에 비유하는 순간 모반자들은 그를 급습하여 칼로 찔러 죽인다. 시저가 가장 신뢰하고 사랑하던 브루터스가 자신을 찌르자, 시저는 "브루터스, 너마저도?"라는 유명한 말을 내뱉고 죽는다. 시나가 외치는 "자유다! 해방이다! 폭정은 끝났다!"는 구절 또한 독재의 종식을 언급할 때마다 회자되는 유명한 표현이다.

3.1.77. 브루터스, 너마저도?

시나: 오, 시저 각하….

시저: 물러가라! 감히 올림포스 산을 움직이려 하는가?

데시어스: 위대한 시저 각하….

시저: 브루터스가 무릎을 꿇어도 소용없을 거요.

카스카: 그럼 손이여, 대신 말해라!

　(시저를 찌른다)

시저: 브루터스, 너마저? 그럼 시저는 끝이로구나!

　(시저, 죽는다)

시나: 자유다! 해방이다! 폭정은 끝났다!

　달려가서 공포하라! 온 거리를 다니면서 외쳐라!

카시어스: 광장의 연단으로 가서 외치시오.

　"자유다, 해방이다, 해방이다"라고….

브루터스: 시민들과 원로원 의원 여러분, 두려워마시오.

　달아나지 말고 그대로 계십시오. 야심이 그 빚을 갚았을 뿐이오.

3.1.113. In accents yet unknown!

BRUTUS: Grant that, and then is death a benefit:

So are we Caesar's friends, that have abridged

His time of fearing death. Stoop, Romans, stoop,

And let us bathe our hands in Caesar's blood

Up to the elbows, and besmear our swords:

Then walk we forth, even to the market-place;

And, waving our red weapons o'er our heads,

Let's all cry 'Peace, freedom and liberty!'

CASSIUS: Stoop, then, and wash. How many ages hence

Shall this our lofty scene be acted over

In states unborn and accents yet unknown!

BRUTUS: How many times shall Caesar bleed in sport,

That now on Pompey's basis lies along

No worthier than the dust!

CASSIUS: So oft as that shall be,

So often shall the knot of us be called

The men that gave their country liberty.

DECIUS: What, shall we forth?

CASSIUS: Ay, every man away:

Brutus shall lead; and we will grace his heels

With the most boldest and best hearts of Rome.[14]

---

14) 브루터스는 시저 살해를 은혜를 베푼 행동이라고 자위한다. 죽음을 두려워하는 인간에게 시간을
줄여주었다고 생각하기 때문이다. 카시어스는 대의명분에 따른 자신들의 거사가 역사에 길이 빛날
것이라고 생각한다. 음모자들은 시저 살해에 정당성을 부여하고 있지만 불안한 마음을 떨칠 수가
없다. 이제 곧 시저의 영혼이 "전쟁이라는 개들"을 풀어 복수를 시작할 것이다.

3.1.113. 아직 알려지지 않은 언어로!

브루터스: 죽음은 은혜인 것이 분명하오.

　　그러니 우린 시저의 친구요. 그가 죽음을 두려워하는

　　시간을 줄여주었으니까. 허리를 굽히시오. 로마인들이여.

　　허리를 굽히고 팔꿈치가 잠길 때까지 시저의 붉은 피에

　　우리의 손을 적시고, 우리의 칼을 피로 얼룩지게 합시다.

　　그리고 우리 모두 광장으로 걸어갑시다.

　　머리 위로 피 묻은 칼을 휘두르며

　　우리 모두 외칩시다. "평화, 자유, 해방"이라고!

카시어스: 허리를 굽히고 손을 적십시다. 얼마나 오랜 세월 동안

　　우리의 이 장엄한 장면이 되풀이되어 상연될 것인가?

　　아직 생기지도 않은 나라에서, 아직 알려지지 않은 언어로!

브루터스: 지금 폼페이의 상 아래 쓰러져

　　진토보다 못한 이 시저가 이 세상 오락의 무대에서

　　대체 몇 번이나 더 피를 흘릴 것인가!

카시어스: 그게 상현될 때마다

　　우리 동지들은 거듭 불릴 것이오.

　　조국을 해방시켜 자유를 가져온 의사들이라고!

데시어스: 그럼 가봅시다.

카시어스: 자, 모두 갑시다.

　　브루터스가 앞장을 설 거요. 우린 가장 용감하고

　　가장 고결한 로마인으로 그의 뒤를 따를 것이오.

3.1.273. Cry 'Havoc!'

O, pardon me, thou bleeding piece of earth,

That I am meek and gentle with these butchers!

Thou art the ruins of the noblest man

That ever lived in the tide of times.

Woe to the hand that shed this costly blood!

Over thy wounds now do I prophesy, —

Which, like dumb mouths, do ope their ruby lips,

To beg the voice and utterance of my tongue —

A curse shall light upon the limbs of men;

Domestic fury and fierce civil strife

Shall cumber all the parts of Italy;

Blood and destruction shall be so in use,

And dreadful objects so familiar,

That mothers shall but smile when they behold

Their infants quartered with the hands of war;

All pity choked with custom of fell deeds:

And Caesar's spirit, ranging for revenge,

With Ate by his side come hot from hell,

Shall in these confines with a monarch's voice

Cry 'Havoc,' and let slip the dogs of war;

That this foul deed shall smell above the earth

With carrion men, groaning for burial.[15]

---

15) 강력한 복수 의지를 드러내는 안토니의 말이다. 브루터스는 안토니도 제거하자는 카시어스의 제안
을 무시하고, 시저라는 머리가 잘리면 그 수족인 안토니는 아무것도 할 수 없다고 하면서 그를 살
려둔다. 그러나 이는 치명적인 실수이다. 브루터스는 또한 광장의 연단에서 시저에 대한 추도사를
할 수 있게 해달라는 안토니의 간청을 허락한다. 이 또한 치명적인 실수이다. 안토니가 군중들을
선동하여 브루터스 일파를 궁지로 몰아넣기 때문이다.

3.1.273. "학살하라"고 외치다

시저 당신은 피에 얼룩진 한줌의 흙.
이 살인자들을 온순하게 대하는 날 용서하시오!
당신은 역사의 흐름 속에 지금까지 살아왔던
가장 고결한 인간의 잔해라고 할 수 있소.
이 고결한 피를 흘리게 한 그들의 피 묻은 손에
재앙이 있기를! 그대의 이 상처를 두고 예언하노라.
마치 벙어리의 입처럼 붉은 입술을 벌리고
내 혀가 대신 소리를 내어 말해주길 애원하는
상처를 두고. 인간의 육신에 저주가 내릴지어다.
골육상쟁과 처절한 내란이
이탈리아 방방곡곡을 뒤덮으리라.
시도 때도 없이 유혈과 파괴가 자행될 것이고
끔찍한 일들도 너무나 익숙하게 되어
어미들은 자신의 애들이 전쟁의 손에
갈기갈기 찢기는 것을 보고도 미소 짓게 될 것이다.
모든 동정심은 일상화된 악행으로 질식당하리라.
그리고 복수를 위해 헤매는 시저의 혼령은
지옥에서 달려나온 복수의 여신 에이티를 동반하고
이 땅에서 군왕의 목소리로 외칠 것이다.
"학살하라"고 외치면서 전쟁이라는 개들을 풀어놓을 것이다.
어서 묻어달라고 신음하는 썩은 시체더미와 함께
이 비열한 행위의 악취가 온 천지를 뒤덮으리라.

3.2.21. Not that I loved Caesar less

Romans, countrymen, and lovers! hear me for my
cause, and be silent, that you may hear: believe me
for mine honour, and have respect to mine honour, that
you may believe: censure me in your wisdom, and
awake your senses, that you may the better judge.
If there be any in this assembly, any dear friend of
Caesar's, to him I say, that Brutus' love to Caesar
was no less than his. If then that friend demand
why Brutus rose against Caesar, this is my answer:
−Not that I loved Caesar less, but that I loved
Rome more. Had you rather Caesar were living and
die all slaves, than that Caesar were dead, to live
all free men? As Caesar loved me, I weep for him;
as he was fortunate, I rejoice at it; as he was
valiant, I honour him: but, as he was ambitious,
I slew him.[16]

---

16) 브루터스는 시저의 시체가 놓인 광장의 연단에서 군중들에게 왜 자신이 시저를 죽일 수밖에 없었
는지 논리적으로 설명한다. 듣는 이의 이성에 호소하는 차분한 연설이다. 군중들은 "로마를 더 사
랑했기에" 자유를 억압하는 시저를 살해했다는 브루터스의 연설을 경청한다.

3.2.21. 시저를 덜 사랑해서가 아니라

로마시민, 동포, 그리고 친구 여러분.
내가 시저를 죽인 이유를 들어주시오. 조용히 들어주시오.
내 명예를 두고 날 믿어주시고, 날 믿기 위해
내 명예를 존중해주시오. 현명하게 날 판단해주시고
더 현명한 판단을 위해 이성을 일깨우시오.
만약 여러분 가운데 시저의 절친한 친구가 있다면,
이렇게 말하겠소. 시저에 대한 브루터스의 우정도
그에 못지않다고. 그럼 그는 물을 거요. 왜 시저에
대항해 일어섰느냐고? 내 답은 이러하오. 시저를
덜 사랑했기 때문이 아니라, 로마를 더 사랑했기 때문이라고.
여러분은 시저가 죽고 모두가 자유인으로 살기보다는,
시저가 살고, 모두가 노예로 살기를 바랍니까?
시저가 날 사랑했기에 난 그를 위해 울었고,
시저가 행운을 차지했기에 난 그걸 기뻐했고,
시저가 용감했기에 그분을 존경했습니다.
하지만 시저가 야심가였기에 나는 그를 죽였소.

3.2.28. Death for his ambition

There is tears for his love;

joy for his fortune;

honour for his valour;

and death for his ambition.

Who is here so base

that would be a bondman?

If any, speak; for him have I offended.

Who is here so rude that would not

be a Roman? If any, speak;

for him have I offended.

Who is here so vile that will not

love his country? If any, speak;

for him have I offended.

I pause for a reply.

(…)

I have done no more to Caesar,

than you shall do to Brutus. The question of

his death is enrolled in the Capitol; his glory not

extenuated, wherein he was worthy, nor his offences

enforced, for which he suffered death.[17]

---

17) 시저를 살해 동기를 차분하게 밝히는 브루터스 연설의 계속이다. 군중들은 그의 연설에 설득된 것
처럼 보인다. 그러나 잠시 후 안토니가 격정에 찬 선동적인 연설을 하자 군중들은 돌변한다. 차분
한 브루터스의 연설에 비해 피를 격동시키는 안토니의 웅변이 얼마나 더 효과적일지는 자명하다.
안토니의 연설을 들은 후 브루터스 일당을 반역자로 규정하고 폭동을 일으킨다.

3.2.28. 야심에 대해서는 죽음이 있을 뿐

시저의 사랑에 대해서는 눈물이,
행운에 대해서는 기쁨이,
그의 용맹에 대해서는 존경이,
야심에 대해서는 죽음이 있을 뿐.
여기에 노예가 되길 원하는
비열한 사람이 어디 있겠소? 있다면 말하시오.
난 그에게 잘못을 범한 셈이오.
진정한 로마인이 되고 싶지 않은
미련한 자가 어디 있겠소? 있다면 말하시오.
난 그에게 잘못을 저지른 셈이오.
조국을 사랑하지 않을 비열한 자가
어디 있겠소? 있다면 말하시오.
난 또한 그에게도 잘못을 저지른 셈이오.
자, 대답을 기다리겠소.
(…)
내가 시저에게 한 일은, 여러분이
장차 이 브루터스에게도 할 수 있는 일이오.
시저를 죽인 경위는 의사당에 기록되어 있소.
시저가 받아 마땅한 영광이 결코 축소되지도 않았고,
죽음을 면치 못하게 했던 과오가 과장되지도 않았소.

3.2.74. Friends, romans, countrymen

Friends, Romans, countrymen, lend me your ears;
I come to bury Caesar, not to praise him.
The evil that men do lives after them;
The good is oft interred with their bones;
So let it be with Caesar. The noble Brutus
Hath told you Caesar was ambitious:
If it were so, it was a grievous fault,
And grievously hath Caesar answered it.
Here, under leave of Brutus and the rest —
For Brutus is an honourable man;
So are they all, all honourable men —
Come I to speak in Caesar's funeral.
He was my friend, faithful and just to me:
But Brutus says he was ambitious;
And Brutus is an honourable man.
He hath brought many captives home to Rome
Whose ransoms did the general coffers fill:
Did this in Caesar seem ambitious?[18]

---

18) "로마시민, 동포 여러분, 그리고 친구 여러분!"으로 시작하는 브루터스의 연설을 패러디하면서, 군
중들의 감성에 호소하는 안토니의 수사적인 연설이다. 그는 "고결한 브루터스"라는 말을 반복하면
서 브루터스를 조롱한다.

3.2.74. 친구들, 로마시민, 동포 여러분

친구들이여, 로마인이여, 동포들이여. 제 말을 들어주시오.
난 시저를 묻으러 온 것이지 그를 칭찬하러 온 게 아니오.
인간의 악행은 죽은 후에도 계속 남지만
인간의 선행은 뼈와 함께 땅에 묻힙니다.
시저 역시 마찬가지요. 고결한 브루터스는
시저가 야심만만하다고 했소.
만약 그게 사실이라면 그건 분명 서글픈 결점이며
가슴 아프게도 시저는 그 대가를 치렀소.
여기 브루터스와 다른 분들의 허락 아래 말씀드립니다.
브루터스 공은 고결한 분입니다.
다른 분들 역시 고매한 분들입니다.
난 시저의 장례식에 추도사를 하러 왔습니다.
시저는 내 친구며, 나에게 성실했고 공정하셨소.
하지만 브루터스는 시저가 야심가였다고 말하고 있소.
브루터스 공은 고결한 분이시오.
시저는 수많은 포로들을 로마에 데리고 왔으며,
그 포로들의 석방보석금으로 국고를 채웠습니다. 어찌 이것이,
시저가 야심을 품고 있는 것처럼 보이게 했단 말입니까?

3.2.94. Brutus is an honourable man

When that the poor have cried, Caesar hath wept:

Ambition should be made of sterner stuff:

Yet Brutus says he was ambitious;

And Brutus is an honourable man.

You all did see that on the Lupercal

I thrice presented him a kingly crown,

Which he did thrice refuse: was this ambition?

Yet Brutus says he was ambitious;

And, sure, he is an honourable man.

I speak not to disprove what Brutus spoke,

But here I am to speak what I do know.

You all did love him once, not without cause:

What cause withholds you then, to mourn for him?

O judgment! thou art fled to brutish beasts,

And men have lost their reason. Bear with me;

My heart is in the coffin there with Caesar,

And I must pause till it come back to me.[19]

---

19) 대단히 수사적인 안토니의 연설의 계속이다. "여러분은 시저가 죽고 모두가 자유인으로 살기보다
는, 시저가 살고, 모두가 노예로 살기를 바라느냐?"는 브루터스의 이성적인 물음에 비해, "가난한
사람들이 울면 시저도 울었다"고 하면서 시저의 인간적인 면모를 들추어내는 안토니의 호소는 한
층 더 군중들의 마음을 격동시키는 감성적인 연설이다.

3.2.94. 브루터스는 고결한 분

가난한 사람들이 울면 시저도 울었습니다.
야심이란 분명 더 냉혹한 성질로 이루어진 것일 겁니다.
하지만 브루터스는 시저가 야심을 품었다고 합니다.
어쨌든 브루터스 공은 고결한 분입니다.
여러분 모두가 보셨습니다. 루퍼칼 축제에서
내가 세 번이나 시저에게 왕관을 바쳤지만,
그는 세 번이나 거절했습니다. 이게 야심이란 말입니까?
그러나 브루터스는 시저가 야심을 품었다고 했습니다.
브루터스 공은 분명 고결한 분이오.
브루터스 공의 말을 반박하려는 건 아니오.
난 다만 내가 아는 걸 말하기 위해 여기 있는 거요.
여러분은 한때 시저를 사랑했소. 물론 이유가 있어서요.
그런데 왜 여러분은 애도하길 주저하는 겁니까?
오, 분별력이여! 그대는 야수에게 도망쳐버리고
사람들은 이성을 잃어버렸구나. 날 용서하시오.
내 심장은 시저와 함께 관 속에 있소.
심장이 내게 되돌아올 때까지 기다려주시오.

3.2.183. The most unkindest cut of all

See what a rent the envious Casca made:

Through this the well-beloved Brutus stabbed;

And as he plucked his cursed steel away,

Mark how the blood of Caesar followed it,

As rushing out of doors, to be resolved

If Brutus so unkindly knocked, or no;

For Brutus, as you know, was Caesar's angel:

Judge, O you gods, how dearly Caesar loved him!

This was the most unkindest cut of all;

For when the noble Caesar saw him stab,

Ingratitude, more strong than traitors' arms,

Quite vanquished him: then burst his mighty heart;

(…)

I am no orator, as Brutus is;

But, as you know me all, a plain blunt man,

That love my friend; and that they know full well

That gave me public leave to speak of him.

For I have neither wit, nor words, nor worth,

Action, nor utterance, nor the power of speech,

To stir men's blood: I only speak right on;

I tell you that which you yourselves do know,

Show you sweet Caesar's wounds, poor poor dumb mouths,

And bid them speak for me:[20]

---

20) 안토니는 피로 얼룩진 시저의 망토를 내보이고, 브루터스의 일격이 "가장 잔인한 칼자국"이라고
하면서 군중들을 자극한다. 그러고는 난도질당한 시저의 육신을 보여주면서 군중들의 격렬한 반응
을 유도한다. 안토니의 연설은 선동에 가깝다.

3.2.183. 세상에서 가장 잔인한 칼자국

보시오! 질투심에 찬 카스카의 칼이 찌른 이 자국을….
총애를 받던 브루터스의 칼은 망토의 이곳을 관통했소.
자 보시오! 브루터스가 저주받은 칼을 뽑았을 때,
그 칼날을 따라 시저의 피가 얼마나 쏟아졌는지를….
시저의 피는 마치 문밖으로 나가 확인하려는 것 같았소.
브루터스가 정말 그렇게 잔인하게 내리쳤는지를….
여러분도 알다시피, 시저는 브루터스를 총애했소.
아, 신이시여, 판단하소서! 시저가 그를 얼마나 사랑했는지!
브루터스가 찌른 상처는 이 세상에서 가장 잔인한 칼자국이오.
고결한 시저는 브루터스가 찌르는 걸 보았을 때
그 어느 반역자의 배은망덕보다 더 강한 배신감을 느끼고
이에 압도당했소. 그리하여 그 위대한 심장은 터져버렸소.
(…)
나는 브루터스 공처럼 웅변가도 아니오.
여러분이 알다시피, 난 내 친구를 사랑하는
평범하고 무뚝뚝한 사내요. 그분들도 그걸 잘 알기에
시저의 추도사를 하도록 공적으로 허락한 거요.
나는 사람의 피를 끓게 하는 재주도
말주변도 품격도 몸짓도 언변도 설득력도 없는
사람이오. 난 그저 솔직하게 말할 뿐이오.
여러분 자신이 알고 있는 걸 말할 뿐이오.
여러분께 시저의 상처와 말 못하는 그의 불쌍한 입을
보여드리고, 그것들이 저 대신 말하게 할 뿐이오.[21]

---

21) 안토니는 자신이 브루터스 같은 웅변가도 아니고 말주변도 없다고 하지만, 이는 수사적인 말장난
일 뿐이다. 그는 누구보다도 군중의 심리를 잘 꿰뚫어보고 그들의 마음을 움직일 수 있는 사람이다.

4막. 우정이 쇠락하기 시작하면

4.2.20. When love begins to decay

BRUTUS: He is not doubted. A word, Lucilius;

How he received you, let me be resolved.

LUCILIUS: With courtesy and with respect enough;

But not with such familiar instances,

Nor with such free and friendly conference,

As he hath used of old.

BRUTUS: Thou hast described

A hot friend cooling: ever note, Lucilius,

When love begins to sicken and decay,

It useth an enforced ceremony.

There are no tricks in plain and simple faith;

But hollow men, like horses hot at hand,

Make gallant show and promise of their mettle;

But when they should endure the bloody spur,

They fall their crests, and, like deceitful jades,

Sink in the trial. Comes his army on?[22]

---

22) 같은 편인 카시어스가 친숙한 표를 내지 않고 "공손하고 정중하게 대했다"는 루실리어스의 말에
브루터스가 하는 말이다. 지나치게 격식을 차리는 것을 우정이 시들어가고 있는 증거로 보고 있다.

4.2.20. 우정이 쇠락하기 시작하면

브루터스: 그를 의심하진 않아. 루실리어스, 할 말이 있소.
　그가 당신을 어떻게 대했소? 좀 자세히 말해주시오.
루실리어스: 공손하고 정중하게 대했습니다.
　하지만 친숙한 표를 내지는 않았어요.
　예전처럼 허심탄회한 대화나
　친절한 대화는 나누질 못했습니다.
브루터스: 그건 뜨거운 우정이 식어가고
　있다는 걸 말하는군. 명심하시오, 루실리어스.
　우정이 병들어 쇠락하기 시작하면
　억지로 예의를 차리는 법이라는 것을. 정직하고
　성실한 사람에겐 술수가 드러나지 않는다는 것을.
　속이 빈 사람은 경주에 나선 말들처럼
　처음엔 기세를 부리고 용감한 척하지만
　숨 가쁜 박차를 견뎌내야 할 때는
　갈기를 축 늘어뜨리고, 겉모습만 그럴 듯한 둔마처럼,
　어려운 상황에 처하면 무너지고 말거든.

4.3.218. There is a tide in the affairs of men

The people 'twixt Philippi and this ground

Do stand but in a forced affection;

For they have grudged us contribution:

The enemy, marching along by them,

By them shall make a fuller number up,

Come on refreshed, new-added, and encouraged;

From which advantage shall we cut him off,

If at Philippi we do face him there,

These people at our back.

(⋯)

Our legions are brim-full, our cause is ripe:

The enemy increaseth every day;

We, at the height, are ready to decline.

There is a tide in the affairs of men,

Which, taken at the flood, leads on to fortune;

Omitted, all the voyage of their life

Is bound in shallows and in miseries.

On such a full sea are we now afloat;

And we must take the current when it serves,

Or lose our ventures.[23]

---

23) 브루터스는 카시어스가 자격도 없는 이들에게 매관매직을 하고 더러운 "뇌물을 탐하며 손을 더럽히고 있다(itching palm, 4.3.10)"고 비난한다. 시저 살해라는 거사를 함께했던 그들의 불화가 드러나는 지점이다. 안토니와의 최종 전투를 앞두고 브루터스와 카시어스는 의견 차이를 보인다. 카시어스는 안전한 장소의 이점을 살려 아군이 먼저 움직이지 말고 적군을 기다리자고 주장한다. 그러나 브루터스는 적의 수가 날로 불어나고 있고, 인간만사엔 때가 있어서 기다리기만 하면 좋은 시기를 놓칠 수 있으니 가장 유리한 지금 행동을 취해야 한다고 주장한다. 그러나 이는 치명적인 결정이고 브루터스는 이 전투에서 패한다. 시저와 함께 안토니를 죽이자고 제안했던 카시어스는 늘 현실적인 충고를 하지만, 명분을 중시하는 브루터스는 그의 말을 잘 듣지 않아 실패를 자초한다.

4.3.218. 인간만사엔 조수가 있는 법

필리피와 이곳 사이에 사는 주민들은
강요에 못 이겨 우리 편을 들고 있는 거요.
그들은 할 수 없이 징발에 응하고 있으니까.
그 지역을 진군하는 동안 적들 병력은
주민들의 호응으로 더욱 증강될 것이고
새로운 병력의 보강으로 사기도 진작될 거요.
적들이 그런 유리한 고지를 선점하는 걸 막기 위해
우리는 필리피에서 적과 대결하면서
주민들을 우리 배후에 두어야 하오.
(…)
아군은 의기충천하며, 명분 또한 무르익었소.
하지만 적군의 병력은 나날이 늘어나고,
절정에 이른 우리 병력은 언제 다시 줄어들지 몰라요.
인간만사엔 조수가 있는 법이죠.
밀물을 잘 타면 행운을 잡을 수 있지만,
그걸 놓치면 우리의 인생항로는
여울에 처박혀 불행에 빠지게 되고 말아요.
우리는 지금 그런 만조 위에 떠 있는 셈.
유리할 때 이 조류를 타지 못하면
우리의 일들은 허사가 되고 마는 법이죠.

5막. 우리 일은 모두 끝났다

5.3.63. Our deeds are done

TITINIUS: No, this was he, Messala,

But Cassius is no more. O setting sun,

As in thy red rays thou dost sink to-night,

So in his red blood Cassius' day is set;

The sun of Rome is set! Our day is gone;

Clouds, dews, and dangers come; our deeds are done!

Mistrust of my success hath done this deed.

MESSALA: Mistrust of good success hath done this deed.

O hateful error, melancholy's child!

Why dost thou show to the apt thoughts of men

The things that are not? O error! soon conceived,

Thou never com'st unto a happy birth,

But kill'st the mother that engendered thee.[24]

---

24) 카시어스는 전황이 불리한 줄 알고 착각하여 그의 하인에게 "시저의 내장을 도려낸 나의 이 칼로 내 심장을 찔러" 달라고 청하여 죽고 티티니어스와 메살라는 그의 죽음을 애도한다. 카시어스는 인간 스스로 자신의 운명을 개척할 수 있다고 말한 바 있다. 그러나 카시어스는 전황이 불리한 줄 알고 오해를 해 허무한 죽음을 맞이한다. 운명의 노리개가 된 셈이다.

5.3.63. 우리 일은 모두 끝났다

티티니어스: 그렇소, 예전엔 카시어스였소, 메살라.
　하지만 이젠 카시어스가 아니오. 오! 지는 해여!
　붉은 노을 속에 하루가 저물 듯
　저 붉은 핏속에 카시어스의 일생도 저물어버렸구나.
　로마의 태양은 져버렸다! 우리의 날도 져버렸고.
　구름아, 이슬아, 위험아, 오너라. 우리가 할 일은 이제 끝났다.
　내가 전투에서 진 줄 알고 이런 일을 저질렀어.
메살라: 전황이 불리한 줄 알고 이런 행동을 한 거야.
　아! 우울증의 자식인 가증스런 오해여!
　어찌하여 여린 인간의 마음속에 뛰어들어
　있지도 않은 일을 있는 것처럼 보여주느냐? 오해여!
　쉽게 인간 마음에 잉태되어 행복하게 태어나지만,
　널 낳은 어미를 잡아먹고야 마는구나!

5.5.68. The noblest Roman of them all

This was the noblest Roman of them all:
All the conspirators save only he
Did that they did in envy of great Caesar;
He only, in a general honest thought
And common good to all, made one of them.
His life was gentle, and the elements
So mixed in him that Nature might stand up
And say to all the world 'This was a man!'[25)]

---

25) 전투에 패해 죽음을 맞이한 브루터스를 두고 안토니는 "가장 고결한 로마인"이라고 칭찬한다. 안
   토니의 언급처럼 명예와 자유를 그 무엇보다도 소중하게 생각하는 브루터스는 음모자들 중 유일
   하게 사심이나 야심이 없이, 로마인들의 자유와 공익을 위해 시저 살해라는 거사에 참여했던 인물
   이다. 브루터스의 적인 안토니와 옥타비어스 시저조차도 그의 인품과 덕성을 믿어 의심치 않는다.

5.5.68. 그들 중에 가장 고결한 로마인

브루터스는 그들 중 가장 고결한 로마인이었소.
이분을 제외하면, 음모를 꾸민 사람들 모두
시저에 대한 시기심 때문에 그런 짓을 했소.
오직 그분만이 모두를 위한 공동의 선을 행하려고
올곧은 생각에서 음모자들의 일원이 되었소.
그분의 생애는 고결했고 그분 인품은 원만했소.
그리하여 대자연도 고개를 들고, 온 세상을 향해
이렇게 외칠 정도였소. "그분이야말로 진정한 사내였다!"

셰익스피어 작품에서 차용한 제목들

위기에 직면한 작가들은 모두 셰익스피어의 작품들에 눈을 돌렸다.* 그들은 종종 셰익스피어의 구절들을 인용하면서 자신의 작품을 끝맺는다. 뉴스 머리기사에서부터 베스트셀러와 회사의 보고서에 이르기까지, 그 어떤 것도 셰익스피어와 관련되지 않은 것이 거의 없는 것처럼 보인다. 필자는 셰익스피어라는 작가에게서 슬쩍 가져온 책의 제목 전부를 목록으로 제공하길 원했지만, 약 500개 정도의 목록을 만든 후 포기했다. 그 목록은 당혹스러울 정도로 다양했기 때문이다. 나는 내 책의 제목을 "낡은 말에 새 옷 입히기(Dressing Old Words New)"나 "개발에 편자(Caviar to the General)"[1] 대신 1948년의 뮤지컬 <케이트, 키스해주오>(Kiss Me Kate)에서 열렬한 갈채를 받았던 노래에서 책의 제목을 빌려왔다. 그것은 다름 아닌 "셰익스피어 새롭게 읽기(Brush Up Your Shakespeare)"라는 제목이다. 그러나 셰익스피어의 영향을 피할 방도는 없다. 이 뮤지컬의 제목 그 자체가 『말괄량이 길들이기』에서 따온 제목이기 때문이다.

차용은 더 많은 차용을 낳는다. 셰익스피어를 언급하는 것은 감자 칩을 먹는 것과 같다. 일단 시작하면 멈추기가 어렵다는 말이다. 이런 점에서 올더스 헉슬리(Aldous Huxley)는 가장 게걸스런

---

* 이 챕터는 마이클 매크론(M. Macrone)의 저서 『셰익스피어 새롭게 읽기』(Brush Up Your Shakespeare, HarperResource Book, 2000) 제4장을 축약하여 작성한 것이다.
1) "낡은 말에 새 옷 입히기"는 『소네트』 76번에서 따온 표현이며, "개발에 편자"란 문구는 『햄릿』에서 따온 표현이다.

독식가 중 한 사람이다. 그는 적어도 일곱 번이나 셰익스피어에게 빚지고 있다. 헉슬리는 『햄릿』에서 따온 책 제목 『삶의 굴레』(Mortal Coils, 1922)에서 볼 수 있듯이 매우 확실한 도둑질은 물론 『헨리 4세 제1부』에서 따온 제목 『시간은 멈추어야 한다』(Time Must Have a Stop, 1944)에서 볼 수 있듯이 매우 은밀한 도둑질까지 잘해냈던 작가였다.

이로 인해 셰익스피어가 잃은 것은 아무것도 없다. 사실 이는 셰익스피어에게 이로운 일이다. 『폭풍우』에서 미란다가 순진하게 외치는 "아 멋진 신세계!(O brave new world!)"라는 구절은 헉슬리가 자신의 소설 『멋진 신세계』(Brave New World, 1932)에서 과학기술의 반유토피아적 성격을 지칭하는 어구로 변형시키기 전에는 어느 누구의 입에도 자주 오르내리지 않았다. 헉슬리는 자발적으로 셰익스피어 작품의 구절들을 인용했다. 『멋진 신세계』는 헉슬리로 하여금 『다시 간 멋진 신세계』(Brave New World Revisited, 1958)에서 다시 한 번 이 표현을 사용하도록 자극했다. 그러나 그때 이미 이 구절은 헉슬리 자신의 것이 되었다.

그러나 제2세대에 속한 차용자마다 한 번씩은 헉슬리의 구역을 침범한다. 비교적 최근에 재 상연된 로버트 쿠크(Robert Cooke)의 『자연을 개량하기: 유전공학의 멋진 신세계』(Improving on Nature: The Brave New World of Genetic Engineering, 1977)라는 작품과 1986년에 더욱더 소름끼치는 방식으로 재상연된 그랜트 프예르메달(Grant Fjermedal)의 『미래의 창조자: 살아 있는 뇌 기관의 멋진 신세계』(The Tomorrow Makers: A Brave New World of Living Brain Machines)라는 작품이 바로 그런 작품이다. 이러한 현대의 카산

드라(Cassandra)[2]들이 "멋진 신세계"라는 문구를 인용할 때, 그 무엇보다도 헉슬리의 책들을 염두에 두고 있는 것이 사실이다. 하지만 새롭게 읽기 시작하는 우리 독자들은 에이븐의 백조인 셰익스피어에게 저작권 사용료를 낼 준비를 해야 할 것이다.

셰익스피어라는 시인이 사용한 말들을 신랄하게 비평하는 대부분의 작가들은 이미 셰익스피어를 철저하게 다시 읽었고, 독자들이 이를 알아주길 원했던 사람들이다. 그 예를 들어보자. 로렌스(D. H. Lawrence)는 단편집 제목으로 "이 삶의 굴레(This Mortal Coil)"를 사용하는데 이는 『햄릿』에서 빌려온 제목이다. 잉마르 베르그만(Ingmar Bergman) 또한 그네 타는 곡예사에 관한 영화의 제목 <독사의 알>(The Serpent's Egg, 1977)을 『줄리어스 시저』에서 끌어온다. 『오, 후렴이 잘도 맞아 떨어지네』(O How the Wheel Becomes It)[3]로 불리거나 "죽을 운명과 비엔나의 자비(Mortality and Mercy in Vienna)"[4]라고 불리는 어떤 책들이 있다. 작가들은 모든 사람들이 이 책들의 제목을 셰익스피어의 작품에서 따왔음을 알아차리게 될 것이라고 추측할 것이다. 발디미르 나보코프(Valdimir Nabokov)는 전형적인 방식으로, 『창백한 불꽃』(Pale Fire, 1962)이란 책의 제목을 셰익스피어 작품 가운데 가장 덜 읽히는 작품 중 하나인 『아테네의 타이몬』으로부터 슬쩍 가져온다. 그는 마치 자신이 셰익스피어를 여러분보다 더 새롭게 읽으려고 노력하고 있는 사람이라는 걸 증명하려는 사람처럼 보인다.

---

2) 그리스 신화에 따르면 불행한 일을 예언하지만 아무도 그 예언을 믿지 않는 트로이의 공주.
3) 안토니 파월(Anthony Powel)이 1983년 『햄릿』으로부터 따온 제목.
4) 토마스 핀천(Thomas Pynchon)이 1959년 『자에는 자로』 1막 1장 공작의 대사에서 따온 제목.

셰익스피어에게서 도움을 얻은 작가들의 목록은 명예로운 문필가의 명부처럼 간주된다. 찰스 디킨즈(Charles Dickens)가 자신이 발행한 주간 잡지를 『귀에 익은 말』(Household Words)[5]이라고 했을 때 정확하게 그가 어떤 생각을 품고 있었는지를 알기는 어렵다. 그러나 이 어구의 출처는 셰익스피어의 『헨리 5세』일 것이다. 『오들리 부인의 비밀』(Lady Audley's Secret)의 저자이며, 계속해서 책을 출판했던 빅토리아 시대의 소설가 메리 브래던(Mary E. Braddon)은 『줄리어스 시저』에서 출판연도 미상인 『밀물을 타다』(Taken at the Flood)라는 작품 제목을 따왔다. 이는 4막 3장 브루터스의 유명한 연설 중의 한 문구이다. 1948년에 들어 아가사 크리스티(Agatha Christie)도 이런 추세에 편승했다. 포시쓰(Frederick Forsyth)가 1974년에 출판된 『전쟁이라는 개』(The Dogs of War)[6]라는 책을 혹평할 때, 그는 카시어스의 강력한 상대인 안토니와 더불어 자신의 운명을 점친다. 데이비드 할버스탬(David Halberstam)은 자신의 책에 『가장 고결한 로마인』(The Noblest Roman, 1961)이란 제목을 붙이는데, 이는 안토니의 전우이자 미래의 강력한 상대인 옥테비어스 시저의 대사에서 따온 제목이다. 오그던 내쉬(Ogden Nash)는 『햄릿』의 오필리아의 대사를 끌어와서 『앵초꽃 길』(The Primrose Path, 1935)이란 제목의 책을 출판한다. 맥돈널(Achibald Macdonnell)은 『그 얼마나 천사 같은가』(How Like an Angel, 1935)라고 외치고, 렉스 스타우트(Rex Stout)는 『그 얼마나 신과 같은가』(How Like a God, 1929)라고 답하는데, 이는 햄릿 왕자의 유명한 대사 가운데

---

5) 1850년에서 1859년까지 영국에서 발행된 잡지.
6) 『줄리어스 시저』 3막 1장의 안토니의 대사에서 따온 제목.

하나를 연상시킨다.

조이스 캐롤 오츠(Joyce Carol Oates)는 셰익스피어의 『안토니와 클레오파트라』에서 안토니가 외쳤던 구절에서 『새 하늘과 새 땅』(New Heaven, New Earth, 1974)이란 제목을 가져온다. 그런데 오츠는 『호레이쇼, 이 천지간에는 더 많은 것이 있어』(More Things in Heaven and Earth, Horatio)[7]라는 제목에 드러난 고드프레이 매쓔(Godfrey W. Mathew)의 암시를 잊어버린 것처럼 보인다. 존 스타인백(John Steinbeck)은 『리처드 3세』를 참조하여 1961년에 『우리의 불만스런 겨울』(The Winter of Our Discontent)이란 제목의 책을 출판한다. 1936년 도로시 파커(Dorothy Parker)는 『로미오와 줄리엣』에서 『샘처럼 깊지는 않지만』(Not So Deep as a Well)이란 제목을 발견했고, 포드 매독스 포드(Ford Madox Ford) 역시 이 작품에서 『그건 나이팅게일이었어』(It Was the Nightingale, 1933)란 책 제목을 가져왔다. 오든(W. H. Auden)은 1962년 자신의 에세이 모음집 제목을 『염색공의 손』(The Dyer's Hand)이라고 지었는데, 이는 셰익스피어의 염세적인 "소네트 111"에서 따온 제목이다.

필자의 조사에 따르면, 자신들의 책 제목을 『도대체 이름이 뭐지?』(What's in a Name?)라고 붙인 15명의 작가들을 포함해서, 셰익스피어의 구절을 약탈한 사람들 가운데 상당수는 문학적 연상 작용을 호의적으로 받아들인다. 적어도 6명의 시인을 포함한 26명의 작가들이 자신들의 작품에 『완전히 한 바퀴』(Full Circle)란 제목을 붙이고 있는데, 이는 아마 많은 사람들이 『리어 왕』에 나오

---

7) 1934년 출판된 책으로 햄릿의 말에서 따온 제목.

는 에드먼드의 대사-"수레바퀴가 완전히 한 바퀴를 돌아 제자리에 온다(the wheel is come full circle)"-를 망각하고 한 짓일 것이다. 『완전히 한 바퀴』를 떠올릴 때 마음속에서 이 구절의 기원을 염두에 둔 사람은 분명 아무도 없을 것이다. 에드워드 엘가 경(Sir Edward Elgar)은 1901년에 "위풍당당(Pomp and Circumstance)" 행진곡을 작곡했을 때 『오셀로』를 염두에 두었을 것이고, 노엘 카워드(Noel Coward)가 1960년 출판된 소설에 그 제목을 붙였을 때도 역시 그러했을 것이다. 그러나 1908년에 『오셀로』의 구절을 가져와 『위풍당당』이란 책을 출간한 데로시아 제가드(Dorothea Gerard)나 1929년 같은 제목의 책을 출간한 공작부인 엘리자베스 클레르몽-토네르((Elisabeth Clermont-Tonnerre)와 같은 사람들의 경우는 어떠한가? 그들이 무어인 오셀로의 비극이나 엘가 경의 멜로디에 관심을 표한 적이 있었던가?

어떤 이는 셰익스피어 작품을 인용한 제목들의 진화에서 다윈식의 패턴을 본다. 최초의 대담한 전유는 점차 세대를 거듭할수록 전혀 별개의 종(種)으로 변해간다. 스콧 몽크리프(Scott Moncrief)가 1922년에 마르셀 프루스트(Marcel Proust)의 『잃어버린 시간을 찾아서』(A la recherche du temps perdu)를 번역하기 위해 『소네트』에서 한 행(소네트 30번 2행 "remembrance of things past")을 끌어왔을 때 이런 경향을 짐작했어야 했다. 『지나간 일들의 추억』(Remembrance of Things Past)과 같은 책의 제목은 과거를 기념하는 감상적인 책들과 회고록의 세련된 제목으로 자리매김하여 왔다. 예를 들면 1925년 출판된 존 하워드(John Howard)의 책과 1935년 출판된 데오발드 경(Sir Henry Studdy Theobald)의 책, 비교적 비감상적인 우리 시대의 작가 브루스(F. F. Bruce)가 출판한 1980년의 책들이 그런 책들이다. 우리는 이에 대한 뉴질랜드 사람들의 공헌을 언급하지 않을 수 없다. 『지난 일들의 추억: 솔웨이 대학 50년제』(Remembrance of Things Past: Solway College Golden Jubilee)이라는 책 제목이 있는데, 이는 『잃어버린 시간을 찾아서』의 작가인 프루스트의 모교를 언급하고 있다고 보기에는 상당한 거리가 있는 제목이다. 헉슬리의 경우와 마찬가지로, 이는 몽크리프의 공도 셰익스피어의 공도 아니다. 하지만 그 소네트가 아니었더라면 우리는 아마 "잃어버린 시간을 찾아서(In Search of Lost Time)"로 읽었을 것이고, 프루스트의 책은 의심의 여지없이 현재보다는 훨씬 덜 광범위하게 읽혔을 것이다.

사설을 쓰는 모든 편집자들은 "지나간 것은 서막(What's past is prologue)"[8]이란 표현을 만들어낸 셰익스피어에게 감사해야 할 이유가 있다. 가장 좋아하는 행이 무엇이냐는 물음에 항상 이 구절을 언급하는 각급 교육기관 관계자들 또한 셰익스피어에게 빚을 지고 있다. 내가 만약 역사적 분기점에 이른 어떤 단체의 장이었다면, 나 역시 이 구절을 이용하려고 했을 것이다. 1951년에 설립 100주년을 자축하기 위해 『"지나간 것은 서막": 1852-1952, 한 세기의 교육』("What's past is prologue": 1852-1952, a Century of Education)이란 책자를 발간한 캘리포니아 오크랜드(Oakland) 소재 밀즈 대학(Mills College)은 이 구절을 인용한 선구자이다. 셰익스피어 문구에서 따온 이런 인용의 흔적들은 차용하는 순간 원래의 문구로부

---

8) 『폭풍우』의 구절로 축약하여 "Past and prologue"로 쓰기도 함.

터 사라진다. 그런데 이는 인용자의 자아인식의 수준과 정직성의 정도를 잘 보여준다. 미국 사회사업가협회가 1955년에 『지나간 것은 서막』이란 책자를 발간했을 때, 그 구절은 직접 인용되길 멈추고 대신 일종의 제도화된 공식이 되었다. 미국 시민자유연맹은 『헌법으로 보장된 자유: "지나간 것은 서막"』(Constitutional Liberties: "The Past Is Prologue", 1958)이란 제목을 사용함으로써 "지나간 것은 서막(What's past is prologue)"이란 문구로 되돌아간다. 그러나 정확한 인용이 아니면서도 셰익스피어 문구의 인용처럼 쓰이는 것은 후대에 부정적 예로 작용한다. 그러므로 미국 맹인 연맹의 후원 아래 쓰인 보고서, 『지나간 것은 서막 … 다음 반세기의 인간 복지』(The Past Is Prologue … Human Welfare in the Next Half Century, 1964)와 같은 제목에서 볼 수 있는 해묵은 오용의 사례들이 발생한다. 도이스 누니스 주니어(Doyce B. Nunis, Jr.)는 1968년에 출판된 『지나간 것은 서막: 태평양 상호생명보험회사 100주년의 초상』(Past Is Prologue: A Centennial Portrait of Pacific Mutual Life Insurance Company)에 세련된 제목을 붙이기 위해 "지나간 것은 서막(What's past is prologue)"이란 구절을 채택한다. 그리고 윌프레드 클락(Wilfred A. Clarke) 역시 1972년 『멕시코 은행의 역사: 지나간 것은 서막』(History of the Bank of Mexico: The Past Is Prologue)이란 제목의 책으로 그와 합세한다. 어느 시점에서 100주년 또는 50주년을 기념하는 일은 불가피한 일이다. 미국 고속도로 연구위원회는 1972년에 『지나간 것은 서막: 첫 오십 년』(Past Is Prologue: The First Fifty Years)이란 제목의 책을 발간함으로써 그 선례를 따른다. 그런데 이는 오늘날 우리가 "지나간 것은 서막"이란 구절이 최종적으로 사설의 지면에서 대하게 되는 형식으로 변형되었음을 보여주는 제목이다.

셰익스피어의 작품들은 아마 자신의 이름을 햄릿이나 맥베스처럼 명부에 영원히 등재하고 싶은 회고록 집필자들에게 최고의 사냥터일 것이다. 1984년 프랑소와 사강(Françoise Sagan)이 그러했던 것처럼 1988년 더글라스 패어뱅크 주니어(Douglas Fairbank, Jr.)도 『풋내기 시절』(The Salad Days)[9]이란 책에서 자신의 젊은 시절을 회고한다. 『당신 좋으실 대로』(As You Like It)라는 희극으로부터 따온 "젊은 시절의 한 사람(One man in his time)"이란 구절은 모드 스키너(Maud Skinner, 1938), 니콜라이 보로딘(Nikolai Borodin, 1955), 세르게 오블렌스키(Serge Oblensky, 1958), 필리스 린(Phyllis Lean, 1964), 앨릭 웨스트(Alick West, 1969), 마조리 비숍(Marjorie Bishop, 1979), 해리슨(G. B. Harrison, 1985) 등의 전기 작가와 자서전 작가들에게 특히 인기가 있다. 만약 여러분이 어떤 군주에 대한 아첨의 글을 써야 한다면, 『리어 왕』에서 따온 『뭐로 보나 왕』(Every Inch a King)이란 제목보다 더 좋은 제목이 어디 있겠는가? 바바리아(Bavaria)의 필러(Pilar) 공주와 데스몬드 채프만-허스톤(Desmond Chapman-Huston) 소령은 1932년에 스페인 왕 알폰소(King Alfonso) 13세의 비문으로 이 문구를 택했다. 코스타(Sergio Correa da Costa)는 1950년, 너무나 훌륭했던 브라질의 초대 황제 돔 페드로(Dom Pedro) 1세의 전기를 쓰면서 주저 없이 같은 제목을 붙였다. 요르단의 후세인(Hussein) 왕은 이 구절을 피하고 대신 『편히 잠을 자

---

[9] 『안토니와 클레오파트라』에서 줄리어스 시저와의 관계가 "풋내기 시절"의 일이었다고 언급하는 클레오파트라의 대사에서 따온 제목.

본 적이 없다』(Uneasy Lies the Head, 1962)[10]라는 제목을 택했는데, 이는 아마 실성한 리어보다는 지친 헨리 4세를 그에게 좀 더 적합한 모델로 생각했기 때문일 것이다.

허버트 촌시(Herbert Chauncy)가 어떤 사람이든, 우리는 준 남작인 엘톤 경(Sir Arthur Hallam Elton)이 쓴 전기인 『허버트 촌시: 죄지은 것보다 더 큰 대가를 치른 자』(Herbert Chauncy: A Man More Sinned Against than Sinning)[11]를 통해 그가 "죄지은 것보다 더 큰 대가를 치른 사람"이라는 것을 알고 있다. 로이 스트루벤(Roy Struben)은 모호하지만 이 구절과 상대되는 문구가 "밀물을 타다"(Taken at the Flood)[12]라는 표현이라고 보고했다. 이는 또한 1960년 존 군터(John Gunter)가 쓴 다른 전기의 제목이기도 하다. 존 로쓰스테인 경(Sir John Rothstein)은 『여름이란 임대기간』(Summer's Lease)[13]이란 제목 아래 자신의 삶을 서술하기 시작했다. 1963년 자신의 회고록을 집필하면서 빈센트 매시(Vincent Massey)는 그때까지 친숙한 표현이던 『지나간 것은 서막』(What's Past is Prologue)이란 제목을 채택했다.

고통받는 예술가들을 전문적으로 다루는 비평가들과 전기 작가들은 본능적으로 『햄릿』으로 눈을 돌려 햄릿 왕자의 폭언에 대한 폴로니어스의 평가를 주시했다. "미치긴 했지만 하는 말 속에 조리가 있다(Though this be madness, yet there is method in't)."[14] 이

10) 『헨리 4세 1부』 3막 1장에서 헨리 4세는 "왕관을 쓴 제왕은 편히 잠을 자본 적이 없다(Uneasy lies the head that wears a crown)"고 고백한다.
11) 1860년 출판된 책으로 『리어 왕』의 구절로부터 제목을 따왔다.
12) 1968년 출판된 책으로 『줄리어스 시저』 4막 3장의 브루터스의 대사에서 제목을 따왔다.
13) 1965년 출판된 책으로 "소네트 18"의 4행으로부터 제목을 가져옴.
14) 『햄릿』 2막 1장의 폴로니어스의 대사.

구절은 후세의 수많은 문학가들에게도 거의 동일하게 적용될 수 있는 표현으로 판명되었다. 하베이 이글슨(Harvey Eagleson)의 『거트루드 스테인: 광증 속의 조리』(Gertrude Stein: Method in Madness, 1936), 에드워드 버처(Edward Butscher)의 『실비아 플래스, 조리와 광증』(Silvia Plath, Method and Madness, 1976), 로저 플래티츠키(Roger S. Platizky)의 『반대자의 청사진: 테니슨 시에 나타난 광증과 조리』(A Blueprint of His Dissent: Madness and Method in Tennyson's Poetry, 1989)란 책 제목들과, 이 구절을 흥미롭게 뒤바꾼 캐롤 벡커(Carol Becker)의 『에드가 알렌 포우: 조리 속의 광증』(Edgar Allan Poe: The Madness of the Method, 1975)이란 제목이 바로 그런 예들이다.

그러나 작가들만이 정신분열증적 경향을 띤 것은 아니다. 셰익스피어는 극시를 집필했던 작가였을 뿐만 아니라 배우인 동시에 연극 제작자였다. 그러므로 배우들과 제작자들 또한 미친 척했던 햄릿의 상황을 공유했을 것이다. 딕 앳킨스(Dick Atkins)는 『조리에서 광기로: 헐리우드의 진상』(Method to the Madness: Hollywood Explained, 1975)에서 이러한 경향을 처음으로 과감히 지적했다. 그리고 이는 『광증 속의 조리: 멜 부룩스의 예술』(Method in Madness: The Art of Mel Brooks, 1981)을 쓴 모리스 야코바(Maurice Yacowar)의 주장을 반향하고 있다. 포스터 허쉬(Foster Hirsch)는 『조리에서 광기로: 배우 스튜디오의 역사』(A Method to their Madness: A History of the Actors Studio, 1984)라는 책에서 할리우드식 영화산업을 멀리한 "진정한" 배우들에게 그들이 누려 마땅한 정당한 몫을 부여하려고 했다. 미치광이 예술가들이여!

다행히 모든 창조적 정신이 절망의 상태로 내몰리진 않았다. 몇

몇 작가들은 어떤 유명한 문학적 인물들이 실제 우리들 가족과 같은 남성이었고 여성이었다는 점을 우리에게 확신시키기 위해 과감히 돌진한다. 예를 들면, 레오나르드(Leonard)와 버지니아 울프(Virginia Woolf)는 『진실한 영혼의 결혼』(A Marriage of True Minds)을 향해 돌진했고, 1977년에 조지 스파터(George Spater)와 이안 파슨즈(Ian Parsons)가 들려주는 내용 또한 그러하다. 베리썬 모리슨(N. Brysson Morrison)은 1974년 『진실한 영혼: 토마스와 제인 카릴의 결혼』(True Minds: The Marriage of Thomas and Jane Carlyle)이란 책을 출판했다.[15]

몇몇 작가들은 문학적 인용으로 인기 있는 "광기", "조리", "타인과의 결혼" 같은 문구의 비옥한 영역을 남겨두고 셰익스피어 극작의 발자국을 따라가려고 한다. 또한 그들은 그들 자신을 누구와 연관시키고 있는지를 우리가 알아주기를 원한다. 이런 관점에서 필자가 찾을 수 있었던 최초의 셰익스피어식 제목의 예는 극작가 아이작 잭맨(Issac Jackman)이 1777년 출판한 『이 세상 모두가 하나의 무대』(All the World's a Stage)[16]라는 책 제목이다. 셰익스피어의 오랜 영향을 보여주는 18세기의 작품으로는 1796년 출판된 프레드릭 레이놀드(Frederick Reynold)의 극작품 『운명의 노리개』(Fortune's Fool)[17]가 있다. 벤자민 웹스터(Benjamin Webster)라는 사람은 19세기경 『트로일러스와 크레시다』에서 제목을 따온 『선천적 특성』(One Touch of Nature)이란 작품을 무대에 올렸고,

---

15) "진실한 영혼의 결혼(a marriage of true minds)"이란 문구는 "소네트 116"에서 따온 것이다.
16) 『좋으실 대로』 2막 7장 제이키즈의 대사에서 따온 제목.
17) 『로미오와 줄리엣』의 대사에서 따온 제목.

조지 브룩스(George Brookes)의 『이 세상 모두가 하나의 무대』(All the World's a Stage)라는 작품도 비슷한 시기에 상연된 작품으로 추정된다. 또한 우리는 토마스 윌리엄즈(Thomas J. Williams)가 쓴 『잔인한 것도 애정 탓』(Cruel to be Kind, 1850)[18]이란 제목의 희곡을 좀 더 정확하게 자리매김할 수 있을 것이다.

윌리엄즈의 작품이 나온 지 128년 후인 1978년, 대중음악 작곡가인 닉 로(Nick Lowe)는, 어머니를 질책하면서 햄릿이 늘어놓는 애매한 변명, 즉 "잔인한 것도 다 애정 탓(Cruel only to be kind)"이란 표현을 다시 채택한다. 그가 작곡한 "잔인한 것도 애정 탓(Cruel to be kind)"이란 곡은 단독 앨범 "작은 히틀러(Little Hitler)" 뒷면에 그 모습을 드러냈다. 또 다른 70년대 후반의 로큰롤 그룹인 블론디(Blondie)는 당시에 가장 히트를 쳤던 『다시 한 번 더 표백제로』(Once More into the Bleach, 1989)[19]라는 앨범집의 장난기 섞인 제목을 "다시 한 번 더 돌파구로(the breach)"라는 셰익스피어 구절에서 따왔다.

업톤 싱클래어(Upton Sinclair)는 1948년 『자에는 자로』의 문구에서 제목을 따와 『거인의 힘』(A Giant's Strength)이란 그리 잘 알려지지 않은 희곡작품을 썼고, 같은 해에 플로렌스 라이어슨(Florence Ryerson)과 콜린 클레멘츠(Colin Clements)는 『생각도 못한 동침자』(Strange Bedfellows)[20]란 극을 무대에 올렸다. 1948년은 또한 『케이트, 키스해주오』(Kiss Me Kate)라는 뮤지컬의 원본이

---

18) 『햄릿』 3막 4장에서 햄릿이 어머니를 질책하면서 하는 말이다.
19) 『헨리 5세』 3막 1장에서 헨리 5세가 병사들을 독려하는 "다시 한 번 더 돌파구로(Once more unto the breach)"라는 문구를 비틀어 따온 제목.
20) 『폭풍우』 2막 2장에서 캘리번의 외투 속으로 기어들어간 트링큘로의 대사에서 따온 제목.

작곡되고 있을 무렵이다.

1950년대에 들어서자 셰익스피어로부터 영감을 받은 희곡 제목을 찾아보기란 정말 어렵게 되었다. 그러나 1960년대에는 셰익스피어의 구절을 제목으로 삼는 유행이 다시 번지게 되었다. 줄리안 슬래이드(Julian Slade)와 도로시 레이놀즈(Dorothy Reynolds)는 1961년 『안토니와 클레오파트라』에서 제목을 따온 <풋내기 시절>(Salad Days)이란 뮤지컬을 선보였고, 루이 달톤(Louis D'Alton)은 1963년에 『십이야』로부터 제목을 따온 <연인들의 만남>(Lovers' Meeting)을 무대에 올렸다. 1967년에는 이 당시 가장 인기 있었던 작품 중의 하나인 톰 스토파드(Tom Stoppard)의 『로젠크란츠와 길던스턴은 죽었다』(Rosencrantz and Guildenstern are Dead)가 상연되었는데, 이는 『햄릿』에서 제목을 따온 극작품이다.

웅장하고도 전율을 느끼게 하는 구절을 통해 감동을 찾으려는 작가들은 셰익스피어의 비극으로 눈길을 돌렸다. 던컨 윌리엄즈(Duncan Williams)는 1974년 출판된 자신의 책 『사느냐 죽느냐: 생존의 문제』(To Be or Not to Be: A Question of Survival)라는 제목을 찾기 위해 멀리 볼 필요가 없었다. 마르시아 밀만(Marcia Millman)은 1978년에 출판된 『가장 잔인한 일격: 내과 안쪽 방의 삶』(The Unkindest Cut: Life in the Backrooms of Medicine)이란 책 제목을 붙이기 위해 유혈이 낭자한 이미지가 필요했다.[21] ABC 텔레비전은 『넓은 학문의 세계』(The Wide World of Learning, 1978)를 소개하면서 프로그램의 제목으로 "내화막: 허망한 죽음으로 가는 길

---

21) 『줄리어스 시저』 3막 2장에서 안토니는 브루터스가 시저를 단도로 찌른 것을 두고 "가장 잔인한 일격(the most unkindest cut)"이라고 말한다.

(Asbestos: The Way to Dusty Death)"을 채택했고, 『맥베스』에서 영감을 받은 이 제목을 통해 우리의 등골이 오싹하게 했다. 반면 위트워(H. C. Witwer)는 『사랑과 배움: 너무 사랑하진 못했으나 현명하게 사랑한 전화교환수의 이야기』(Love and Learn: The Story of a Telephone Girl Who Loved Not Too Well but Wisely, 1924)에서 공포에 찬 절박한 위기 상황에서 침착하게 행동하는 여주인 공을 구해냈다. 그런데 이 제목은 오셀로의 마지막 대사를 영리하게 비틀어 재생산한 것이다.

가장 훔칠 만한 것은 아마 『맥베스』 5막 5장에 나오는 맥베스의 위대한 독백일 것이다.[22] 윌리엄 포크너(William Faulkner)는 "헛소리와 분노"라는 맥베스의 짧은 구절을 유명한 소설 작품 『헛소리와 분노』(The Sound and the Fury, 1929)의 제목으로 채택했다. 비록 그가 1924년에 『헛소리와 분노』(Sound and Fury)를 출판한 제임스 헨르(James Henle)로부터 한 대 얻어맞긴 했지만, 이는 맥베스의 독백을 재구성하는 데 활력을 불어넣었다. "헛소리와 분노"라는 문구 그 자체의 인기는 지속되었다. 잭슨 라이트(Jackson Wright, 1938), 프란시스 체이스 주니어(Francis Chase, Jr, 1942), 모리스 고르햄(Maurice Gorham, 1948), 리차드 콜리어(Richard Collier, 1963), 작곡가인 진 브리튼(Jean Britton, 1973), 워너 트로이어(Warner Troyer, 1980)와 같은 사람들은 이 문구를 조금 다른 형태로 변형하여 이용했다. 맥베스의 이 문구는 『에스콰이어』(Esquire)란 잡지의

---

22) 내일, 내일, 그리고 또 내일이/ 정해진 시간의 마지막 음절까지/ 하루하루 짧은 보폭으로 살금살금 기어서 가고,/ 우리의 모든 과거 일들은 바보들이 죽음으로 가는 길을/ 비추어 왔다. 꺼져라, 꺼져라, 단명한 촛불이여!/ 인생이란 걸어 다니는 그림자에 지나지 않을 뿐./ … 인생이란 바보가 지껄이는 이야기에 지나지 않을 뿐./ 아무런 의미 없는 헛소리와 분노(sound and fury)로 가득 찬.

편집자에게 쓰는 매달의 편지 칼럼 제목으로 계속 봉사하고 있다.

『맥베스』5막 5장의 맥베스 독백에서 다른 문구들을 끌어와 제목으로 삼은 수많은 종류의 책들이 있고, (인용되기를 멈추지 않는 헉슬리의 작품 하나를 포함해서) 두 권의 책이 "내일, 내일, 그리고 또 내일(Tomorrow and Tomorrow and Tomorrow)"이란 행 전체를 인용하고 있다. "이 짧은 보폭(This Petty Pace)"이란 문구는 매리 페티(Mary Petty)라는 미술가에 의해 자신의 1945년 스케치 모음집 제목으로 재미있게 전유되었다. 맥베스 독백의 첫 행 "내일 그리고 내일"이란 문구와 마찬가지로 "우리의 모든 과거 일들(All Our Yesterdays)"이란 문구도 공상과학소설 분야에서는 잘 알려진 유명한 표현이다. 이는 아마 그 문구를 채택한『스타트랙』(Star Trek) 에피소드의 영향 때문일 것이다. 사실 아로이스떼(Jean Lissette Aroeste)는 1978년 인기 있는 텔레비전 드라마의 제목으로 『우리의 모든 과거 일들: 영상소설 스타트랙』(All Our Yesterdays: A Star Trek Fotonovel)을 채택했고, 존 필(John Peel)은 1985년『우리의 모든 과거 일들: 스타트랙 파일들』(All Our Yesterdays: The Star Trek Files)이란 제목으로 향수를 불러일으켰다. 프랭크(Frank)와 아서 우드포드(Arthur Woodford)는『우리의 모든 과거의 일들: 디트로이트 약사』(All Our Yesterdays: A Brief History of Detroit, 1969)를 내놓았는데, 이는 공상과학소설이 아니다.

알래스태르 맥린(Alastair MacLean)은 자신의 작품이 화재 시 불을 차단해주는 내화막의 내용과 전혀 상관이 없음에도 불구하고 맥베스의 독백 구절을 인용하여『죽음으로 가는 길』(The Way to Dusty Death, 1973)이란 제목의 책을 출판했다. 나는 "단명한 촛불(Brief Candles)"에 불을 밝혔던 작가를 헉슬리 외에 두 명이나 더 찾아냈다. 세 명은 꽤 비슷하게 "걸어 다니는 그림자(Walking Shadows)"라는 문구를 이용했다. 로즈 마콜래이(Rose Macaulay)는 1923년 『바보가 지껄이는 이야기』(Told by an Idiot)라는 제목의 책을 썼지만 "바보가 지껄이는 이야기"는 아니었다. 말콤 에반스(Malcolm Evans)는 1986년 『아무런 의미도 없는 것』(Signifying Nothing)이란 제목의 책을 출판했고, 1년 후 브라이언 로트맨(Brian Rotman)은 『아무런 의미도 없는 것: 영의 기호학』(Signifying Nothing: The Semiotics of Zero)이란 책 제목으로 "아무런 의미도 없는"이란 맥베스의 대사를 다시 이용했다.

"우리의 모든 과거 일들(All Our Yesterdays)"이란 문구와 "내일 그리고 내일(Tomorrow and Tomorrow)"이란 문구 외에도 많은 셰익스피어의 대사들이 공상과학소설의 제목으로 사용되었다. 그 가운데 래이 브래드베리(Ray Bradbury)가 1962년 그의 책 제목으로 택한 "웬 고약한 놈이 이리 오는군(Something Wicked This Way Comes)"이란 『맥베스』 4막 1장 마녀의 대사가 아마 가장 유명할 것이다. 필립 딕(Philip Dick)이 1959년 자신의 책 제목으로 택한 햄릿의 대사 "세상은 관절이 어긋나 있다(Time out of Joint)"는 구절은 공상과학소설의 제목으로 처음 사용된 경우라고 할 수 있다. 과학자들 역시 셰익스피어를 무시하지 않았다. 래이 주니어(James D. Ray, Jr.)가 1971년 『인간이란 얼마나 멋들어진 걸작인가!: 생물학입문 강독』(What a Piece of Work Is Man: Introductory Readings in Biology)[23]이란 제목의 책을 출판했고, 즈데넉 얀 바클라빅(Jan Vaclavik)이 1961년 『광증 속의 조리: 노이로제와 정신병의 통일 신경생리학 이론』(The Method in the Madness: A Unitary Neuro-Physiological Theory of Neurosis and Psychosis)이란 제목의 흥미로운 책을 출판했기 때문이다. 인기 있는 의사(擬似) 과학자들은 예술가들과 신경생리학자들이 이 시장에서 설 곳이 없다는 것을 보여주려는 듯, 『경제학: 신화, 조리, 혹은 광증』(Economics: Myth, Method, or Madness?, 1971)이란 흥미로운 제목의 논문집을 편집하여 출판했다.

모든 분야에서 문학적 소양을 가진 셰익스피어 옹호자와 험담꾼을 동시에 볼 수 있는 것 같다. 에티켓에 관한 출판에 있어서도 예외는 아니다. "사회의 게으름뱅이(the Lounger in Society)"로 알려진 어떤 사람이 『풍속의 거울』(The Glass of Fashion, 1881)24)이란 안내서를 출판한 것으로 봐도 이는 분명하다. 셰익스피어 작품에서 가장 유명한 놈팡이 두 사람은 축제 분위기를 돋우는 책을 출판하도록 자극한다. W. S. 모옴(W. S. Maugham)은 『술과 안주』(Cakes and Ale, 1930)라는 책을 출판하기 위해 『십이야』 2막 3장의 토비 벨취 경을 찾아간다. 세상에 그리 알려지지 않은 작가 허르만 펫쩌(Herman Fetzer)는 또 다른 미식가로 변장하고 "제이크 폴스타프(Jake Falstaff)"라는 필명으로 『사과와 치즈』(Pippins and Cheese, 1960)25)라는 제목의 책을 쓰게 된다.

만약 여러분이 토비와 제이키즈를 저녁식사 파티에 초대할 생각이라면, 유용한 요리 책 몇 권은 손에 갖고 있길 원할 것이다.

---

23) "What a Piece of Work Is a Man!"(『햄릿』 2막 2장 303행)이란 햄릿의 대사에서 가져온 제목.

24) 『햄릿』 3막 1장의 오필리아가 햄릿을 묘사하는 대사에서 따온 제목.

25) 『윈저의 즐거운 아낙네들』 1막 2장 휴 에반스 경의 대사에서 따온 제목.

그레타 힐브(Greta Hilb)가 『헨리 8세』에서 그 제목을 따온 『제발!』 (For Goodness Sake!, 1964), 앨리스 H. 레지스(Alice H. Regis)가 『십이야』로부터 제목을 따온 『술과 안주: 음식 용어풀이 최종판』 (Cakes and Ale: The Ultimate Food Glossary, 1988), 캘리포니아 산 디애고에 있는 올 세인트 교회(All Saints Church)가 발간한 『멋진 틀니에 사탕을』(Sweets for the Sweet Tooth)[26) 같은 책들이 바로 그런 책들이다.

만약 여러분이 스스로를 상당히 전문적인 수준에 이르렀다고 생각한다면, 고객들과 고용된 직원들 간의 상호작용에 관한 사회 학적 현상을 탐구하고 싶어 할지도 모르겠다. 이러한 현상은 윌리 엄 R. 스콧(William R. Scott)의 『돈을 탐내는 손: 미국에서의 팁 관 행에 관한 연구』(The Itching Palm: A Study of the Habit of Tipping in America, 1916)[27)라는 책에서 분석된 바 있다.

사회적 영역에서뿐만 아니라, 정치학에 관심을 둔 작가들도 위 기에 직면하게 되었을 때, 셰익스피어 작품의 문구들 덕을 톡톡히 보았다. 보수적 노동조합 법정이 『거대한 힘: 영국무역조합의 입 헌적 법률적 지위에 관한 견해』(A Giant's Strength: Some Thoughts on the Constitutional and Legal Position of the Trade Unions in England, 1958)[28)라는 책을 출판했다. 이는 노동자의 실태에 관한 실제적인 흥미를 유발하는 책은 아니지만 『자에는 자로』에서 "거

---

26) 『햄릿』 5막 1장의 오필리아의 장례식에서 거트루드가 꽃을 뿌리면서 하는 말, "아름다운 이에게 아름다운 꽃을(Sweets to the sweet)"이란 구절을 변형하여 따온 제목.

27) 『줄리어스 시저』 4막 3장에서 브루터스가 카시어스를 두고 불법으로 황금을 긁어모은다고 비난하 는 대사, "돈을 탐내는 가려운 손바닥(an itching palm)"에서 따온 제목.

28) 『자에는 자로』 2막 2장에서 거인처럼 "거대한 힘(a giant's strength)"을 행사하는 일은 독재라는 뜻 으로 이사벨라가 앤젤로에게 하는 말.

대한 힘"이란 문구를 제목으로 따온 책이다.

거트루드 스타인(Gertrude Stein)과 멜 브룩스(Mel Brooks), 그리고 신경 생리학 분야와 경제학 분야에서 "광증 속의 조리"라는 문구는 인기가 있었다. 그런데 셰익스피어의 영향 아래 이와 유사한 제목을 택한 경우를 다른 분야에서도 맞닥뜨리게 된다. 존 캐인-베르만(John Kane-Berman)이 『남아프리카: 광증 속의 조리』(South Africa: The Method in the Madness, 1978)라는 책이 바로 그것이다. 남아프리카가 셰익스피어와의 관련성 때문에 영예롭다거나 그렇지 않은 유일한 나라는 아니다. 마벨 세군(Mabel Segun)은 『친구들, 나이지리아 국민, 그리고 동포 여러분』(Friends, Nigerians, Countrymen, 1977)이란 책 제목을 위해 마커스 안토니의 연설 중의 대사를 채택했고, 햄프턴 하워드(Hampton Howard)는 최근에 발표한 『친구들, 러시아 국민, 그리고 동포 여러분』(Friends, Russians, Countrymen, 1988)이란 책으로 세군에게 합세한다.[29]

러시아의 유리 글라조프(Yuri Glazov)는 『공산당에서 사느냐 죽느냐: 소비에트 사회주의 공화국 연방의 공산당원』(To Be or Not to be in the Party: Communist Party Membership in the USSR, 1988)이란 책에서 정말 애간장이 타는 문제를 제기한다. 햄릿의 문구 "사느냐 죽느냐(To be or not to be)"는 번역가 한스 크리스찬 앰더슨(Hans Christian Andersen)의 마음에 들어 1857년 번역된 『사느냐 죽느냐?』(To Be or Not to Be?)라는 책의 제목으로 채택된다. 『유대인이 될 것이냐 아니 될 것이냐?』(To Be or Not to Be a Jew, 1950)라는 제

---

29) 『줄리어스 시저』 3막 2장 안토니의 연설, "친구들, 로마시민, 그리고 동포 여러분(Friends, Romans, countrymen)"이란 문구를 변형하여 제목으로 삼은 책들이다.

목에 드러난 물음은 밀톤 스타인베르크(Milton Steinberg)를 생각나게 한다. 그러나 훨씬 더 심각한 것은 『처녀로 남을 것이냐 아니 남을 것이냐?』(To Be or Not to Be a Virgin, 1960)라는 끌로디아 드 리스(Claudia de Lys)의 질문인데, 이것은 정말 큰 문제이다.

슬로언 배쉰스키(Sloan Bashinsky)는 『변호사를 고용하고 해고하고 이용하고 소송을 제기하는 의뢰인 가이드』(A Client's Guide to Hiring, Firing, Using and Suing Lawyers, 1986)란 부제가 붙은 한 연구서에서 『헨리 6세 2부』에서 구절을 따와 "모든 변호사들을 죽여 버릴까?(Kill All the Lawyers?)"를 묻는다. 하지만 그의 연구의 부제가 이미 이 물음에 답하고 있고, 이런 방식은 피터 브래그던(Peter Brgdon)에 의해 반복된다. 그는 1987년 12월 19일자 『조합계간지 주보』(Congressional Quarterly Weekly Report)의 "고문변호사에게 드는 거액의 현금"이란 글에서 『로미오와 줄리엣』의 구절을 따와 "이름이 도대체 뭐지(What's in a Name?)"라고 묻는다. "왜 그대는 제리 브라운인가요?(Wherefore Art Thou, Jerry Brown?)"[30]라는 제임스 캐롤(James R. Carroll)의 물음에서 문제는 좀 더 까다로워진다. 적어도 지금으로서는 그가 캘리포니아 민주당의 공식적인 책임자이기 때문이다. 연방관리예산국(Office of Managements and Budget)을 감시하는 OMB 감시기구는 예산국의 자금 운용에 관한 질문을 계속 제기하면서도, 『FY 89 예산: 꿈을 구성하는 것』(FY 89 Budget: The Stuff Dreams Are Made Of, 1988)[31]라는 어이없는 선

---

30) 1985년 11월, *California Journal*에 등장하는 문구인데 『로미오와 줄리엣』 2막 2장 줄리엣의 대사 "왜 그대는 로미오인가요?(Wherefore Art Thou, Romeo)"에서 따온 것이다.

31) 『폭풍우』 4막 1장의 프로스페로의 대사 "우리 인간은 꿈과 같은 성질로 되어 있다(We are such stuff/ As dreams are made on; and our little life)"는 문구의 오용이다. 프로스페로가 말하는 "꿈과

언을 하고 있다.

여러분이 우연히 점수를 계속 기록하고 있다면, 알더스 헉슬리가 셰익스피어 문구 차용 시합에 출전한 사람 가운데 챔피언이라는 것을 알 수 있을 것이다. 헉슬리는 7권이나 되는 책의 제목을 셰익스피어의 작품에서 가져온다. 그는 셰익스피어의 『햄릿』으로부터 『삶의 굴레』(Mortal Coils, 1922)라는 제목을 가져왔고, 『맥베스』에서 『단명한 촛불』(Brief Candles, 1930)을, 『폭풍우』로부터 『멋진 신세계』(Brave New World, 1932)를, 『헨리 4세 1부』에서 『시간은 멈추어야 한다』(Time Must Have a Stop, 1944)를, 『자에는 자로』에서 『원숭이와 본질』(Ape and Essence, 1948)을, 『맥베스』로부터 『내일, 내일, 그리고 또 내일』(Tomorrow and Tomorrow and Tomorrow, 1958)이란 제목을 따왔고, 『폭풍우』에서 『다시 찾은 멋진 신세계』(Brave New World Revisited, 1958)라는 제목을 가져온다. 4점을 받은 윌리엄 딘 하월즈(William Dean Howell)는 이미 죽어버렸고, 다른 유일한 심각한 경쟁자로는 니체적 문학 비평가인 윌슨 나잇(G. Wilson Knight)을 들 수 있다. (나잇은 5점을 받았지만 좀 더 절박한 연구대상이다) 필자가 계속해서 수를 세고, 항목에 적고, 목록을 나열하고는 있지만, 다행스럽게도 이 세 사람은 모두 죽어버렸다.

같은 것"은 "꿈을 구성하는 것(the stuff dreams are made of)"과는 다르기 때문이다.

셰익스피어 생애와 작품

윌리엄 셰익스피어(William Shakespeare, 1564~1616)는 존 셰익스피어(John Shakespeare)와 메리 아든(Mary Arden)의 첫아들이자, 8남매 중 셋째로 태어났다. 아버지인 존은 1550년경 잉글랜드 중부의 소읍 스트랫포드-어폰-에이번(Stratford-upon-Avon)에 정착해 가죽 가공업과 장갑 제조업에 종사했고, 1557년에 로버트 아든의 막내딸인 메리 아든과 결혼했으며, 1568년에는 읍장에 해당하는 직을 수행했다.

1564년 4월 23일, 셰익스피어는 아름다운 숲과 계곡으로 둘러싸인 인구 2천 명 정도의 작은 마을 스트랫포드에서 태어났다. 그는 이곳 학교에서 주로 『성경』과 고전작품들을 통해 읽기와 쓰기를 배웠다. '문법학교'(Grammar School)에서 문법, 논리학, 수사학, 문학 등을 배웠다. 그리스어도 배웠지만 그리 신통하지는 않았다. 그리하여 셰익스피어와 동시대 극작가인 벤 존슨(Ben Jonson)은 "라틴어는 신통하지 않고, 그리스어는 더 말할 것이 없다"고 셰익스피어를 조롱하기도 했다. 이 당시 사람들은 대학에서 교육받은 학식 있는 작가들을 '대학재사'(university wit)라고 불렀는데, 셰익스피어는 이들과는 달리 대학 교육을 전혀 받지 못했다. 그럼에도 불구하고 타고난 언어 구사 능력과 무대 예술에 대한 천부적인 감각, 다양한 경험, 인간에 대한 심오한 이해력은 셰익스피어를 위대한 작가로 만드는 데 부족함이 없었다. 그는 교육을 제대로 받지는 못했지만, 자연으로부터 모든 것을 배운 자연의 아들이자 천재였다.

셰익스피어의 생애에서 세례일과 결혼일을 제외하면 확실한 기록으로 남아 있는 것은 거의 없다. 1582년 11월 27일, 18세가 되던 해에 자신보다 8년 연상인 인근 마을 농부의 딸 앤 해서웨이(Ann Hathaway)와 결혼했고, 1583년 5월 23일에는 수잔나(Susanna)라는 딸이 태어났다. 앤은 엘리자베스 시대의 정황으로 보아 그리 늙은 신부는 아니었지만, 셰익스피어가 연상의 아내를 그리 사랑한 것 같지는 않다. 연상의 아내가 마음에 들지 않아서였든, 개인적인 성공에 대한 야심에서였든, 아니면 고향에 머무를 수 없을 만한 사고를 저질렀든, 1585년 셰익스피어는 이란성 쌍둥이인 햄닛(Hamnet)과 주디스(Judith)가 태어난 후 곧장 고향을 떠나 떠돌아다닌다. 떠돌아다녔던 7~8년의 '행방불명 기간'(Lost Years) 동안 셰익스피어가 어디서 무엇을 했는지는 명확히 밝혀지지 않았다. 다만 1590년경에 런던에 도착해 이때부터 배우, 극작가, 극장주주로 활동했다는 기록이 남아 있을 뿐이다. 대작가의 생애는 대부분 흥미진진한 이야기를 포함하지만, 셰익스피어의 경우는 그리 흥미로운 이야기를 발견할 수 없다.

런던으로 이주한 셰익스피어는 눈부시게 변하고 있던 수도의 모습에 매료되었다. 여왕 엘리자베스 1세(Elizabeth I, 1558~1603)가 통치하던 이 시기의 런던은 수많은 사람들이 북적거렸던 활기 넘치는 도시였다. 헨리 8세가 통치했던 16세기 전반에는 5만 명 정도에 지나지 않았던 런던은 셰익스피어가 활동하던 16세기 후반에 이르러 인구 20만 명의 대도시로 성장했다. 인구의 급격한

팽창으로 도시는 지저분해지고 많은 문제점들이 야기되었지만, 북적거리는 사람들과 활발한 경제 활동, 다양한 문화 활동과 행사, 특히 빈번한 연극 공연은 많은 사람들에게 여흥을 제공하면서 셰익스피어가 성공할 수 있는 기반이 되었다. 런던 외곽에 많은 사람들을 수용할 수 있는 로즈 극장(1587년)과 글로브 극장(1596년)이 세워졌고, 대부분의 셰익스피어 작품들은 이곳에서 상연되었다.

물리적 환경 못지않게 르네상스라는 문화적 환경 또한 셰익스피어가 극작 활동을 할 수 있는 좋은 지적인 여건을 제공했다. 르네상스 시대는 인간과 종교와 우주에 대한 새로운 인식을 바탕으로 문화의 꽃을 피웠던 '지적인 재생'의 시대이다. 14세기 말 이태리에서 시작된 문예부흥 운동은 15세기와 16세기에 들어 전 유럽 대륙을 휩쓸었고, 이 시기 동안 문학과 예술의 유래 없는 전성기를 맞이하게 된다. 영문학사에서는 1500년에서 1659년에 이르는 약 160년의 기간을 르네상스 문학기로, 그 이전 약 500년간을 중세 문학기로 구분한다. 통상적으로 중세는 신 중심의 시대이며, 르네상스는 인간 중심의 시대라고 간주한다. 중세 문학이 신에 대한 찬미와 내세적인 요소를 강조하고 있다면, 르네상스 문학은 주로 인간의 무한한 잠재력을 긍정하고 이성적 존재로서의 인간의 능력을 예찬하고 있다.

르네상스 시대의 인문학자들은 그리스와 로마의 고전을 재발견하고 보급하여 새로운 학문과 문화의 풍토를 조성했다. 15세기 말 영국에 도입된 인쇄술은 새로 발굴해낸 고전과 지식을 널리 보급할 수 있는 기반을 조성한다. 또한 개인의 내적인 경험을 중시하고, 개인과 신의 직접적인 관계를 중시했던 루터(Luther, 1483~1546)의 종교 개혁을 통해 새로운 종교 운동이 유럽 전역을 휩쓸게 된다. 1492년에는 콜럼버스(Columbus)가 북미 대륙을 발견함에 따라 새로운 세계가 소개된다. 또한 지구가 우주의 중심이라는 톨레미(Ptolemy)의 천동설은, 우주의 중심은 지구가 아니라 태양이라는 코페르니쿠스(Copernicus)의 반격을 받게 되며 갈릴레오(Galileo)가 1603년 지동설을 증명함으로써 바야흐로 새로운 우주관이 형성되기 시작한다. 즉 르네상스의 특징은 1) 새로운 학문과 문예부흥 2) 새로운 종교 3) 새로운 세계 4) 새로운 우주라는 4가지 범주 속에 요약될 수 있다. 그리하여 이 당시의 사람들은 내세보다는 현세적 삶에 더 관심을 두었고, 신을 일방적으로 찬미하기보다는 인간의 무한한 가능성을 긍정하고 찬미하였다. 그리하여 역사가들은 르네상스의 빛이 중세의 긴 '암흑'을 뚫고 나왔다고 평가한다.

유럽의 한 작은 국가에 지나지 않았던 영국은 르네상스 시대에 이르러 정치, 군사, 무역에서 제국으로서의 기틀을 다지기 시작한다. 영국에서 왕권 다툼으로 인한 내란을 종식시키고 정치적 안정을 도모한 왕은 엘리자베스(Elizabeth) 여왕의 조부인 헨리(Henry) 7세이다. 랭커스터(Lancaster) 가문 출신인 헨리 7세는 1485년 보스워스(Bosworth) 전투에서 요크(York) 가문의 왕 리처드(Richard) 3세를 물리치고 튜더(Tudor) 왕조를 개창한 후, 리처드 3세의 조카딸인 엘리자베스와 결혼한다. 이로서 헨리 8세에 이르러 두 가문의 피가 합쳐지고 왕위 계승을 둘러싼 내란은 종식된다. 헨리 7세가 보위에 오른 지 7년 후인 1492년에는 콜럼버스가 북미 대륙을 발견하게 되는데, 이에 따라 당시 유럽 대륙 옆에 위치한 조그만 섬

나라 영국은 지리상으로 대서양 무역의 중심지로 부상하게 되고, 후에 세계 최대의 식민지 개척 국가로 부상할 수 있는 기틀을 다지게 된다.

헨리 8세에 이르러 왕권은 더욱 강화되고 질서가 확립됨과 아울러, 토머스 모어(Thomas More)를 중심으로 문예부흥 운동과 인문주의 교육이 영국에 전역으로 확산된다. 헨리 8세는 앤 볼린(Ann Bullen)과 결혼하기 위해 당시 가톨릭교회의 종주국 스페인 왕가의 출신이었던 캐서린(Katherine) 왕비와의 이혼을 교황에게 신청했다. 교황이 이를 받아들이지 않자, 1534년 헨리 8세는 영국 왕이 영국 교회의 수장이라는 '수장령'(Act of Supremacy)을 발표하고 나중에 엘리자베스 여왕의 어머니가 된 앤 볼린과 전격적으로 결혼한다. 수장령을 발표하게 된 동기에는 헨리 8세의 사적인 이해관계와 정치적 계산이 맞물려 있었지만, 이 사건은 결과적으로는 왕권을 강화하고 영국민의 애국심과 자긍심을 드높이는 계기가 된다.

헨리 8세의 장자로서 신교를 옹호하였던 국왕 에드워드(Edward) 6세의 통치(1547~1553)와 신교를 탄압했던 그의 누이인 메리(Mary) 여왕의 통치(1553~1558)에 이어 1558년 엘리자베스가 보위에 오른다. 처녀로 보위에 올라 처녀로 생을 마감했던 엘리자베스 여왕은 45년에 걸친 통치 기간(1558~1603) 동안 탁월한 정치적 수완을 발휘하여 신구 종교 갈등의 와중에 있던 영국을 안정시키고, 탁월한 외교적 수완을 발휘하여 영국의 입지를 강화한다.

1570년 교황은 신교와 가톨릭 가운데 가톨릭을 편들지 않고 중도적 자세를 견지했던 엘리자베스 여왕을 파문하고 그녀에 대한 신하들의 불복종을 부추기는 칙서를 발표한다. 그러나 이는 도리어 영국민이 여왕을 중심으로 더욱 공고히 뭉치게 하는 계기를 제공하게 된다. 영국민에게 이제 여왕은 영국 민족주의의 상징이며, 거의 신앙적 숭배의 대상이 된다. 그리하여 민족주의에 바탕을 둔 영국국교회(the Anglican Church)가 제자리를 잡게 된다. 이렇게 축적된 힘을 바탕으로 영국은 당시 세계 최강이라는 스페인의 '무적함대'를 격파하는데, 엘리자베스 여왕이 통치했던 1588년의 일이다. 이 사건은 영국사에서 대단히 중요한 사건이다. 스페인의 '무적함대'를 격파함으로써 영국은 비로소 세계무대의 중심국가로 부상할 수 있었기 때문이다. 셰익스피어가 그 당시의 문학적 천재라면, 엘리자베스 여왕은 수많은 문인, 예술가, 그리고 정치가들이 앞을 다투어 찬양했던 정치적, 문화적 천재이다. 엘리자베스 여왕 시대의 팽창하는 국력과 영국민의 자긍심과 인간 긍정의 정신으로 충만한 르네상스 시대를 배경으로 셰익스피어라는 대작가가 탄생하게 되었다.

1603년 잉글랜드의 엘리자베스 여왕이 후계자 없이 죽자 혈연관계에 의해 스코틀랜드의 왕이었던 제임스가 잉글랜드의 왕위를 이어 받는다. 스코틀랜드의 여왕 메리 스튜어트의 아들로 태어났던 제임스는 한 살의 나이에 스코틀랜드 왕에 즉위했고 제임스 6세라는 칭호를 받았다. 이 제임스 6세가 1603년 잉글랜드의 왕위를 겸하여 제임스 1세로 즉위했고 스튜어트 왕조가 시작되었다. 그러나 잉글랜드의 실정에 어두웠던 그는 잉글랜드의 국교인 성공회 편만을 들고 청교도와 가톨릭교를 탄압하기에 이르렀다. 청교도에 대한 박해가 심했던 1620년경에 이르자 많은 사람들이 신앙의 자유를 찾아 신대륙으로 이주했다. 제임스 1세 등극 이후의 영문학을 제코비언 시대의 영문학이라고 하는데, 이 시대의 문학 작품에는 엘리자베스 시대의 문학 작품에 비해 암울한 분위기가 짙게 깔려 있다. 또한 전 시대의 문학 작품에서 볼 수 있었던 낙관성과 인간 긍정의 정신을 찾아보기가 힘들다. 이는 17세기 이후 영국에서 진행되었던 혼란스런 시대 상황과 서로 이질적인 종교적 정치적 집단의 반목과 갈등을 반영하고 있다고 할 수 있다.

셰익스피어가 활동한 르네상스 시대는 일반적으로 인간 중심의 시대라고 알려져 왔다. 그러나 그 시대로부터 중세의 전통이 완전히 사라져 버린 것은 아니다. 중세 전통의 골격을 이루는 신 중심의 질서관에 대한 믿음은 르네상스 시대 사회와 문화 곳곳에 남아 있었고, 이 질서관은 당시의 많은 문학 작품에 반영되어 있다. 질서관의 입장에서 본다면 하느님은 존재의 사슬에서 가장 높은 곳에 있으며, 인간계는 천사계와 동물계 사이에 위치한다. 각 영역에는 위계질서가 존재하며, 인간계의 수장인 군주는 대우주의 지배자인 신과 상응하며, 동물계의 사자는 인간의 신체에서 머리에 해당된다. 인간은 왕, 귀족, 장군, 평민, 천민 등 각자의 위치를 할당받았는데, 영혼과 육체를 가진 인간은 천사와 동물 사이에 위치한 중간자적 존재이다. 천사는 이성을 구현하고 동물은 격정과 욕정을 대변하는데, 만약 인간이 극단적인 격정의 상태에 빠지는 경우 이는 문학 작품에서 흔히 동물의 이미지와 연결된다.

인간이 이성으로 격정을 제어하지 못하고 극단적인 행동을 하게 될 때 동물적 타락에 빠지게 되고 인간 사회의 무질서를 초래한다. 이는 필연적으로 죄를 낳게 되고 마침내 죽음이란 결과를 초래한다. 나아가 한 인간의 도덕적 무질서는 국가 전체로 파급되며, 인간계 즉 소우주의 무질서는 대우주의 무질서로 파급된다. 인간의 영역과 자연계를 대비시키는 유추적 사고가 데카르트(1596~1650)에 이르러 합리적 이성에 의한 사고로 대체되지만 유추를 통해 세계를 인식하는 방식은 널리 통용되었다.

인간의 무한한 가능성과 존엄성을 믿었던 르네상스 시대의 휴머니즘의 바탕은 바로 인간 이성에 대한 믿음이다. 인간을 인간답게 만들어 주는 것은 바로 이성이며, 이성을 통해 격정을 제압함으로써 인간은 동물보다 나은 존재가 될 수 있고 악에 물들지 않는다고 믿었다. 이성은 선과 덕의 실현과 사회 질서와 도덕적 질서를 유지하는 근간이다. 이성적 판단력을 갖춘 인간은 르네상스 시대의 이상이지만 이성마저도 지나치면 문제를 낳게 된다. 르네상스 시대의 이상적 인간상이란 이성과 감성이 적절히 조화를 이룬 사람이다. 모든 극단은 바람직하지 않고 지나침보다는 차라리 모자람이 더 낫다. 르네상스 시대의 비극에서 지나친 격정은 반드시 죄를 낳게 되고 주인공을 죽음으로 이끌지만, 지나친 이성 역시 바람직한 것이 아니다. 이성과 감성, 영혼과 육체, 두뇌와 가슴, 형식과 내용 간의 조화를 이루면서 삶의 균형을 유지하는 것이 르네상스 시대의 이상이다.

르네상스 시대에 이르러 지구는 우주의 중심이라는 톨레미의 천동설은 코페르니쿠스의 지동설의 위협을 받았고, 인간이 이 지구의 중심적 존재이고 이성적 존재라는 믿음은 도전에 직면한다. 마키아벨리(1469~1527)는 군주는 국민을 사자와 같이 잔인하고 여우와 같이 간교하게 다루어야 한다고 역설하고, 그와 마찬가지로 몽테뉴(1533~1564)도 인간을 평가절하하면서 인간의 존엄성에 회의적인 반응을 보인다. 몽테뉴는 인간만이 자기 종족을 죽이는 유일한 존재라고 비판하며, 통합된 인간이 아니라 "애매모호한 자아"로 관심을 돌리고 이성적 존재로서의 인간을 의심한다. 인식의 상대성을 강조하는 그는 진리의 절대성과 확실성을 의심한다. "고양이와 노는 인간은 시각에 따라 인간과 노는 고양이"로 간주될 수 있다는 그의 말은 상대주의적 회의론의 극단을 보여주는 예이다. 이 시기의 문학 작품에 빈번히 등장하는 "외양과 실재"의 괴리라는 모티프는 이러한 인식의 상대성과 인간 본성에 대한 회의적인 인식을 반영한다.

셰익스피어가 집필한 『헨리 6세』, 『리처드 3세』, 『말괄량이 길들이기』 등이 1590년대 초반 런던 무대에서 상연되었다. 이후 셰익스피어에 대한 악의에 찬 비난도 없지 않았지만, 시간이 갈수록 대학 교육도 받지 못한 작가 셰익스피어의 작품은 인기를 더해갔다. 1592년 극작가인 로버트 그린(Robert Green)은 "우리의 아름다운 깃발로 장식하고 벼락출세한 까마귀가 나타났다"고 하면서 갑자기 런던에 나타나 '무대를 뒤 흔드는' 셰익스피어에 대한 시기심을 드러내고 있다. 그러나 1623년 벤 존슨(Ben Jonson)은 셰익스피어는 "어느 한 시대의 사람이 아니라, 모든 시대의 사람"(not of an age, but for all time)이라고 극찬했다. 1668년 존 드라이든(John Dryden)은 셰익스피어를 "가장 크고 포괄적인 영혼"이라고 칭찬했다. 셰익스피어는 1590년에서 1613년에 이르기까지 비극(로마극 포함) 열 편, 희극 열여덟 편, 역사극 열 편, 그 외 장시와

시집 『소네트』를 집필했고, 작품 대부분이 살아생전에 인기를 누렸다. 『헨리 8세』와 『두 귀족 친척』은 존 플레처(John Fletcher)와 공동으로 집필한 작품이다. 셰익스피어의 작품 집필연도는 애매한 상태로 남아 있다. 집필연도를 추정할 수 있는 신빙성 있는 자료들이 부족하기 때문이다. 다음은 에반스(G. B. Evans)가 제시한 것으로 학계에서 일반적으로 통용되고 있는 집필연도이다.

1589~90 『헨리 6세 1부』(1 Henry VI), 1594~95년 개정
1590~91 『헨리 6세 2부』(2 Henry VI)
         『헨리 6세 3부』(3 Henry VI)
1592~93 『리처드 3세』(Richard III)
         "비너스와 아도니스"(Venus and Adonis)
1592~94 『실수연발』(The Comedy of Errors)
1593~94 『말괄량이 길들이기』(The Taming of the Shrew)
         『타이터스 안드로니커스』(Titus Andronicus)
         "루크리스의 능욕"(The Rape of Lucrece)
1593~99 『소네트』(The Sonnets)
1594   『베로나의 두 신사』(The Two Gentlemen of Verona)
1594~95 『사랑의 헛수고』(Love's Labour's Lost), 1597년 개정
1594~96 『존 왕』(King John)
1595   『리처드 2세』(Richard II)
1595~96 『한여름 밤의 꿈』(A Midsummer Night's Dream)
         『로미오와 줄리엣』(Romeo and Juliet)
1596~97 『베니스의 상인』(The Merchant of Venice)
1597   『윈저의 즐거운 아낙네들』(The Merry Wives of Windsor),
         1600년 개정
1596~97 『헨리 4세 1부』(1 Henry IV)
1598   『헨리 4세 2부』(2 Henry IV)

1598~99	『헛소동』(Much Ado about Nothing)
1599	『줄리어스 시저』(Julius Caesar)
	『헨리 5세』(Henry V)
	『당신 좋으실 대로』(As You Like It)
1600~01	『햄릿』(Hamlet)
1601	"불사조와 바다거북"(The Phoenix and Turtle)
1601~02	『트로일러스와 크레시다』(Troilus and Cressida)
	『십이야』(Twelfth Night)
1602~03	『끝이 좋으면 모두 좋다』(All's Well That Ends Well)
1604	『자에는 자로』(Measure for Measure)
	『오셀로』(Othello)
1605	『리어 왕』(King Lear)
1606	『맥베스』(Macbeth)
1606~07	『안토니와 클레오파트라』(Antony and Cleopatra)
1607~08	『코리오레이너스』(Coriolanus)
	『아테네의 타이몬』(Timon of Athens)
	『페리클레스』(Pericles, Prince of Tyre)
1609	"연인의 불평"(A Lover's Complaint)
1609~10	『심벨린』(Cymbeline)
1610~11	『겨울 이야기』(The Winters Tale)
1611	『폭풍우』(The Tempest)
1612~13	『헨리 8세』(Henry VIII)
1613	『두 귀족 친척』(The Two Noble Kinsmen)
1623	『제1이절판 전집』(The First Folio)
	『페리클레스』를 제외한 36편의 희곡 수록

38편의 희곡 작품들은 상연 연대에 따라 대개 4기로 분류된다. 1기는 습작기(1590~1594)로 이 기간 동안 셰익스피어는 주로 사극과 희극을 집필했는데 『리처드 3세』와 『말괄량이 길들이기』가

이 시기의 작품이다. 2기는 성장기(1595~1600)로 『한여름 밤의 꿈』이라는 낭만희극을 상연하여 호평을 받으면서 습작기를 벗어나게 된다. 이 기간 동안 『당신 좋으실 대로』와 『베니스의 상인』 등 많은 희극작품들이 상연되었다. 『헨리 4세』 등의 역사극과 브루터스와 안토니의 연설로 유명한 『줄리어스 시저』가 상연된 것도 이 시기이며, 청춘 남녀의 불운한 사랑을 다룬 운명비극 『로미오와 줄리엣』이 상연된 것도 이 시기이다. 이를 통해 셰익스피어는 비극과 희극과 사극이란 모든 장르에 탁월한 극작가로서 명성을 쌓게 된다. 하지만 셰익스피어를 세계문학사에서 불후의 명성을 지닌 작가로 만들어 준 것은 바로 제3기에 집필된 극작품들일 것이다.

제3기는 원숙기(1601~1607)로 이 기간 중 4대 비극작품인 『햄릿』, 『오셀로』, 『리어 왕』, 『맥베스』가 상연되었다. 이들 작품에서 셰익스피어는 깊은 인생 통찰을 보여주고 있음과 동시에 걸출한 등장인물들을 창조하고 있다. 『햄릿』에서는 우유부단한 주인공 햄릿을 통해 복수에 관련된 윤리성, 삶과 죽음의 문제, 정의와 불의의 문제를 조명하고 있다. 『오셀로』에서는 무어인 장군 오셀로와 베니스의 귀족 여성 데스데모나, 그들 사이에서 이간질을 일삼는 이아고의 이야기를 통해 사랑과 신뢰와 질투의 문제를, 『리어 왕』에서는 리어 왕과 그의 세 딸인 코델리어, 거네릴, 리건의 이야기를 통해 효와 불효, 말과 진실, 외양과 실재의 문제를, 『맥베스』에서는 야심에 찬 맥베스와 그의 아내가 자행하는 찬탈의 이야기를 통해 선과 악의 문제를 심도 있게 조명하고 있다. 로마시대를 배경으로 한 비극 『안토니와 클레오파트라』가 상연된 것도 이 시기이다.

제4기(1608~1613)에 들어 셰익스피어는 비희극이란 새로운 장르를 시험했는데, 이 시기 동안 대중들의 감상적인 기호에 부합하는 4개의 비희극이 상연되었다. 이 시기에 상연된 『폭풍우』는 셰익스피어의 달관된 인생관을 잘 보여주는 수작이다. 이 작품에서 주인공 프로스페로는 이제 연희는 끝났고, 지구의 삼라만상은 마침내 용해되어 흔적도 남기지 않고, 인간은 "꿈과 같은 물건이어서, 이 보잘것없는 인생은 잠으로 끝나는 것"(4막 1장)이라고 읊조리는데, 이는 무대에 대한 셰익스피어 자신의 고별사로 받아들여진다.

38편의 작품 전부를 대학교육도 받지 않은 셰익스피어가 과연 혼자 집필했을까? 지금까지 이런 의문이 끊임없이 제기되어 왔다. 최근에 개봉된 영화 <익명의 작가>(Anonymous, 2011)도 셰익스피어가 아닌 다른 사람을 셰익스피어 것이라고 알려진 작품들의 저자라고 주장하면서 그의 존재에 의혹을 표명하고 있다. 어떤 학자는 철학자이며 정치가인 프란시스 베이컨이 셰익스피어 작품의 실제 저자라고 추정하기도 하고, 엘리자베스 여왕의 총애를 받았던 에섹스 백작 또는 옥스퍼드 백작이 실제 저자라고 추정하기도 한다. 그러나 이러한 추측에는 신빙성 있는 근거가 없다. 셰익스피어라는 천재는 대학을 다니지 않았지만 자연과 인간의 실제 삶으로부터 모든 것을 배웠다.

다음의 사무엘 존슨의 논평은 아마 셰익스피어를 가장 적절하게 평가하는 글일 것이다. "보편적인 자연을 올바르게 재현하는 것 외에는 아무것도 많은 사람들을 오래도록 즐겁게 할 수 없다. … 셰익스피어는 어느 작가보다도 자연의 시인이다. 즉, 그는 독자들에게 삶과 세태의 모습을 충실히 비추어주는 거울을 들어 보이는 시인이다. 그의 등장인물들은 … 공통의 인간 본성을 지닌 인류의 진정한 자손들이며 … 그가 그린 인물들은 모든 사람들의 마음을 움직이고 삶의 전 체계를 움직이게 하는 보편적인 감정과 원칙에 따라 말하고 행동한다. 다른 작가의 작품에 등장하는 인물들이 개별적 인간이라면 셰익스피어 작품에 등장하는 인물들은 일반적으로 하나의 종(種)이다."

셰익스피어는 53세인 1616년 4월 23일 사망하여 고향의 성 트리니티 교회(Holy Trinity Church)에 묻혔다. 그의 흉상 아래에는 다음과 같은 글귀가 새겨져 있다. "판단은 네스터와 같고, 천재는 소크라테스와 같고, 예술은 버질과 같은 사람. 대지는 그를 덮고, 사람들은 통곡하고, 올림푸스는 그를 소유한다."

맺음말

　사무엘 존슨은 셰익스피어를 "삶과 세태의 모습을 충실히 비추어주는 거울"을 들어 보이는 자연의 시인이라고 찬사를 보냈다. 또한 그는 셰익스피어 작품의 세계를 향기로운 꽃으로 가득 찬 정원이 아니라, "떡갈나무들이 가지를 뻗고, 소나무들이 공중 높이 솟아 있는 숲"으로 비유했다. 이 숲에서 때로는 잡초와 찔레가 엉키기도 하고, 때로는 이 숲이 새들에게 안식처를 제공하기도 한다. 셰익스피어의 작품들은 멋들어진 장관으로 우리를 즐겁게 하고, 멋진 대사들을 통해 끝없이 다양한 인물들을 제시하면서 우리의 마음을 흐뭇하게 해주는 숲이다. 또한 셰익스피어의 세계는 닦아 번쩍이는 보석들이 진열된 장이 아니라, 파내어도 "그 끝이 보이지 않는 풍성한 금과 다이아몬드를 매장하고 있는 광산"이다. 이 책은 바로 그 다양한 "숲"과 그 끝이 쉽게 드러나지 않는 "광산"으로부터 언어의 마술을 유감없이 보여주는 셰익스피어 대사들을 선별하여 소개한다.

명대사들에 반영된 셰익스피어의 성찰이 마음의 거울에 쌓인 먼지를 털어내는 작업에 일조하리라는 것을 믿어 의심치 않는다. 셰익스피어 주요 비극의 명대사를 선별하는 과정에서 역자가 느낀 기쁨이 독자들에게도 전달되기를 바라며, 인간과 인생에 대한 셰익스피어의 번득이는 성찰이 독자들에게 전달되기를 기대한다. 그리하여 셰익스피어가 우리 자신과 우리의 삶을 비추는 거울이 되길 기대한다.

2015. 10. 26

김 종 환

표제어 목록

Hamlet 햄릿

2.2.250. There is nothing either good or bad

처음부터 좋고 나쁜 건 없어

2.2.303. What a piece of work is a man!

인간이란 얼마나 멋진 걸작인가!

2.2.559. What's Hecuba to him? 헤큐바는 그에게 무엇이기에?

2.2.582. Why, what an ass am I!

나란 인간은 얼마나 멍청한 놈이냐!

2.2.604. The play's the thing 그것은 바로 연극

3.1.047. Do sugar over the devil himself

악마의 본성에 사탕발림을

3.1.055. To be, or not to be 참느냐 마느냐

3.1.079. The undiscovered country 미지의 세계

3.1.120. Get thee to a nunnery! 수녀원으로 가시오!

3.1.153. The glass of fashion 풍속의 거울

3.2.022. The mirror up to nature

자연에 거울을 들이대어 비추는 것

3.2.073. In my heart of heart 내 마음속 한가운데

3.2.171. Where love is great, the littlest doubts are fear

애정이 깊어지면 사소한 염려도 근심 걱정이 되고

3.2.188. Purpose is but the slave to memory

인간의 의지는 기억의 노예에 불과할 뿐

3.2.205. The poor advanced makes friends of enemies

비천한 자가 출세하면, 원수도 친구가 되고

3.2.393. O heart, lose not thy nature

아, 제발 천륜의 정일랑 잊지 말자

3.3.036. It smells to heaven! 악취가 하늘을 찌르는구나!

3.3.079. This is hire and salary, not revenge

복수가 아니라 품삯을 받고 일해주는 셈

3.4.065. Have you eyes? 눈이 있으면 한번 보시죠?

3.4.081. O shame! where is thy blush?

오, 수치심이여! 그대의 부끄러움은 어딜 갔는가?

3.4.175. Scourge and minister

　　　응징의 도구요, 하느님의 뜻을 대리하는 자

4.4.056. When honour's at the stake 명예가 달려 있을 땐

4.7.111. Love is begun by time 사랑에도 때가 있는 법

5.1.184. Alas, poor Yorick! 아, 불쌍한 요릭!

5.2.009. A divinity that shapes our ends

　　　인간의 일을 마무리하는 신의 섭리

5.2.074. A man's life's no more than to say 'one'

　　　'하나'를 셀 틈도 없을 만큼 짧은 인간의 생명

5.2.220. In the fall of a sparrow

　　　참새 한 마리가 떨어지는 일에도

5.2.358. The rest is silence 나머지는 침묵일 뿐

Othello 오셀로

1.1.043. We cannot all be masters
우리 모두가 주인 노릇을 할 순 없어

1.1.065. I am not what I am 나는 겉과 속이 다른 사람

1.2.059. The dew will rust swords
이슬을 맞으면 칼이 녹슬 것이다

1.3.090. A round unvarnished tale 솔직하고 꾸밈없는 이야기

1.3.160. It was passing strange 정말 신기한 이야기

1.3.181. A divided duty 두 갈래로 나눠진 의무

1.3.204. To mourn a mischief that is past and gone
이미 끝난 일을 마음에 담고 슬퍼하는 것은

1.3.320. Our wills are gardeners 우리의 의지는 정원사

1.3.339. Put money in thy purse 지갑에 돈을 채워요

2.1.148. Ever fair and never proud 아름답지만 거만하지 않고

2.1.215. Base men being in love 천한 자도 연애를 하면

2.3.262. Reputation, reputation, reputation!
명예, 명예, 그리고 명예!

2.3.350. Divinity of hell! 악마의 선심!

3.3.092. Chaos is come again 혼돈이 다시 오다

3.3.126. Men should be what they seem
겉 다르고 속 다른 사람이 되면 안 돼

3.3.157. The immediate jewel of souls 영혼의 가장 귀한 보석

3.3.166. The green-eyed monster 녹색 눈빛을 한 괴물

3.3.190. I'll see before I doubt 의심하기 전에 먼저 잘 살피고

3.3.270. O curse of marriage! 아, 저주스러운 결혼이여!

3.3.322. Trifles light as air 공기처럼 가벼운 것도

3.3.342. He that is robbed, not wanting what is stol'n
도둑맞고도 도둑맞은 걸 모르고 있으면

3.3.378. To be direct and honest is not safe
솔직하고 정직하면 안전하지 않아

3.3.428. This denoted a foregone conclusion
이건 뻔한 결말을 보여주고 있어

3.4.159. They are not ever jealous for the cause
이유가 있어 질투하는 게 아니다

4.1.016. Honour is an essence that's not seen
정조는 본질상 눈에 보이지 않는 것

4.2.054. The fixed figure for the time of scorn
세상 사람들이 조롱하는 부동의 표적

4.3.086. It is their husbands' faults, if wives do fall
아내가 잘못을 저지르는 건 남편 탓

5.2.001. It is the cause! 바로 그것 때문이야!

5.2.268. Sea-mark of my utmost sail 내 인생 항로의 종착지

5.2.344. Loved not wisely but too well
현명하게 사랑하진 못했지만 너무나 사랑했던

King Lear 리어 왕

1.1.060. A love that makes speech unable

말로는 다 표현할 수 없는 사랑으로

1.1.090. Nothing will come of nothing

말할 게 없으면 받을 것도 없을 것

1.1.108. Thy truth, then, be thy dower

진실을 네 지참금으로 삼아라

1.1.280. Time shall unfold what plaited cunning hides

세월이 겹겹이 감춰진 거짓을 드러낼 것

1.2.006. Why bastard? Wherefore base?

왜 서자란 말인가? 왜 천출이란 말인가?

1.4.119. Speak less than thou knowest

아는 것보다는 덜 말해야 해

1.4.230. Who is it that can tell me who I am?

내가 누군지 말해줄 사람이 누구냐?

1.4.288. Sharper than a serpent's tooth

독사 이빨보다 더 날카로운

2.2.157. A good man's fortune may grow out at heels

착한 자의 운세도 기울 수가 있는 법

2.4.047. Fathers that wear rags 아비가 누더기를 걸치고 있으면

2.4.264. Reason not the need 필요를 따지지 마라

3.2.020. A poor, infirm, weak, and despised old man

불쌍하고 연약하고 힘없고 천대받은 한 늙은이

3.2.060. A man more sinned against than sinning

지은 죄 이상의 대가를 치른 사람

3.4.008. Where the greater malady is fixed 큰 병을 앓고 있으면

3.4.028. Poor naked wretches 불쌍하고 헐벗은 자들아

3.4.108. A poor, bare, forked animal

가련하고 벌거벗은 두 발 짐승

4.1.019. I stumbled when I saw 두 눈이 있을 때는 넘어졌어!

4.1.036. As flies to wanton boys

장난꾸러기 애들이 파리를 다루듯

4.1.070. So distribution should undo excess

그리하여 지나치게 많이 가진 것을 나누어

4.6.107. Every inch a king 어느 모로 보나 왕

4.6.153. Which is the justice, which is the thief?

어느 쪽이 재판관이고 어느 쪽이 도둑놈이냐?

4.6.183. This great stage of fools 이 거대한 바보들의 무대

4.7.061. I am a very foolish fond old man

난 너무나도 어리석고 못난 늙은이

5.1.057. Which of them shall I take?

과연 어느 쪽을 택해야 하지?

5.3.009. Like birds i' the cage 새장 속의 새들처럼

5.3.175. The wheel is come full circle

운명의 수레바퀴가 완전히 한 바퀴를 돌아

5.3.309. Never, never, never, never, never!

절대로, 절대로, 절대로, 절대로, 절대로!

Macbeth 맥베스

1.1.002. In thunder, lightning, or in rain
천둥과 번개 치고 비가 내릴 때

1.3.058. If you can look into the seeds of time
시간의 씨앗을 볼 수 있다면

1.3.124. The instruments of darkness 악마의 앞잡이

1.3.128. The swelling act of the imperial theme
대권을 주제로 한 웅대한 연극

1.3.143. Chance may crown me
운명이 왕관을 씌워줄지도 모를 일

1.5.017. Too full of the milk of human kindness
인정이란 젖이 넘쳐흘러

1.5.041. Unsex me here
여기 내 가슴에서 여자의 마음을 없애다오

1.5.065. Look like the innocent flower
천진난만한 꽃처럼 보여라

1.7.005. If it were done when 'tis done
해치워 당장 끝낼 수 있다면

1.7.027. But only vaulting ambition
다만 있는 것은 날뛰는 야심뿐

1.7.035. Was the hope drunk? 당신의 희망은 술에 취했던가요?

1.7.061. Screw your courage to the sticking-place
용기를 있는 대로 짜내다

2.1.038. A dagger of the mind 마음속의 단도

2.2.033. Macbeth does murder sleep! 맥베스는 잠을 죽여버렸어!

2.2.059. The multitudinous seas incarnadine
넓은 바다를 핏빛으로 물들이다

2.3.003. Knock, knock, knock! Who's there?
탕, 탕, 탕! 게 누구냐?

2.3.140. The near in blood, the nearer bloody
핏줄이 가까울수록 더욱더 위험

3.1.060. A fruitless crown 열매도 맺지 못할 왕관

3.2.012. What's done is done 이미 지난 일은 어쩔 수 없는 일

3.2.046. Come, seeling night 오너라! 눈을 가리는 장막이여!

3.4.123. Blood will have blood 피가 피를 부를 것

3.5.022. Great business must be wrought ere noon
큰일은 오전 중에 해치워야 해

4.1.035. Double, double toil and trouble
고생도 갑절, 근심도 갑절

4.1.117. The crack of doom 최후 심판일의 뇌명

4.3.032. Bleed, bleed, poor country!
가련한 조국이여! 피를 흘려라, 피를!

5.1.035. Out, dammed spot! 없어져라, 저주받을 흔적이여!

5.3.041. Pluck from the memory a rooted sorrow
뿌리 깊은 근심을 기억으로부터 뽑아내고

5.5.024. Life's but a walking shadow 인생은 걸어 다니는 그림자

Romeo and Juliet 로미오와 줄리엣

1.1.180. Love, bright smoke, cold fire

사랑은 밝은 연기요 차가운 불꽃

1.1.190. Love is a smoke made with the fume of sighs

사랑, 한숨으로 이루어진 연기

1.2.046. One pain is lessened by another's anguish

다른 고통으로 덜어지는 고통

1.5.047. Beauty, for earth too dear!

속세에 두기엔 너무 귀한!

1.5.109. O trespass sweetly urged?

아, 이 얼마나 달콤한 책망인가!

1.5.140. Prodigious birth of love 사랑의 불길한 탄생

2.2.002. Juliet is the sun 줄리엣은 태양이다

2.2.014. Two of the fairest stars 가장 아름다운 두 개의 별

2.2.033. Wherefore art thou Romeo? 그대는 왜 로미오인가요?

2.2.051. Call me but love 사랑의 이름으로 불러주시오

2.2.066. With love's light wings 사랑의 가벼운 날개를 타고

2.2.097. If thou thinkest I am too quickly won

너무 쉽게 손에 넣었다고 생각하신다면

2.2.154. A thousand times good night 천 번이라도 안녕

2.2.184. Parting is such sweet sorrow

이별은 그렇게도 감미로운 슬픔

2.3.017. So vile that on the earth

세상에서 아무리 보잘것없는 것이라도

2.3.038. Golden sleep 황금과 같은 달콤한 잠

2.3.067. Young men's love lies in their eyes

젊은이의 사랑은 눈 속에

2.4.166. Fool's paradise 덧없는 기쁨

2.6.015. Too swift arrives as tardy as too slow
서두르면 살펴가는 것보다 더 느린 법

3.1.099. A plague o' both your houses!
두 집안에 저주가 떨어져라!

3.2.017. Till strange love, grown bold
수줍은 사랑이 대담해질 때까지

3.3.029. Heaven is here, where Juliet lives
줄리엣이 살고 있는 여기가 천국

4.3.028. What if it be a poison?
만약 이것이 독약이라면 어떡하지?

4.5.077. She's best married that dies married young
결혼하고 젊어서 죽는 게 제일 잘한 결혼

5.1.080. Gold, worse poison to men's souls
돈은 인간의 영혼에 더할 나위 없는 독

5.3.105. Why art thou yet so fair?
그대는 어찌하여 아직도 그리 아름답소?

5.3.309. A story of more woe than this
이보다 더 슬픈 이야기

Julius Caesar 줄리어스 시저

1.2.018. Beware the ides of march 삼월 보름을 조심하라

1.2.089. The name of honor 명예라는 이름

1.2.097. I was born free as Caesar 시저처럼 자유인으로 태어난

1.2.139. Masters of their fates 자기 운명의 주인

1.3.108. Make a mighty fire begin it with weak straws
큰 불을 피우려는 사람도 처음은 약한 모닥불로 시작

2.1.013. It is the bright day that brings forth the adder
화창한 날에 독사가 기어 나오니까

2.1.032. A serpent's egg 독사의 알

2.1.173. A dish fit for the gods 신들에게 바치는 제물

2.1.299. Strong proof of my constancy
내 확고부동한 뜻의 강력한 증거

2.2.032. Cowards die many times 비겁한 자는 여러 번 죽지만

3.1.060. Constant as the northern star 북극성처럼 확고부동한

3.1.077. Et tu, brute? 브루터스, 너마저도?

3.1.113. In accents yet unknown! 아직 알려지지 않은 언어로!

3.1.273. Cry 'Havoc!' "학살하라"고 외치다

3.2.021. Not that I loved Caesar less
시저를 덜 사랑해서가 아니라

3.2.028. Death for his ambition 야심에 대해서는 죽음이 있을 뿐

3.2.074. Friends, romans, countrymen
친구들, 로마시민, 동포 여러분

3.2.094. Brutus is an honourable man 브루터스는 고결한 분

3.2.183. The most unkindest cut of all
세상에서 가장 잔인한 칼자국

4.2.020. When love begins to decay 우정이 쇠락하기 시작하면

4.3.218. There is a tide in the affairs of men
인간만사엔 조수가 있는 법

5.3.063. Our deeds are done 우리 일은 모두 끝났다

5.5.068. The noblest Roman of them all

그들 중에 가장 고결한 로마인

명대사로 읽는
셰익스피어 주요 비극

초판인쇄   2015년 12월 10일
초판발행   2015년 12월 10일

편 역   김종환
펴낸이   채종준
펴낸곳   한국학술정보㈜
주소   경기도 파주시 회동길 230(문발동)
전화   031) 908-3181(대표)
팩스   031) 908-3189
홈페이지   http://ebook.kstudy.com
전자우편   출판사업부 publish@kstudy.com
등록   제일산-115호(2000. 6. 19)

ISBN   978-89-268-7134-8 93840